आचार्य चतुरसेन
की
लोकप्रिय कहानियाँ

आचार्य चतुरसेन की पुस्तकें

आचार्य चतुरसेन
की
लोकप्रिय कहानियाँ

आचार्य चतुरसेन

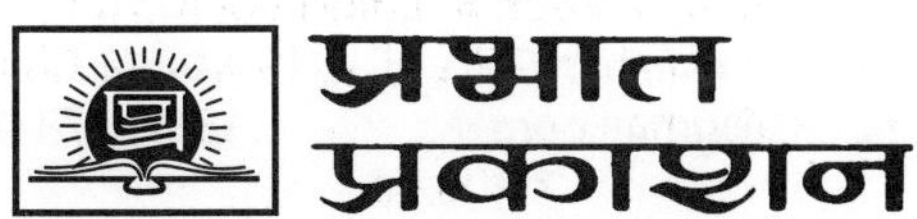

प्रकाशक • **प्रभात प्रकाशन प्रा. लि.**
4/19 आसफ अली रोड,
नई दिल्ली–110002

संस्करण • प्रथम, 2022
मूल्य • चार सौ रुपए
मुद्रक • आर–टेक ऑफसेट प्रिंटर्स, दिल्ली

ACHARYA CHATURSEN KI LOKPRIYA KAHANIYAN

Published by Prabhat Prakashan Pvt. Ltd., 4/19 Asaf Ali Road, New Delhi-2
e-mail: prabhatbooks@gmail.com ISBN 978-93-90923-76-2
₹ 400.00

प्राक्कथन

आचार्य चतुरसेन का जन्म उत्तर प्रदेश के बुलंदशहर जनपद में, गंगा तट पर स्थित अनूपशहर के निकट चंदौख गाँव में एक साधारण से कच्चे घर में, संवत् 1948, भाद्रपद कृष्णा चतुर्थी—रविवार, तदनुसार 26 अगस्त, 1891 को हुआ था। पिताश्री के मित्रों में एक प्राणाचार्य वैद्य और गाँव के ठाकुर जमींदार थे। वे तीनों ही क्रांतिकारी विचारों के थे तथा स्वामी दयानंद के अनुयायी और आर्यसमाजी विचारधारा के पोषक थे। आचार्यजी असाधारण प्रतिभा के धनी थे। इनके जन्म का नाम चतुर्भुज था, जो इनके संपूर्ण जीवन में सार्थक रहा।

व्यवसाय की दृष्टि से देखा जाए तो ये एक अत्यंत सफल राजवैद्य थे और चिकित्सक रहते हुए ये भारत ही नहीं, अपितु नेपाल तक के राजघरानों के चिकित्सक रहे। रजवाड़ों में पैठ के कारण भारतीय राजघरानों, उनके रहन-सहन, आचार-व्यवहार, जीवन-शैली आदि का गहरा अनुभव आचार्यजी को था; इसीलिए उनके कथा-संसार के सभी पात्र सजीव और सक्रिय होकर पाठकों के सम्मुख उपस्थित हो जाते हैं। वे एक उद्‌भट अध्येता, संस्कृत और हिंदी के प्रकांड पंडित, अनुपम लेखन-सामर्थ्य तथा असाधारण प्रतिभासंपन्न थे। भारतीय संस्कृति, समाज और इतिहास का उनको केवल ज्ञान ही नहीं था, अपितु वे उनको गहराई से अनुभव करते थे और अपने पाठकों के लिए उसी प्रकार से प्रस्तुत भी करते थे।

हिंदी साहित्य को अनेक रचना-रत्न देकर इस सरस्वती-पुत्र ने 2 फरवरी, 1960 को इस संसार से विदा ले ली।

प्रस्तुत कहानी-संग्रह में आचार्यजी की तेरह कहानियाँ हैं, जिनमें से आठ इतिहास प्रधान, तीन सामाजिक और शेष दो कहानियाँ इतिहास और राजनीति

आधारित हैं। किसी भी कहानी से आशा की जाती है कि वह मनोरंजन करेगी। लेकिन इन कहानियों से मनोरंजन के साथ-साथ आपको और भी बहुत कुछ मिलता है—आप उसी काल में खो जाते हैं, जिस काल से कहानी का संबंध है। 'सफेद कौआ' में आप भारत में अंग्रेजों के आगमन से लेकर उनके यहाँ से विदा होने तक उसी काल और मन:स्थिति में रहते हैं; 'लंबग्रीव' में आप भारत के विभाजन की त्रासदी और उसके बाद के संस्कारविहीनता के काल में जीते हैं; 'सोने की पत्नी' का हाल देखकर आपके मन में अपने परिजनों के प्रति प्रेम का ज्वार उमड़ आएगा और धन की निस्सारता का भाव उत्पन्न होगा; 'अंबपाली' के साथ आप ढाई हजार वर्ष पहले की वैशाली में चले जाते हैं और सर्व सुख-सुविधासंपन्न परम रूपवती अंबपाली को बुद्ध की शरण में जाता देख वैभव की व्यर्थता का अनुभव करते हैं; 'दे खुदा की राह पर' आपको वैभवहीन अवस्था में भी शाही संस्कार के दर्शन होंगे; 'दुखवा कासे कहूँ मोरी सजनी' में भी आप पात्रों के दु:ख से दु:खी होंगे; 'नवाब ननकू' के सभी पात्र सभ्य समाज के मानदंडों के अनुसार हीन-चरित्री होते हुए भी आपके प्यार के काबिल होंगे; 'बड़ी बेगम' से मिलकर आप उस सर्व शक्तिसंपन्न शहजादी की विवशता और पीड़ा को अनुभव करेंगे और राजपूत युवा के चरित्र की ऊँचाई से चमत्कृत होंगे; 'आचार्य चाणक्य' की छोटी सी घटना भी आपको तत्कालीन पाटलिपुत्र और युवा चाणक्य की एक झलक दिखा जाती है; 'हल्दी घाटी में' आप राणा प्रताप के साथ युद्ध के मैदान में स्वयं को पाते हैं और राजपूती शौर्य से अभिभूत होते हैं; 'सिंहवाहिनी' की नायिका की चारित्रिक दृढ़ता और अजेय संकल्प-शीलता विमोहित करती है तथा एक पथच्युत् युवा को सही राह पर डाल देती है; 'ककड़ी की कीमत' आपको उस जमाने में ले जाकर खड़ा कर देती है, जब रईस होते थे और अपनी प्रतिष्ठा पर प्राणों का त्याग तक कर देते थे; 'कहानी खत्म हो गई' इस संग्रह की अंतिम कहानी है। ग्रामीण जीवन से अधिक इसमें सीधे-सच्चे नारी-मन की भावनाओं की गहराई और साथ ही उसके चरित्र की ऊँचाई के दर्शन होते हैं। गाँव की साधारण सी युवती अपने व्यवहार से एकाएक विशिष्ट हो जाती है।

आचार्यजी की कहानियों का आधार कहीं भी काल्पनिक नहीं है। उनका भारत के इतिहास, संस्कृति, भूगोल का ज्ञान; विभिन्न संस्कृतियों की जानकारी,

मानव-चरित्र की पहचान आदि बातें उनकी सभी साहित्यिक रचनाओं का आधार रही हैं। उनके पात्र मनगढ़ंत नहीं हैं, हमारे-आपके बीच के ही हैं। उनमें भी वही सब कमजोरियाँ और शक्तियाँ हैं, जो हममें हैं। उनके सभी पात्र, स्थान और घटनाएँ वास्तविक हैं। 'लंबग्रीव' और 'सफेद कौआ' में प्रतीकों/रूपकों का प्रयोग जरूर किया गया है, पर उनमें वास्तव में घटित घटनाओं को एक अलग ही अंदाज में प्रभावी ढंग से प्रस्तुत किया गया है।

मुझे विश्वास है कि आचार्यजी की कहानियाँ पढ़कर आप अपने आप में एक परिवर्तन अनुभव करेंगे, जो आपको एक बेहतर इंसान, एक बेहतर भारतीय बना देगा।

शुभकामनाएँ।

—संपादक

अनुक्रम

सफेद कौआ

आचार्यजी एक युगदृष्टा साहित्यकार थे, जो किसी भी घटना/गतिविधि को साधारण-सामान्य दृष्टि से नहीं, अपितु एक अलग ही गहन दृष्टि से देखते और अनुभव करते थे और अपनी लेखनी के चमत्कार से अपने पाठकों को भी घटना/गतिविधि के विविध अर्थों एवं रंगों से परिचित करा देते थे।

प्रस्तुत कहानी 'सफेद कौआ' एक उत्कृष्ट व्यंग्य-ध्वनि की रचना है। इसे प्रकाशनार्थ तत्कालीन 'धर्मयुग' को भेजा गया था, किंतु उन्होंने इसे प्रकाशित करने का साहस नहीं किया। भारत में अंग्रेजों के आगमन और पलायन, भारतीय संस्कृति में अंग्रेजी कल्चर की मिलावट, गांधी के आंदोलन आदि को बहुत ही रोचक व्यंग्यात्मक शैली में चित्रित और ध्वनित किया गया है, जिससे हिंदी कहानी साहित्य में यह अनूठी रचना बन गई है। विनोद और चमत्कार के साथ यह कहानी आपको गुदगुदाएगी और तत्कालीन समय की भी सैर कराएगी।

महाराज शूद्रक, सभा पंडितों के साथ धर्मासन पर बैठे ज्ञान-चर्चा कर रहे थे। इसी समय वेत्रवती ने सम्मुख आकर निवेदन किया कि धर्मावतार, एक चांडाल कन्या राजद्वार पर आई है। उसके साथ सफेद कौओं का एक जोड़ा है। उसका कहना है कि ये कौए साधारण नहीं हैं। सब नीति, राजनीति, धर्म-विग्रह के ज्ञाता हैं, राजाओं के सचिव होने के योग्य हैं। विविध भाषाओं के पंडित, सभाजयी

और महावाग्मी हैं। चांडाल कन्या उन कौओं को देव-चरणों में अर्पित कर धन्य होना चाहती है। आगे देव प्रमाण।

राजा ने चमत्कृत होकर सभा-पंडितों की ओर देखा और कहा, "यह तो बड़ी अद्‌भुत बात है; एक तो सफेद कौआ, फिर विविध भाषाओं और नीति-शास्त्रों के ज्ञाता, महावाग्मी? ऐसा तो कहीं देखा-सुना नहीं। शास्त्रों में भी नहीं पढ़ा।"

सभा-पंडित, वेत्रवती की बात सुनकर अवाक् रह गए। एक वृद्ध पंडित ने कहा—"धर्मावतार, जैसे पृथ्वी की सब नदियाँ समुद्र में लीन होती हैं, उसी प्रकार विश्व-संपदाएँ भी महाराज की चरणगामिनी हो रही हैं। कदाचित् यह सफेद कौआ कोई विलक्षण जीव है। संभव है, कोई शापभ्रष्ट मुनि-कुमार ही तिर्यकयोनिगत हुआ हो। यदि वह वैसा ही है, जैसा वह कहती है, तब तो वह राजसभा की शोभा बढ़ाने योग्य ही है।"

राजमंत्री ने सोचकर कहा, "यही चांडाल कन्या पहले भी एक तोता लेकर हमारी राजसभा में आई थी। कदाचित् यह सफेद कौआ भी कोई ऐसा ही जीव हो।"

राजा ने कहा, "कदाचित् ऐसा ही हो।" और फिर वेत्रवती को आज्ञा दी कि वह उस चांडाल कन्या को उपस्थित करे।

वेत्रवती राजा को अभिवादन कर, अपने हाथ का पतला लपलपाता बेंत हवा में लीला से घुमाती हुई चली गई और थोड़ी ही देर में सुषमा की खान चांडाल कन्या ने हाथ में एक पिंजरा लेकर राज सभा में प्रवेश किया। वह पिंजरा सोने का बना हुआ था और उसमें बहुत से मूल्यवान रत्न जड़े थे। कौओं के पैरों में सोने की पैजनियाँ थीं। कौओं के भोजन करने की प्यालियाँ चीन देश की बनी हुई थीं, जो कभी मैली नहीं होती थीं।

चांडाल कन्या का रूप-लावण्य अद्वितीय था। जैसे नीलमणि के समूचे टुकड़े को काटकर उसकी देह बनाई गई हो। उत्फुल्ल अरविंद के समान उसके नेत्र थे। वह पुष्प-भार-नमित बाला एक हाथ में बाँस का टुकड़ा और दूसरे में पिंजरा लिये राजा के सम्मुख आई। राजा को उसने विधिवत् दंडवत् किया और रत्न-पीठ पर वह पिंजरा रखकर वीणा-विनिंदित स्वर में बोली—"देव, जैसे आप सब मनुष्यों में श्रेष्ठ हैं, उसी भाँति संसार के सब पक्षियों में ये कौए श्रेष्ठ हैं।

महाराज, ये कौए सुदूर कामांदोलन द्वीप में उत्पन्न हुए हैं, जहाँ सूर्य अपना संपूर्ण तेज प्रकट नहीं करता। वह द्वीप सप्त सागर के मध्य भाग में अत्यंत दुर्गम है।"

चांडाल कन्या का यह अलौकिक भाषण सुनकर राजा और राजसभा के सभी पंडित आश्चर्यचकित होकर उन कौओं को देखने लगे। यह देख, कौए ने कहा—"राजन, मैं अपने देश के महाप्रतापी राजा की ओर से और अपनी ओर से भी आपको अभिनंदन करता हूँ। मेरे देश के प्रतापी राजा ने मेरे द्वारा महाराज से मैत्री-संपर्क स्थापित करने की याचना की है। और महाराज, मैं आपके चरणों में निवास करना चाहता हूँ तथा अपने देश की सात महाविभूतियाँ अपने राजा की ओर से आपको भेंट करता हूँ।" यह कहकर उस कौए ने अपनी चोंच से उन चीनी की प्यालियों में से उठाकर सात गुटिकाएँ राजा के सम्मुख धर्मासन पर रख दीं। फिर उसने बद्धांजलि होकर कहा—"धर्मावतार, ये सब जादू की गुटिकाएँ हैं। इनका चमत्कार अलौकिक है। इन्हें पाकर आप अब पृथ्वी के सब राजाओं में सर्वश्रेष्ठ हो गए।"

राजा ने उन गुटिकाओं की ओर विस्मयपूर्ण दृष्टि से देखकर कहा, "हे चतुर शिरोमणि सफेद कौए, तेरी तो सभी बातें नई और निराली हैं। इन गुटिकाओं में भला क्या करामात है, सो इसे निवेदन कर।"

कौए ने नम्रतापूर्वक राजा का अभिवादन किया, "महाराज, पहली गुटिका में आग-पानी और तेल के दैत्य मंत्रबद्ध हैं। ये तीनों परस्पर-विरोधी हैं। अब इनके प्रताप से आप संसार में जल-थल और आकाश में वायु की गति से स्वच्छंद विचरण कर सकेंगे। आपको घोड़ा, हाथी, बैल, गधा, खच्चर किसी भी सवारी की आवश्यकता नहीं रहेगी। दूसरी गुटिका में इंद्र का वज्र मंत्रबद्ध है। महाराज, आपके देश में कभी रात्रि का अंधकार होगा ही नहीं, उज्ज्वल प्रकाश से आपके नगर-द्वार प्रकाशमान रहेंगे। यह तड़ित-दूत क्षण भर में संसार भर के समाचार सत्य-सत्य आपको निवेदन करेगा। तीसरी गुटिका में मृत्युदूतों के साथ साक्षात् यमराज विराजमान हैं। यह गुटिका उन्मुक्त वायु में छोड़ देने से शत्रु के नगर, देश, जन जनपद देखते-ही-देखते विध्वंस हो जाएँगे। इस गुटिका में विश्व को विजय करने की शक्ति है। चौथी गुटिका में माता सरस्वती का वास है, इसके प्रताप से आपको विविध विद्याओं का ज्ञान हो जाएगा, सब ज्ञान-विज्ञान आपके हस्तामलक

होंगे। दुर्लभ ग्रंथ सुलभ हो जाएँगे। पाँचवीं गुटिका में सब भूत-पिशाच सिद्ध हैं, इसके प्रताप से आप हजारों मील दूर बैठे देव-दैत्य-मानव-दानव, सबसे उसी प्रकार वार्त्तालाप कर सकेंगे, जिस प्रकार आपका यह दास आपसे बात कर रहा है। छठी गुटिका में महालक्ष्मी मंत्रबद्ध हैं। इसके छूमंतर जादू से कागज के टुकड़े ही धनरत्न बन जाएँगे। लाखों-करोड़ों की अक्षय संपदा बिना ही संपदा के दीख पड़ेगी। इसके परम प्रताप से स्वर्ण केवल धातु ही रह जाएगा। सातवीं गुटिका में कूटनीति के आचार्य दैत्यगुरु, शुक, देवगुरु बृहस्पति और मानव चाणक्य की आत्माएँ मंत्रबद्ध हैं। इसके प्रताप से आपकी वाणी में वह कूटरस उत्पन्न हो जाएगा कि जो कार्य रक्त की नदी बहाकर भी संपन्न नहीं हो पाते थे, अब बात-की-बात में ही हो जाएँगे।"

कौए से ऐसी अद्भुत निधियाँ प्राप्त कर और उनका माहात्म्य सुनकर महाराज शूद्रक पुलकित हो गए। उन्होंने कहा, "अरे कौए, तू तो बड़ा ही विलक्षण जीव है, तेरी वाणी अटपटी तो अवश्य है, परंतु बात काम की करता है। मैं तुझ पर प्रसन्न हुआ। माँग, क्या माँगता है?"

कौए ने भूमि पर चोंच रगड़कर राजा को बारंबार साष्टांग प्रणाम किया और कहा, "महाराज, अधिक लोभ से विनाश होता है और बिना सेवा स्वामी से पुरस्कार माँगने से पुण्य क्षय होता है। इसलिए मैं अल्प से ही संतुष्ट रहता हूँ। बस, मुझे इतना ही चाहिए कि मेरा यह पिंजरा राजद्वार में टाँग दिया जाए और इस दास की राजमंत्रियों में गणना की जाए तथा मेरी सेवाओं की कद्र की जाए।"

राजा ने उस कौए को तुरंत राज्य का प्रधानमंत्री घोषित कर दिया और आज्ञा दी कि इसका पिंजरा सदैव राजद्वार में टँगा रहे तथा इसे राजपरिवार से दूध में भिगोकर चने की दाल नित्य खिलाई जाए।

कौए ने बारंबार धरती में चोंच रगड़कर कहा, "बस महाराज, बस! अधिक लालच मत दिखाइए। चने की दाल मैं खाने का नहीं, न राजपरिवार का भोजन स्वीकार करूँगा। मेरा कुल चांडाल पोषित है। यह हमारी कुल-परंपरा है, अतः मैं चांडाल कुल के हाथ का ही भोजन करूँगा। इसके अतिरिक्त मेरा विशिष्ट भोजन भी चांडाल कुल से ही प्राप्त हो सकता है।"

राजा ने कौए का अनुरोध स्वीकार किया और सारे राज्य में ढिंढोरा पिटवा

दिया कि आज से यही सफेद कौआ हमारा सब राजकाज देखेगा। इसी का हुक्म सबको बजाना होगा तथा आज से चांडाल कुल अस्पर्श्य भी नहीं माना जाएगा।

इतना आदेश दे महाराज शूद्रक ने धर्मासन त्यागा और अंत:पुर में जा सुखसेज पर विश्राम किया। चँवरवाहिनी ने महाराज पर चँवर डुलाया और महाराज सुख-नींद में सो गए।

□

राजा के धर्मासन त्यागते ही कौए ने चांडाल कन्या को हुक्म दिया कि हमारा पिंजरा धर्मासन पर स्थापित कर, अब आज से हम धर्मासन पर बैठकर राज्य का सब काम देखेंगे। इसके बाद सभा पंडितों की ओर देख, तिरस्कारयुक्त वाणी में कौआ बोला, "अरे मूर्ख पंडितो! अब आज से यहाँ हमारा अनुशासन चलेगा। तुम्हें उचित है कि यह बड़े-बड़े पगगड़ की गठरियाँ सिर पर लादकर हमारे सम्मुख न आओ, न धोती पहनकर, न नंगे पाँव। हमारे सम्मुख पैर ऊँचे करके भी नहीं बैठने पाओगे। और हमसे हमारी ही भाषा में बात करना सीखो। हमारा ज्ञान और हमारी विद्या पढ़ो, हम जैसा कहें वैसा करो, नहीं तो तुम्हारी सब जागीर-जायदाद, वेतन-मुशाहरा हम जब्त कर लेंगे।"

सभा पंडित बड़े घबराए। वे कहने लगे, "हे काक मंत्री! भला हम तुम्हारी-सी बोली कैसे बोल सकते हैं तथा हमें धोतियाँ तुम न पहनने दोगे तो हम निर्लज्ज नंगे कैसे राजद्वार पर आएँगे?"

कौए ने कहा, "मूर्खता की बातें मत करो, सीखने से सब आ जाएगा, नहीं तो भूखे मरोगे। सबको पदच्युत् कर दूँगा। पहला काम तो तुम यह करो, चेहरे का घास-फूस साफ करो, सफाचट करना होगा, समझे। और हमारी बोली बहुत मुश्किल नहीं, केवल टा-टा करना सीख लो। वेश तुम्हारा हम ठीक कर देंगे।"

सारे सभा पंडित टा-टा करते हुए अपने-अपने घर गए और दूसरे दिन सब क्लीन शेव किए कोट-पैंट पहन, टाई फर्राते, बूट चमचमाते, फकाफक सिगरेट का धुआँ उड़ाते हुए दरबार में पहुँचकर बोले, "हे काकमंत्री, टा-टा", अर्थात् सब ठीक-ठाक है न? सब तुम्हारी पसंद है न?

काक ने कहा, "टा-टा। ठीक है, ठीक है। शेष सब शीघ्र ही ठीक हो जाएगा।"

एक पंडित ने हाथ जोड़कर कहा, "हे काकमंत्री, इस पोशाक में हमें एक

बड़ा कष्ट है। हम लघुशंका के लिए बैठ नहीं पाते हैं।"

कौए ने फटकारकर कहा, "अरे मूर्ख! लघुशंका के लिए बैठने की क्या आवश्यकता है, खड़े-खड़े कर?"

"और दीर्घशंका?"

कौए ने एक कागज का टुकड़ा देकर कहा, "दीर्घशंका के बाद इस कागज से पोंछ। खबरदार, अंगविशेष पर जल का स्पर्श न करना। नहीं तो मेरे अन्नदाता चांडाल कुल को कष्ट होगा।"

महाराज ने राजसभा में आकर देखा, वहाँ का सब नक्शा ही बदला हुआ है। सभा पंडितों को नए वेश में फकाफक सिगरेट का धुआँ उड़ाते तथा सफाचट दाढ़ी-मूँछें मुँड़ाए देख महाराज चकरा गए। इसके बाद ज्यों ही उन्होंने राजा का स्वागत करते हुए कहा, "महाराज, टा-टा।" तो महाराज बोले, "हे सभा पंडितो, क्या तुम सब भाँग खा गए हो या कोई नाटक का स्वाँग हमारे मनोरंजन के लिए भर लाए हो।" तब सभा पंडितों ने पतलून की जेब में हाथ डालकर कहा, "धर्मावतार, टा-टा। बस काम-मंत्री की भाषा है, उन्हीं का वेश है, उन्हीं का बोलबाला है।"

राजा ने देखा, धर्मासन पर कौए का पिंजरा रखा है। उसने अपनी चोंच ऊँची करके कहा, "टा-टा महाराज!" महाराज ने हँसते-हँसते कहा, "टा-टा। टा-टा। भई वाह, यह टा-टा भी खूब भाषा रही। टा-टा।"

अब कौआ भी बारंबार 'टा-टा' करने लगा और सभा पंडितों ने भी 'टा-टा' का समाँ बाँध दिया।

अंत में राजा ने कहा, "हे चतुर चूड़ामणि काक! अब कहो, तुम्हारी प्रसन्नता के लिए हम क्या करें?"

कौए ने एक सेफ्टीरेजर और ब्लेड तथा शेविंग केक देकर कहा, "पहले आप शेव कर चेहरे के इस जंगल को साफ कीजिए। फिर सभा पंडितों के जैसी पोशाक धारण कीजिए। राजा ने झट शेव कर सभा पंडितों की सहायता से बूट कसे, पतलून पहन, टाई बाँधी, हैट लगाया और कौए की ओर देखकर कहा, टा-टा काकराज।" कौए ने चोंच ऊपर कर कहा, "टा-टा महाराज!"

राजा ने कहा, "अच्छा यह तो हुआ। अब मैं बैठूँ कहाँ? धर्मासन पर तो तुम बैठ गए।"

कौए ने कहा—"महाराज, जब यह सेवक अब सब राजकाज देखने को बैठ ही गया, तो अब आप श्रीमानों को धर्मासन के झंझटों में सिरदर्द मोल लेने की क्या आवश्यकता है? आप अंत:पुर में पधारकर भोग-विलास से जीवन धन्य कीजिए तथा यह मेरे देश का मधु है, मधुपान करके आनंद के सागर में डुबकियाँ लगाइए।" यह कहकर कौए ने एक बोतल बढ़िया शैंपेन शराब राजा को देकर कहा, "टा-टा महाराज!"

बात राजा के मन को भा गई। उसने कहा, "टा-टा काकमंत्री, तो मैं अब चला।"

राजा हँसते हुए अंत:पुर में चले गए।

सभा पंडितों ने कहा, "तो काकराज, अब हम क्या करें? राजसभा का काम कैसे चलेगा?"

"जैसे चलेगा, वैसे हम चलाएँगे, तुम सब केवल टा-टा कहो। और डांस करो।"

सभा पंडितों ने हाथ जोड़कर कहा, "हे काक मंत्री, डांस करना तो हम जानते नहीं, बाप-दादों ने हमें सिखाया नहीं।"

□

"अरे मूर्खो, हमारा मेमसाहेब तुम्हें डांस सिखाएगा।" यह कहकर कौए ने अपनी जोड़ीदार मादा से कहा, "डार्लिंग, इन जानवरों को जरा डांस तो सिखाओ।"

बस, काक मैडम नपे-तुले कदम रखती, इतराती, इठलाती, बलखाती, कमर हिलाती, चोंच घुमाती, पिंजरे से बाहर आ, सभा पंडितों के चारों ओर घूम-घूमकर 'टा-टा' करने लगी। उस काक वधू को इस तरह मटकते देखकर सभा पंडितों के मुँह में पानी भर आया, उनमें जवानी का ज्वार उमड़ आया। वे भी उसकी देखादेखी लगे कूल्हे मटकाने और मुँह बंद कर 'टा-टा' कहने। काकराज ताल देने के लिए बीच-बीच में 'पों-पों' कर अपान वायु छोड़ने लगे। काक वधू, काकमंत्री का उत्साहवर्धन करने के लिए किलकारी भरने लगी। सभा पंडितों ने खूब डांस किया। काकमंत्री ने सबको एक-एक प्याला अपने देश का मधुपान कराया। उस दिन बहुत रात तक यह राजकाज होता रहा। अंत में सब 'टा-टा' करके विदा हुए।

□

महाराज अंत:पुर पहुँचे तो राजमहिषी उनका सफाचट, चिकना-चुपड़ा, बुढ़ापे से पिचका हुआ पीला मुख देख अवाक् रह गई। राज-रानियाँ, दासियाँ, चेटियाँ, कंचुकी, वेत्रवती, सब मुँह आँचल से ढाँप हँसने लगीं। महाराज पतलून की जेबों में दोनों हाथ डाले, सिगरेट पीते, खाँसते-हँसते अंत:पुर में इधर-उधर घूमने लगे। राजमहिषी ने कहा, "देव! यह क्या हुआ, किस प्रिय का मरण समाचार मिला। यह मुंडन कैसे हुआ?"

राजा ने कहा, "हे रानी, टा-टा। और सब दासियों, टा-टा। यह मरण समाचार का मुंडन नहीं है, काक मंत्री का प्रसाद है।"

"किंतु महाराज के मुँह में आग लगी है, अरी चेटियो, जल-जल।" महिषी ने महाराज के मुँह से सिगरेट का धुआँ निकलते देख घबराकर कहा। किंतु महाराज ने कस के एक कश लिया और लापरवाही से धुएँ का एक बादल बनाते हुए कहा, "नहीं, नहीं देवी, आग-ऊग कहीं नहीं लगी, यह हम काकमंत्री के सद्परामर्श से धूम्रपान कर रहे हैं।"

"हाय-हाय, सर्वनाश, धूम्रपान? तब तो हृदय में अंधकार-ही-अंधकार हो जाएगा।"

"अहा, तुमने काकमंत्री की महिमा को देखा नहीं, अच्छा ठहरो, मैं उन्हें यहीं मँगाता हूँ।"

पट्टराजमहिषी ने कहा, "यह कैसी बात महाराज, परपुरुष का अंत:पुर में प्रवेश होने से मर्यादा भंग होगी।"

"नहीं होगी। काकमंत्री परपुरुष नहीं, तिर्यक योनि का जीव है—कौआ है। जैसे तुम्हारे पास शुकसारिका हैं, वैसे ही मेरा यह काकमंत्री है, पर बात उसकी निराली है, देखो तो तुम?"

इतना कहकर राजा ने एक चेटी को संकेत किया और वह लपककर जाकर कौए के पिंजरे को उठा लाई।

अंत:पुर में आते ही कौओं की जोड़ी ने चोंच रगड़-रगड़कर कहा, "टा-टा महारानी, टा-टा महाराज!"

राजदासियों ने दुहराया, "टा-टा महाराज। टा-टा काकराज।"

महाराज ने महिषी से कहा, "कहो-कहो, सब कोई कहो, टा-टा, टा-टा।"

"ऐं? यह टा-टा क्या? इसके क्या अर्थ?"

"अर्थ कुछ नहीं, यह काक-भाषा है, सभ्य भाषा, बस यही अर्थ है।"

महारानी तथा अन्य सब अंत:पुर की महिलाएँ, चेटियाँ हँसती हुई बोलीं—"टा-टा।"

कौए ने कहा, "धर्मावतार, अंत:पुर का यह अवरोध तो सर्वथा अवांछनीय, एकदम ऐटिकेट के विपरीत है। इसमें उन्मुक्त बाहरी हवा का प्रवेश कहाँ है?"

"नहीं है, मानता हूँ। अच्छा, अभी प्रतिशोध करता हूँ। समूचे अंत:पुर में खिड़की-दरवाजे फुड़वाता हूँ।" राजा ने आग्रह के स्वर में कहा।

कौए ने उत्तर दिया, "यह यथेष्ट नहीं है महाराज! समूचे अंत:पुर को ढहा दीजिए। और महारानी तथा महिलाओं को उन्मुक्त वायु में स्वच्छंद विचरण करने दीजिए।"

"अरे नहीं काकराज, ऐसा करना बहुत खतरनाक होगा। ये स्त्रियाँ स्वच्छंद विचरण करने लगेंगी, तो हमारे वश की न रहेंगी, भाग जाएँगी।"

"नहीं भागेंगी महाराज, इन्हें ये जूते पहना दीजिए, बस काफी है।" कौए ने साढ़े सात अंगुल ऊँची एड़ी के जूतों के एक सौ इक्कीस जोड़े राजा को दिए। उन जूतों को पहनकर रनवास की सब स्त्रियाँ लड़खड़ाती हुई चलने लगीं। महारानी जरा राजा की ओर लपकीं, तो खट से पैर मुचक गया। औंधे मुँह गिर पड़ीं। राजा ने दौड़कर महारानी को उठाया, तो तनाव में आकर उनकी पतलून फट गई।

काकमंत्री ने यह देखा तो अधीर होकर कहा, "नॉनसेंस महाराज!"

"नॉनसेंस, नॉनसेंस।" साहस की वृद्धि के लिए महाराज ने बोतल से कौए के देश का एक पैग मधुरस पिया।

परंतु महारानी ने उठकर लड़खड़ाते हुए दो कदम चलकर हँसते हुए कहा—"टा-टा, काकराज!" महाराज ने फटी हुई पतलून पर हथेलियाँ रखकर कहा—"टा-टा काकमंत्री!"

कौआ खुश हो गया। उसने कहा, "अब ठीक हुआ महाराज!"

"मान गया तुम्हारी खोपड़ी को काकमंत्री! ये जूते बड़े मजे के रहे, इन्हें पहनकर ये स्त्रियाँ अवरोध न रहने पर भी भाग न सकेंगी।"

कौए ने कहा, "महाराज, सभ्यता के मध्यबिंदु दो ही हैं, स्त्रियों के लिए

अधिक–से–अधिक ऊँची एड़ी का जूता और मर्दों के लिए पतलून की क्रीज।"

"समझ गया, समझ गया। परंतु, एक दिक्कत है। खैर, बैठने की अवस्था तो पैर लटकाकर हो जाएगी। परंतु महल में खड़े–खड़े लघुशंका करने का स्थान बनवाना पड़ेगा।"

"सो बन जाएगा। खड़े–खड़े लघुशंका करने में बहुत लाभ है महाराज, वह फिर कहूँगा, अभी महारानी को हमारी मैडम विभूतियाँ भेंट करना चाहती हैं।"

"वाह, वाह, देखें कैसी हैं वे विभूतियाँ?"

"वे ये हैं महाराज!" काकनी ने नखरे से एक लिपस्टिक, एक पफ समेत पाउडर का डिब्बा और एक काजल की डिब्बी महारानी के हाथ में धर दी और उनका उपयोग भी बता दिया।

बस, अंतःपुर की सारी स्त्रियों ने होंठों पर लिपस्टिक पोत, गालों पर पाउडर मल, आँखों में कान तक काजल की रेखा खींच दी। एक–एक रेखा भौंहों की कोर पर भी बना दी। फिर दर्पण में अपना पेंट किया हुआ मुख–कमल देख सब खिलखिलाकर हँस पड़ीं।

राजा ने खुश होकर कहा, "यह तो खूब रहा काकराज, राजमहिषी तो इन विभूतियों से खिल उठीं।"

कौए ने कहा, "महाराज, ये विभूतियाँ ऐसी ही हैं, इनमें संसार के सब दर्शनशास्त्रों का निचोड़ भरा है।"

राजा ने कपार पर भौंहें चढ़ाकर कहा, "अरे, दर्शनशास्त्रों का निचोड़? क्या कहते हो, काकराज?"

"सत्य कहता हूँ महाराज! यह सारा विश्व त्रिगुणात्मक है। सत्–रज–तम, तीन गुणों को त्रिगुण कहा गया है। सो यह जो श्वेत पाउडर है, सो सतो गुण का प्रतीक है, लाल लिपस्टिक है, सो रजो गुण का और काजल तमोगुण का प्रतीक है। इस त्रिगुणात्मक संसार को मेकअप कहा गया है, महाराज! यह मेकअप महापरोपकार मूलक है। इसे देखकर देखनेवाले पुरुष पुंगों के नेत्र तृप्त होते हैं। स्त्रियों को इससे कुछ लाभ नहीं होता। वे परोपकार ही के लिए यह मेकअप करती हैं।"

"तब तो यह धर्म लाभ हुआ काकराज, क्या कहने हैं तुम्हारे बुद्धि सागर। टा–टा।"

"टा-टा, महाराज, अच्छा तो अब आप इन सब राज-महिलाओं के साथ डांस कीजिए एक बार।"

"किंतु काकराज, इन जूतों से तो मैं चल ही नहीं सकती", राजमहिषी ने हताश होकर कहा।

राजा ने कहा, "न हो, इसकी एड़ी जरा सी घिस दी जाए।"

"नहीं महाराज, अभ्यास से चलना आ जाएगा। इनसे केवल यही लाभ नहीं है कि स्त्रियाँ भाग न सकेंगी। इस तरह चलने पर सौंदर्य का भी उदय होगा। देखा आपने वह नई चेटी चलती है, तो किस अदा से कूल्हे मटकाती है।" कौए ने एक युवती दासी की ओर संकेत करते हुए कहा।

"देख रहा हूँ, देख रहा हूँ। मजेदार है, दिलचस्प है। हाँ, यह लिपस्टिक और पाउडर मैं भी जरा सा अपने होंठों और गालों पर मल लूँ तो कैसा रहे?"

"नहीं महाराज, यह स्त्रियों ही की विभूति है। आप केवल पतलून की क्रीज का खयाल रखिए। इसके लिए आप खड़े-खड़े लघुशंका कीजिए, खड़े-खड़े खाइए।"

"और खड़े-खड़े सोऊँ भी?"

"नहीं-नहीं, सोने के लिए स्लीपिंग सूट दूँगा।"

"तब ठीक है, टा-टा। आओ रानी, डांस करो।"

"महाराज, महारानी मेरे साथ डांस करके मेरी प्रतिष्ठा बढ़ाएँ और महाराज मेरी काकनी के साथ डांस कर उसे उपकृत करें। यही ऐटीकेट है।"

"समझ गया। यह अदल-बदल का मामला है। बहुत अच्छा है। इसमें स्वाद बदलता रहता है। तो महारानी, जाओ-जाओ, काकमंत्री के साथ दिल खोलकर डांस करो, छुआछूत सोच-संकोच को गोली मारो।"

"महाराज, मुझे तो लाज लगती है।"

"तो काकमंत्री के देश का मधुपान करो। लाज-शर्म सब हवा हो जाएगी। फिर ताक धिनाधिन, ताक धिनाधिन," महाराज हँसते हुए अपना अंग-विशेष बजाने लगे।

कौए ने राजमहिषी को अंक में भरकर कहा, "टा-टा।"

राजा ने काकनी को सीने से लगाकर कहा, "टा-टा।"

अंतःपुर की महिलाओं ने, जो जहाँ मिला, उसी से जोड़ मिलाकर कहा, "टा-टा, टा-टा।"

देखते-ही-देखते महाराज शूद्रक के धर्मराज्य में, धर्मसभा में, अंत:पुर में, जनपद में घोर परिवर्तन नजर आने लगे। महाराज शूद्रक अब रात-दिन काकमंत्री के देश का मधुपान कर पौर कन्याओं के साथ मजे से दिन बिताने लगे। राजकाज का कर्ता-धर्ता कौआ ही हो गया। राजमहिषी और राज-महिलाएँ अदल-बदल कर सार समझ, राहबाट-चौराहों पर घूमने और नित नए जोड़े छाँटने लगीं। कौए के देश का मधु-प्रसाद सुविधा से सब जनपद को वितरण करने के लिए जगह-जगह मधुशालाएँ खुल गईं। कौए की दी हुई सातों गुटिकाओं की करामात से देश ओतप्रोत हो गया। उसके प्रभाव से बड़े-बड़े परिणाम हुए। यज्ञस्तूप जलाकर मिलों की चिमनियाँ बना डाली गईं, तपोवनों में कंपनियाँ खुल गईं। समाधि के स्थलों पर ऑफिस बन गए। ध्यान के समय काम का दौर-दौरा हुआ। गंगा, यमुना की कोमल देह क्षत-विक्षत कर डाली गईं, यज्ञधेनुओं के मांस-खंड प्रिय खाद्य बन गए। असूर्यमपश्या महिलाएँ, सार्वजनिक हो गईं। स्त्रेण नरवरों ने प्रथम ताम्रखंड पर और पीछे जीवन की श्वासों पर अभ्युदय और नि:श्रेय बेच डाला। अबोध बालिकाएँ, वैधव्य का वेश पहनने और निबाहने लगीं। अन्नपूर्णा भीख माँगने लगी। इंद्र दासता के टुकड़े खाने लगे। विश्वेदेवा और रुद्र वसु यम, पदच्युत हो गए। मनुष्य घोड़ों की भाँति दौड़ने, भेड़ की भाँति मरने और गधों की भाँति पिसने लगे। अंत में एक ऐसा विस्फोट हुआ कि उसी में नीति, धर्म, समाज और तत्त्व सब छिन्न-भिन्न हो गए!

एक लँगोटी बाबा राज-द्वार पर आया। गंजी खोपड़ी, बड़े-बड़े कान, टूटे हुए दाँत, दुबला-पतला, नंगा और पाँव प्यादा। उसने धर्मासन के सम्मुख आकर पुकार की, महाराज शूद्रक के धर्मराज्य की जय-जयकार की। पर उसने आश्चर्यचकित होकर देखा, धर्मासन पर महाराज शूद्रक हैं ही नहीं। वहाँ कौए का पिंजरा रखा हुआ है। सभा पंडित सब मधुपान कर नींद में ऊँघ रहे हैं। केवर द्वारपाल द्वार पर बैठा हथेली पर तंबाकू मल रहा है।

लँगोटी बाबा को देखकर उसने हँसकर कहा, "तंबाकू खाओ बाबा?"

"तंबाकू नहीं, मैं धर्मासन के सम्मुख पुकार करने आया हूँ।"

"तो बाबा पतलून पहनो, टा-टा कहो और हमको टिप दो। हम खड़े-खड़े तुम्हारा काम करा देंगे, काकराज हम पर प्रसन्न हैं। वे हमारी ही आँखों से देखते हैं और हमारे ही कानों से सुनते हैं। हाँ, करते हैं मनचाहा। मुल, हमारी भी बात रखते हैं। बख्शीश दो।"

“यह काकमंत्री कौन है?”

“तुम नहीं जानते? वह कामांदोलन द्वीप का जीव है।”

“और महाराज शूद्रक?”

“वे तो मौज-मजा करते हैं, काकराज का दिया मधुपान करते हैं। राजकाज से उन्हें क्या लेना-देना?”

लँगोटी बाबा ने द्वारपाल की बात सुनकर कहा, “तू यहाँ क्यों बैठा है?”

“पेट के लिए।”

“तेरा पेट कहाँ है देखूँ?”

द्वारपाल ने हँसते हुए अपना ढोल-सा मोटा पेट दिखा दिया।

“और दिल?”

द्वारपाल ने अपने सीने पर हाथ रखा।

“बुद्धि?”

“बुद्धि देखनी है, तो काकराज में देखो बाबा, हमें बुद्धि से क्या लेना-देना है, टिप दो और काम लो, नहीं तो जै सीता राम।”

“जय सीता राम क्या है भाई?”

“मंदिर में है।”

“उसकी कौन देखभाल करता है?”

“एक ब्राह्मण है, उसे हम रोटी दे देते हैं।”

“तुम कभी धर्म की सेवा नहीं करते?”

“न।”

“और यह लाठी?”

“सिर फोड़ने के लिए है।”

“किसका?”

“जिसका काकमंत्री कहे, नमक उसी का खाते हैं?”

“अपनी मेहनत का नहीं खाते।”

“तो क्या हराम का खाते हैं?” दरबान ने कोप करके लाठी उठाई।

लंगोटी बाबा ने हँसकर कहा—“क्या पीटोगे?”

“जरूर पीटेंगे।”

"तब पीटो भाई।" बाबा पालथी लगाकर वहीं बैठ गए।

दरबान ने कहा—"बाबा, बिना काम मत बैठो, हुक्म नहीं है।"

"फिक्र मत करो, तुमने जै सीताराम कहा था न।"

"कहा था।"

"सीता राम को जानते हो?"

"जानता हूँ।"

"तो कहो—रघुपति राघव राजा राम, पतित पावन सीता राम।"

दरबान ने ये शब्द दुहरा दिए।

बाबा ने कहा—"यों नहीं भाई, आँखें बंद करके, हृदय के द्वार खोलकर भक्तिपूर्वक कहो।"

दरबान ने वैसा ही किया।

"दर्शन हुए?"

"किनके?"

"पतित पावन सीता राम के।"

"न"

"तो तुमने हृदय के द्वार नहीं खोले, केवल आँखें ही मूँदीं, हृदय में लाठी का ध्यान था?"

"था तो बाबा।"

"तो बेटा, लाठी फेंक दे।"

"और नौकरी?"

"वह भी छोड़ दे।"

"खाऊँगा क्या?"

"जोत, बो और खा।"

"पहनूँगा क्या?"

"कात-बुन और पहन।"

"करूँ क्या?"

"कह, रघुपति राघव राजा राम—पतित पावन सीता राम।"

दरबान ने ऐसा ही किया। बाबा ने कहा—

"दर्शन हुए।"

"हुए, हुए।" दरबान ने आँसू बहाते हुए लँगोटी बाबा के पैर पकड़ लिये। दोनों मिलकर गाने लगे—"रघुपति राघव राजा राम।"

धीरे-धीरे राजद्वार पर भीड़ लग गई। सबने उस गान में अपना कंठ स्वर मिला दिया।

काकमंत्री ने सुना, तो गरजकर कहा—

"यह कैसा शोर है, पकड़ो इन सबको।"

सब लोग भयभीत होकर भागने लगे। किंतु बाबा ने कहा, मैं स्वयं आता हूँ।

लँगोटी बाबा कौए के पिंजरे के पास जा खड़े हुए। कौए ने कहा—

"तेरी पतलून कहाँ है?"

"मैं गरीबों का प्रतिनिधि हूँ, लँगोटी भर पहनता हूँ।"

"टा-टा क्यों नहीं बोला?"

"मैं रघुपति राघव बोलता हूँ।"

कौए की मैडम ने कौए के कान में कहा—"अरे इसके मुँह न लगो, यह बड़ा खतरनाक आदमी है।"

"कौन है यह?"

"वही है, जिसने कुश द्वीप में झाड़ू की सींक से तुम्हारी एक आँख फोड़ दी थी। याद है।"

"वह है यह?"

"यही है, डियर, मैंने इसके टूटे दाँत देखते ही पहचान लिया।"

"तो इस बार मैं इसे ठीक कर दूँगा।" उसने बाबा से कहा—"मैं तुझे जानता हूँ, तू वही ढोंगी बाबा है, जिसने कुश द्वीप में मुझे काना किया था।"

"मैं भी तुम्हें जानता हूँ, तुम वही शैतान हो, जिसे मैंने कुछ द्वीप में मनुष्य का लहू पीते देखा था।"

"मैं इस बार तुझे ठीक कर दूँगा।"

"अच्छा होता तुम शैतानी छोड़कर भले जीव बन जाते।"

"बकवाद न कर, टा-टा कहता है या नहीं?"

"नहीं।"

"तब ठहर," कौआ अपनी मादा सहित पिंजरे से निकल आया और लँगोटी बाबा को पिंजरे में ठूँस दिया। लँगोटी बाबा खिलखिलाकर हँसने और लोगों से कहने लगा—"आओ-आओ, यहाँ हम रघुपति राघव का गीत गाएँ।"

द्वारपाल ने हाँक लगाई। और सब सभा-पंडित, सब राजसेवक, कर्मचारी, नगर-जनपद, जन सभी पिंजरे में घुस बैठे। और लगे 'रघुपति राघव' की धुन अलापने।

इसके बाद लँगोटी बाबा ने कहा, "खुल जा सिमसिम।" तो खट से पिंजरे का फाटक खुल गया। सब बाहर आकर रघुपति राघव गाने लगे। कौए ने गुस्से में आकर फिर उन सबको ठूँस दिया। वे फिर निकल आए। फिर ठूँसा, फिर निकले, फिर ठूँसा, फिर निकले। कौआ थककर हाँफने लगा। चोंच से अपने पर नोचने लगा।

काकपत्नी ने कहा, "कहती न थी, इसके मुँह न लगो।"

"यह बाबा तो निकल-घुस के काम में पूरा उत्साद निकला।"

"देखो, देखो, उसने फिर झाड़ू की सींक उठाई, कहीं वह तुम्हारी दूसरी आँख तो फोड़ देना नहीं चाहता; हाय, हाय, कहे देती हूँ, काने हो गए—यहाँ तक तो बरदाश्त कर लिया, दोनों फूट गई तो तलाक दे दूँगी। अंधे हसबैंड को जन्म भर ढोती न फिरूँगी।"

"तो अब मैं क्या करूँ? पाजी ने सबको साथ ले लिया—कोई भी तो टा-टा नहीं कहता।"

"मेरी राय मानो तो सुलह कर लो।"

कौए ने अछता-पछताकर कहा—"बाबा, झगड़ा न कर, सुलह कर ले, जा मैं तुझे दो पतलून दूँगा, सबको एक देता हूँ। बोल, टा-टा बोल।"

बाबा ने कहा—"रघुपति राघव राजा राम।"

उनके साथ लाखों कंठ स्वरों ने गाया—"रघुपति राघव राजा राम।"

बाबा ने झाड़ू की एक सींक उठाई और कौए की ओर चला। कौआ घबराकर अपनी मैडम के साये में मुँह छिपाकर कहने लगा—"बचाओ-बचाओ, डार्लिंग! कहीं यह मेरी दूसरी आँख भी न फोड़ दे।"

कौए की मैडम ने कहा—"तीन पतलून दे दो उसे, तीन।"

कौए ने कहा, "बाबा, मैं तुझे तीन पतलून दूँगा, टोस्ट और मक्खन भी दूँगा। आ, सुलह कर ले।"

बाबा ने झाड़ू की सींक ऊँची करके कहा, "भाग रे कौए, भाग।"

सारे सभा पंडितों ने घूँसा तानकर कहा—"भाग रे कौए, भाग।"

चारों ओर से हजारों-लाखों नर-नारी-आबाल-वृद्ध उमड़ आए। किसी के हाथ में लकड़ी, किसी के हाथ में पत्थर, ईंट, किसी के हाथ में बाँस। महिलाओं में किसी के हाथ में झाड़ू, किसी के हाथ में बेलन, किसी के हाथ में लोढ़ा और किसी के हाथ में चूल्हे की लकड़ी। सबने एक स्वर से चिल्लाकर कहा—

"भाग रे कौए, भाग।"

"भाग रे कौए, भाग।"

"भाग रे कौए, भाग।"

कौए ने अपनी कानी आँख में आँसू भरकर एक बार अपनी मैडम की ओर देखा, मैडम के रंग-बेढंग देखकर कहा, "फिर भाग चलो डियर, जिन्हें भौंकना सिखाया, वे ही काटने आ रहे हैं। बस खैरियत इसी में है कि कानी आँख लेकर भागो।"

कौए ने सफेद पर फैलाकर सुलह का संकेत किया। लँगोटी बाबा ने भी लँगोटी हिला दी। कौआ बोला—

"अच्छा हम भाग जाते हैं बाबा, लेकिन हमारी जान बख्शनी होगी।"

लँगोटी बाबा बोले, "तुझ कौए को मारकर कोई क्या लेगा, जा भाग।"

और कौए ने भागने को पर फड़फड़ाए। इस पर कौए की मेम साहब ने कहा, "अब इन गधों से डरना क्या, बाबा कह चुका तो जान का खतरा नहीं, आँख फूटने का भी भय नहीं, अब भागेंगे तो ठाठ से, डांस करते हुए, 'टा-टा' कहकर।"

बस दोनों कदम-कदम डांस करते हुए राजसभा की सीढ़ियों से नीचे उतरने लगे। काक मैडम ने हँस-हँसकर सब सभा पंडितों से चोंच मिलाई। कौए ने कहा—"बाबा, टा-टा।"

बाबा ने हाथ हिलाकर और हँसकर कहा—"टा-टा, टा-टा।"

सबने एक स्वर में कहा—"टा-टा, टा-टा।"

और कौआ उड़ गया।

□

लंबग्रीव

भारत की आजादी के साथ ही देश का दुःखद विभाजन हो गया। उस समय की विभीषिका के भोगियों की असह्य वेदना को व्यक्त कर पाना असंभव है, किंतु आचार्यजी ने इस वेदना को कितनी गहराई से अनुभव किया तथा किस कौशल और उदात्तता के साथ प्रस्तुत किया है, यह केवल अनुभव किया जा सकता है। जन-जन के उस समय के चीत्कार से देव-दैत्य तक विचलित हो गए होंगे। साहित्यकार तो नित्य ही भूत दया, प्राणियों के सुख और जीवन के आनंद के स्वप्न देखता है। लेकिन जब वह उस महा नरमेध का दृष्टा बना तो उसकी वेदना की सीमा न रही होगी। शायद ही विश्व के किसी रचनाकार ने युग की देश-विभाजन की ऐसी विभीषिका पर ऐसा हाहाकार किया होगा।

कहानी की तकनीक अपने आप में बेजोड़ है। लेखक ने जातिगत विद्वेष से अछूता रहने में अद्‌भुत सफलता प्राप्त की है। कहानी में विशुद्ध मानव-प्रेम और भूत दया है, व्यंग्य है, श्लेष का चमत्कार है। शिव का शिरो-भूषण और विभाजन के पुरोहित का राष्ट्र-चिह्न 'चंद्र-कला', कहानी का प्राण है। इस कहानी को 'आजकल' ने लौटा दिया था।

उत्तुंग हिमकूट पर धूर्जटि क्रोध से फूत्कार कर उठे। उनका हिम-धवल दिव्य देह थरथरा गई। अभी-अभी उनकी समाधि भंग हुई थी; और उसी समय

उन्हें प्रतीत हुआ कि उनके जटाजूट से कोई चंद्रकला को चुरा ले गया। चंद्रकला की रजत प्रभा से हीन उनकी पांडुर जटा धूमिल और मलिन हो रही थी, जाह्नवी की शुभ्र रेखा सूख गई थी। उनके क्रोध और चलभाव से उनके मृदु अंग के सुख-स्पर्श में सुप्त सर्प जाग्रत् हो इधर-उधर सरकने लगे। कमर में लिपटा हुआ व्याघ्र-चर्म स्खलित होकर नीचे खिसक गया। जिस हिमशिला पर कैलाशी शताब्दियों से ध्यानसुप्त, स्थिर, समाधिलीन तुरीयावस्था में उपस्थित थी, वह पिघलकर बहने लगी। उन्होंने एक बार अच्छी तरह निर्णय करने के लिए जटा को झाड़ा, वहाँ चंद्रकला नहीं थी। उसे कोई चुरा ले गया था!

उन्होंने झाँककर मर्त्यलोक की ओर देखा—

महाराज्यों की राजधानी दिल्ली अपने भाग्य पर इतरा रही थी। तब से अब तक इस महामंदोदरी पुश्चली ने न जाने कितने नर-नाहरों का रक्तपान किया, न जाने कितनी बार पति-हंताओं से यह हरी गई। यह अक्षय यौवना, आज दुलहिन बनी नई सज-धज में सजी खड़ी थी, रंग-बिरंगी ध्वजा, पताका, बंदनवारों से ओतप्रोत। विविध वाद्य, जन कोलाहल आपूरित काँच की भाँति चमचमाती सड़क पर असंख्य बिजली की दीपावलियों से प्रतिबिंबित चाँदनी चौक में नर-नारी, आबाल वृद्ध भरे थे। लाल किले के सामने दृष्टि के इस छोर से उस छोर तक नरमुंड दीख पड़ रहे थे। सब कह रहे थे—सात सौ वर्षों के बाद! आज, सात सौ वर्षों के बाद! किसी सौभाग्य की सुखद भावना से उनके मुखमंडल आनंदित थे। उनके उत्सुक हृदय आंदोलित और भुजदंड विजयोल्लास से फड़क रहे थे। लाल किले के सिंहद्वार पर उनकी दृष्टि केंद्रित थी, वहाँ एक तथाकथित ऐतिहासिक समारोह हो रहा था, जवाहरलाल नेहरू ऊँची भुजा किए किले के सिंहद्वार के ऊँचे कँगूरे पर हाथ में तिरंगा झंडा लिये खड़े थे, यूनियन जैक गतयौवना नारी के यौवन की भाँति उनके चरणों में झुका हुआ था।

कैलाशी को अब और सह्य नहीं हुआ। एक बार दूर तक उस जन कोलाहल और नरमुंडपूरित नगर गरिमा के ऊपर, अनंत नक्षत्रों से भरे आकाश के नीचे अमंद अंधकार से व्याप्त विश्व पर उन्होंने अमर्ष मिश्रित दृष्टि डाली। वहाँ और सब कुछ यथावस्थित था, परंतु चंद्रकला नहीं थी। अंततः उनकी सर्वव्यापिनी दृष्टि सुदूर देश प्रांत में इधर-उधर घूमकर एक अँधेरे मरुस्थल में, एक चल चंचल कृषकाय क्षुद्र

बिंदु पर केंद्रित हुई। उन्होंने भृकुटी कुंचित करके देखा और फूत्कार की, त्रिशूल उठा लिया और डमरू हाथ में लेकर बजाया—

डम डम–डम डम।

डमर–डमर डम,

डमर–डमर

डमर, डमर

डमर–डमर

डम, डमर, डमर डम

डमर–डमर।

नंदी ने हुंकार भरी, शृंगी–भृंगीगण दौड़ पड़े, उमा निद्रा से चौंक पड़ी, हिमकूट हिल उठा, कैलाश चल विचलित हो गया, देव–दानव, नाग, दैत्य, जीव, अज, भय–विस्फारित नेत्रों से एक–दूसरे को देखने लगे। स्वर्ग लोक में डमरू ध्वनि पहुँची। मर्त्यलोक में डमरू ध्वनि पहुँची, पाताल लोक में उमरू ध्वनि पहुँची।

अरे! हुआ क्या? कैलाशी आज कहीं असमय में ही रौद्र भाव तो नहीं विस्तार कर रहे हैं?

शृंगी, भृंगी ने भूमि पर गिरकर प्रणतिपात किया, उमा रत्नपीठ त्याग अस्त–व्यस्त पाँव–प्यादे ही उठ पाई, नंदी बारंबार कुकुंद हिलाने और हुंकार भरने लगे। परंतु डमरू बजता ही गया—

डम डम–डम डम।

डमर–डमर डम,

डमर–डमर

डम, डमर, डमर डम

डमर–डमर।

वेग से, अति वेग से, अत्यंत वेग से। उसमें से अग्निस्फुलिंग निकलने लगे, वायुदेव काँपने लगे। भूलोक में आँधी, उल्कापात, जल–प्रलय, भूकंप होने लगे। जड़, जंगम त्राहिमाम्–त्राहिमाम् चिल्लाने लगे।

उमा ने भय, भक्ति, स्नेहपूरित मंदस्मित वाणी से कहा—“देव! यह क्या? आपके रक्षित लोक, परलोक, नक्षत्र–मंडल सब ध्वंस हो जाएँगे, प्रभो! डमरू नाद

बंद कीजिए! सब ध्वंस हो जाएँगे!"

"सो हो जाए!" शिव ने त्रिशूल ऊँचा करके भीषण वेग से डमरू-नाद करते हुए कहा।

'जय देव! जय-जय देव! जय देवाधिदेव! जय देव-देव!' शृंगी, भृंगी, नंदी, शिलिमुख, सूचीमुख, भुचुंडी, शूर्पकर्ण, असितपत्र, वेताल, हिंताल, गोशृंग, वज्रपद्म, लोहिताज्ञ आदि शत-सहस्र रुद्र गण आ जुटे। किसी की कमर में ताजा चूती हुई हाथी की खाल बँधी हुई। कोई व्याघ्रचर्म स्कंध पर लपेटे था। कोई नंग-धड़ंग, कोई कबंध, कोई प्रलंब, कोई निरवलंब, कोई विकट दंत, कोई कृतांत। कोई वीणा, मृदंग मूरज लिये, कोई शूल-शक्ति-वर्म-शरपुंख लिए दिग्दिगंत से आ जुटे। सबने झाँककर देखा—

घंटाघर के कलंकित कलेवर पर विद्युत् दीपावलियाँ रंग-बिरंगी आभा बिखेर रही थीं। चाँदनी चौक जगमगा रहा था और दिल्ली के छैल-छबीले स्त्रैण नर 'हा हा हू हू' करते, कचालू के पत्ते चाटते, पान कचरते, भीड़ में भरे-यौवन मदमाती, सैर-सपाटे की शौकीन लेडियों और मिसों को, जानते, अनजानते, दबोचते, घूरते, धर्मधक्के देते, ठिठोली और चुहल करते इधर से उधर गर्वभरी चाल से आ-जा रहे थे। मानो इन्होंने अपने रक्त, जीवन और शौर्य के मूल्य पर यह तथाकथित स्वातंत्र्य लाभ किया हो।

सबने देखा, सबने सोचा, यही क्या कैलाशी के क्षोभ का विषय है?

परंतु कैलाशी की दृष्टि सुदूर सूने मरुस्थल में अलक्ष, कृष्ण, चल-चंचल पिंड पर केंद्रित थी। सभी का ध्यान दिल्ली के रंगीन दृश्य से हटकर वहीं पहुँच गया। बहुत ध्यान करने से अब सबने देखा—उस शूल्य काली रात से आपूर्ण्यमाण रेगिस्तान में एक लंबग्रीव, अशुभ दर्शन, विगलित यौवन, किंतु भ्रदवसन नर-जंतु ऊँट पर बैठा, हिचकोले खाता, अपनी कमजोर आँखों से, चश्मे की सहायता से, चेष्टा करके देखता मार्गहीन मार्ग पर दौड़ा जा रहा है। कैलाशी की वक्र-दृष्टि उसी भाग्यहीन पर केंद्रित है। उनकी भृकुटी में वलि रेखा स्पष्ट होती जा रही है, नासिका रंध्र फूल रहे हैं। श्वास वेग से आ रहा है, त्रिशूल का हाथ ऊँचा उठता ही जा रहा है, डमरू का वज्रनाद तीव्रतम होता जा रहा है!

उमा ने शंकित-भीत होकर कहा "अरे! कहीं त्रिशूली तृतीय नेत्र तो नहीं खोल

रहे हैं? प्रलय हो जाएगा, असमय ही में विश्व भस्म हो जाएगा, असमय ही में।"

गण, गणपति सब विचलित हुए। वे निरुपाय उमा का मुँह ताकने लगे। उन्होंने कातर कंठ से कहा—"मातः! कैलाशी के अमर्ष का निवारण करो, उन्हें शिव रूप में अवस्थित करो!"

उमा ने शुभ्र स्निग्ध हाथ कैलाशी के कंधे पर रखकर कहा—"कौन है वह अधम मानुष, देव?"

"लंबग्रीव।"

"क्या किया है उस पातकी ने? एक नगण्य, जरा मृत्युपाश ग्रसित मानुष पर देवाधिदेव का ऐसा रोष क्यों?"

"देखो, देखो उसकी स्पर्धा?" उन्होंने उँगली से संकेत कर उधर कुछ दिखाया।

उमा ने भयभीत होकर देखा—चंद्रकला उसकी टोपी में संलग्न थी। फिर उन्होंने सदाशिव की धूमिल जटाओं को देखा, जो चंद्रकला के अभाव से धूमिल और श्रीहीन हो रही थीं।

उमा भय और क्षोभ से जड़ हो, उस अँधेरे रेगिस्तान के मार्गहीन मार्ग में दौड़ते हुए ऊँट की और लंबग्रीव आरोही की ओर देखने लगी।

कैलाशी की भृकुटी कुंचित होती जा रही थी, ओष्ठ फड़क रहे थे, कैलाशी कहीं तृतीय नेत्र न खोल दें। इसी से भयभीत हो उमा ने कहा, क्या उसने चंद्रकला को चुरा लिया है?

"देखो तो तस्कर को?" कैलाशी ने फिर हिमधवल उँगली उठाई।

□

किंतु मृत्युलोक में किसी को भी इस देवकोप का पता न था। लाहौर की अनारकली, पैरिस के सौंदर्य और मोहक विलास से स्पर्धा-सी करती हुई दीख रही थी। सड़कें फैशनेबल ग्राहक-ग्राहिकाओं से पटी पड़ी थीं और दुकानें विदेशी फैशन की सामग्रियों से। जीवन की कठिनाइयों की यहाँ परवाह न थी। गेहूँ, उर्द और चना खा-खाकर, पंचनद की ऊर्वरा भूमि में उत्पन्न दूध, घी और रस की मुँह छुट खुराक खा-खाकर कद्दावर और स्वस्थ माता-पिताओं ने जो युवक-युवतियों की, आज के युग की, चपल जोड़ियाँ उत्पन्न की थीं, वे पश्चिमी हवा के

झोंकों में झूम-झूमकर अपने विलास और यौवन का उन्मुक्त प्रदर्शन करती घूम रही थीं। धरती और आसमान पर वे अपने यौवन और विलास को छोड़कर दूसरी किसी वस्तु को देख ही न पा रही थीं। चरित्र और जीवन के साथ संश्लिष्ट कुछ गंभीर दायित्व और भारी त्यागमय भावनाएँ भी हैं, इनसे वे बिल्कुल बेखबर थीं। और उनके पिता-पितृव्य, मोटे और बेडौल पेट पर जो बहुधा बेतुले गेहूँ और चना खाने और यथावत् परिश्रम न करने से हो जाता है—कीमती विलायती सिल्क का अंग्रेजी-कट सूट का खोल चढ़ाए, सिर पर बत्तीस गज का एक थान लापरवाही से लपेटे, चोरी, चोरबाजारी, हरामखोरी और आपापंथी से गट्ठर-के-गट्ठर अंग्रेजों के दिए कागजी रुपयों को जेबों में भरे फिरते थे, जिनका स्वच्छंद उपभोग करने में इन युवक-युवतियों को कोई रोक-टोक नहीं थी।

□

इन्हीं के साथ, अफ्रीका का जंगल चेहरों और सिर पर उगाए, वीर का बाना धारण किए बहुत लोग कोमल अंतस्तल का रत्ती-राई बहिष्कार कर कड़ाह प्रसाद और झटके का बेखटके आस्वाद ले रहे थे।

हठात् कैलाशी ने तृतीय नेत्र खोल दिया। सहस्र उल्कापात का वज्रनाद विश्व पर व्याप्त हो गया। अग्निस्फुलिंग की एक ज्योतिष्मती धारा हिमकूट से सीधी अनारकली पर आ पड़ी।

और देखते-ही-देखते अनारकली भस्म होने लगी। लाहौर में भगदड़ मच गई। शताब्दियों से सुप्त और चिरदासता में मग्न विलास-लिप्सा और उसके साधन धाँय-धाँय जलने लगे।

नंदी, शृंगी, भृंगी, भुचुंडी, शिलिमुख, सूचीमुख, विकरालाक्ष, लंबकर्ण, असितवक्र आदि रौद्रगण दौड़ पड़े। गली-गली, कूचों-कूचों में उन्होंने मोटे, थौंदल, निकम्मे, लोलुप, कायर जनों को मार गिराना प्रारंभ कर दिया, रौद्र नेत्र से विस्फारित अग्निशिखा लाहौर को घेरकर चारों ओर से भस्म करती ही रही। उसी अग्नि समुद्र में घिर-घिरकर भागते-दौड़ते, हाय-हाय करते, भद्र-अभद्र सब पटापट मरने लगे। विलास की लिप्सा ने वासना को घसीटकर साथ ले लिया और छाँट-छाँटकर विलास पुत्तलिकाओं का अपहरण किया। देव, दैत्य, दानव भी पिल पड़े। भोग और भोग के साधन, वे बटोरने लगे। इस धकापेल में शत-सहस्र

पवित्र कुमारिकाएँ, निर्दोष पंचनद की पुत्रियाँ लांछित हुईं, नग्न की गईं और दूषित हुईं। बहुतों ने जान दे दी, बहुतों ने आत्मार्पण किया। बहुत जूझ मरीं, बहुतों का क्रूरघात हुआ, बहुत बद्ध हुईं, बहुतों ने अखाद्य भक्षण किया। संपूर्ण पंचनद पर रुद्र का तृतीय नेत्र घूम गया। दाहक ज्वाला की परिधि बनाकर हरी-भरी पंचनदभूमि, नगर-गाँव-बस्ती-जनपद-जन सब भस्म होने लगे। मृत्यु और मृत्यु से भी कठिन यातनाओं, यंत्रणाओं के अवर्णनीय नारकीय अभिनय हुए।

□

महा-महानिष्क्रमण आरंभ हुआ। लक्ष-लक्ष नर-समूह, घर-द्वार, खेत-संपत्ति छोड़ बे-घर बने, पत्नी-पुत्रों से हाथ धोए, राह के भिखारी बने, बहिष्कृत हुए। शताब्दियों से परिचित घर-द्वार, खेत-खलिहान वहीं रहे, भग्न प्राण और जर्जर शरीर को ले, गठरी-मुठरी सिर पर लाद, कोई पाँव प्यादे, कोई घोड़ा, गदहा, ऊँट, खच्चर, बैलगाड़ी पर कोई अपने सशक्त साथी की पीठ पर, चले अज्ञात यात्रा को, असहाय भिखारियों-खानाबदोशों की भाँति। महिलाओं के पैरों में घाव हो गए, सुकुमारियाँ मूर्च्छित हो गईं, बालक सिसक-सिसककर मरने लगे, वृद्ध जन अपनी आँसुओं से अपनी धौली दाढ़ी धोते चले—काँखते-लँगड़ाते, गिरते-पड़ते, भूखे-प्यासे। एक-दो नहीं, लक्ष-लक्ष, सहस्र-सहस्र, शत-शत।

उल्कापात ने उन्हें छिन्न-भिन्न किया। आघात ने उन्हें आहत किया, रोग ने उन्हें अल्पमृत्यु दी, भूख ने उन्हें आबरू बेचने पर लाचार किया। न बूढ़े की लाज रही, न कुलवधू की मर्यादा। न बड़े का बड़प्पन रहा, न छोटे का शील। प्राणों को देते-लेते, जीवन और मृत्यु का सामना करते, रात को तारों से भरी खुली रात में बीच राह सोते, दिन की जलती धूप में झुलसती आँखों से जार-जार आँसू बहाते, थके हुए, गिरे हुए, घायल हुए परिजनों को घसीटते और कंधों पर ढोते हुए चलते चले गए। मरतों पर आशीर्वाद के अश्रुबिंदु न्योछावर करते और जीतों पर निराशा की गहरी साँस खींचते। प्राण पुत्तलिकाओं का उन्होंने अपने हाथों वध किया—घर में बंद करके आग में फूँक दिया और चल पड़े अपनी समझ से निर्द्वंद्व होकर। सब कुछ खोकर केवल प्राणों का भार लेकर।

□

उमा ने आँखों में आँसू भर कहा, "बहुत हुआ। देव, बहुत हुआ। अधम क्षुद्र,

मर्त्य प्राणियों पर दया करो, नरसंहार रोको। निष्पाप कुमारियाँ लाज खो रही हैं, स्नेहवती माताओं की गोद सूनी हो रही है। नर-रक्त की नदी पंचनद की हरी-भरी भूमि को लाल बना रही है।"

परंतु त्रिशूली ने वामहस्त ऊँचा करके डमरू वाद्य किया!

डम डम-डम डम

डमर-डमर डम,

डमर-डमर

डम, डमर, डमर डम

डमर-डमर।

और फिर हुंकृति करके एकबारगी ही विष वमन किया।

उमा मूच्छिर्त होकर रत्न सिंहासन से नीचे गिर गईं। रौद्रगण विक्षप्त हो दिल्ली पर दौड़ पड़े।

अरर-धम

अरर-धम

धम-धम।

अग्निस्फुलिंग, लोहवर्षण, मृत्यु, लूट, अमर्ष, पाप और ताप का संपूर्ण विस्फोट हो गया। लाशें गली-कूचों में सड़ने लगीं। चाँदनी चौक श्मशान हो गया। दुर्गंध, अराजकता, अंधेर और पाप के सब रूप प्रकट हुए। सड़कर फूली हुई लाशों पर मक्खियाँ भिनभिनाने लगीं। कुत्ते, सियार, गिद्ध, लालकिले के चारों ओर घूमने लगे। यमराज भैंसे पर सवार होकर मृत्यु के आखेट का लेखा-जोखा रखने आ पहुँचे। महामाया ने कालचक्र वेग से घुमाया, देव-दानव सब आकुल, भीत आतंकित हो गए।

□

देवराज सब देवों के परामर्श से सतीश्वरी महामाया के मणिमहल की ड्योढ़ियों पर पहुँचे और मस्तक झुकाकर बोले—"देवि, देवाधिदेव धूर्जटि! एक अधम तस्कर के दोष से मर्त्यलोक के लक्ष-लक्ष, मानवों का विध्वंस कर रहे हैं! अब आप ही सहायता कीजिए देवि, आप ही की यह सृष्टि है, आप ही यदि इसे विध्वंस करेंगी तो कैसे होगा, कृपा कर कालचक्र को रोकिए, देवि महामाया!"

महामाया ने हँसकर कहा, "एक व्यक्ति के दोष से नहीं देवराज, सभी का दोष है। उन्होंने अपना जीवन अपने ही में केंद्रित कर लिया है, वे आत्म-पुजारी रूढ़ि के दास और वासना के पुजारी हो गए हैं। कर्तव्य-पथ को उन्होंने त्याग दिया है। वे मानव कुल-कलंक हैं। मरें वे सब, देवाधिदेव की आज्ञा से मैं नवीन सृष्टि रचना करूँगी।"

इंद्र ने नतजानु होकर कहा, "प्रसन्नमयी, ऐसा नहीं है। लोग गतानुगतिक हैं, जन-जीवन के रथचक्र को घुमाकर कर्तव्य के पथ पर लाने का भगीरथ प्रयत्न कुछ जन कर रहे हैं। आप कालचक्र को रोकिए, देवि!"

महामाया ने झाँककर चाँदनी चौक की ओर देखा—गंदी और अवांछनीय भीड़ भरी थी। भद्र-अभद्र सब जन भीड़ में आ-जा रहे थे। सड़कों पर खोमचेवालों, कचालूवालों और अंडेवालों का जमघट था। खुले मैदान में मुरगी के अंडे पक रहे थे। लोग अंट-शंट खा रहे थे। बहुत लोग शराब पी-पीकर अश्लील गीत गा रहे थे। बहुत से स्त्रियों को देख-देख ठिठोली कर रहे थे। बहुत से झूठे सौदे कर रहे थे। बहुत से जेब काट रहे थे—कबाब पक रहे थे, मांस के जलने की चिराँध फैल रही थी, बहुत लोग खड़े-खड़े गंदे खाद्य खा रहे थे, सड़कों पर गंदगी और कूड़ा-करकट का अंबार लगा हुआ था। गाड़ियों में भीड़, धक्कम-धक्का, गाली-गलौज, झूठ, बेईमानी, दगाबाजी, अव्यवस्था, अशौच।

महामाया ने नाक-भौंह सिकोड़कर कहा—"मैं महामारी को भेजूँगी, दिल्ली के ये भेड़िये और सूअर पटापट मरेंगे। ये क्या सभ्यता, व्यवस्था, स्थैर्य, शिष्टाचार और संयम सीखेंगे ही नहीं? इतना खोकर भी, इतना भोगकर भी!"

क्रोध से महामाया का मुँह विवर्ण हो गया।

देवराज ने हाथ जोड़कर कहा—"नहीं, नहीं देवि, अभी आप निर्णय न करें, देखिए उधर क्या हो रहा है?"

देवराज ने एक ओर उँगली उठाई। महामाया ने देखा।

एक हिमधवल शैया पर एक क्षीणकाय कृष्णवर्ण वृद्ध चुपचाप लेटा था और शैया को घेरे कुछ भद्रजन आँखों में आँसू और अनुनय भरे उसकी ओर ताक रहे थे। एक लंबे कद के श्वेतकेशी छरहरे तरुण ने कहा, "बापू, हम सब कुछ करेंगे, आप अपने जीवन की रक्षा कीजिए।"

बापू ने कहा—"भद्र, मेरा जीवन तो मेरे लिए है ही नहीं, जिनके लिए है, वे ही इसे नष्ट भी कर सकते हैं। परंतु मैं मानुष-द्वेष सह नहीं सकता। सब भाई हैं, एक भाई दोष करे तो दूसरा क्षमा कर दे, तभी उसके दोष का निवारण हो सकता है।"

"ऐसा हम कर रहे हैं बापू!" एक बूढ़े मुसलमान ने आगे आकर कहा।

बापू ने मुसकराकर उसका हाथ प्रेम से पकड़ लिया। फिर कहा—"कीजिए मौलाना, कीजिए और जब आप सफल होंगे तो मैं उपवास त्याग दूँगा। मैं चाहता हूँ—विश्वशांति, अटूट प्रेम, दृढ़ विश्वास और हार्दिक सहयोग। इसी के लिए मैंने जीवन धारण किया और इसी के लिए मैं जीवन की बलि दूँगा।"

महामाया ने मृदुहास्य से कहा—"यह कौन देवभक्त है, देवराज?"

"गांधी है, प्रसन्नमयी! ये मानवता की रक्षा करने के लिए अपने प्राण की आहुति दे रहे हैं और ये इनके साथी जवाहर, प्रसाद, आजाद, सरदार, राजाजी और परिजन।"

"साधु, देवराज साधु, तो तुम गांधी को लेकर देवाधिदेव की सेवा में जाओ। आज अपराह्न में मैं उनकी आत्मा को दिव्य प्रकाश दूँगी।"

देवराज ने महामाया को प्रणाम किया और मृत्युलोक को प्रस्थान किया।

□

उसी दिन, अपराह्न में नई दिल्ली के बिरला भवन के मुक्त उद्यान में जब शतसहस्र मन आबाल-वृद्ध श्रद्धा आँचल में भरे, विनयावनत-तपोदग्ध द्वितीया की क्षीण चंद्रकला की भाँति उस जीवित सत्व का अभिनंदन कर रहे थे—जो उनके बीच हास्य की ज्योत्स्ना बिखेरता हुआ हिमधवल पीठ की ओर देव वंदना के लिए जा रहा था—तीन बार ज्योतिकिरण फूटी और तीन ही बार महानाद हुआ। उस महानाद में एक स्वरघोष भाग्यशालियों ने सुना—हे राम!

महामाया ने माया विस्तार की और नश्वर-अविनश्वर का हठात् विच्छेद हो गया। कोटि-कोटि मर्त्यप्राणी विमूढ़ हो आकुल हो उठे। मर्त्यलोक नयन नीर से प्रक्षालित हुआ। महामाया के प्रसाद से गांधी हिमकूट पर कैलाश के हीरक द्वार पर देवराज इंद्र के साथ जा पहुँचे। हीरक द्वार खुल गया, कुमार कार्तिक आनंद से नृत्य करके नाचने लगे। कैलाश उज्ज्वल आभा से आलोकित दिव्यज्योति से आपूरित हो गया।

कैलाशी ने शुभदृष्टि डाली, कहा—"कौन है यह हिमधवल शुभ्र केशी?"

"गांधी है देव!"

देवाधिदेव मुसकरा उठे। आप-ही-आप उनका तृतीय नेत्र निमीलित हो गया। उच्च हिमकूट पर वासंती वायु बहने लगी, विविध वर्ण पुष्प खिल गए, मकरंद-लोभी भ्रमर गूँजने लगे, कोयल कूकने लगी, मलय मारुत का सुखस्पर्श पा कैलाशी आनंद-विभोर हो गए। बादलों को छिन्न-भिन्न करती हुई उमा रत्नशृंगार किए आ उपस्थित हुई।

कैलाशी ने धीरे से त्रिशूल नीचे रख दिया। डमरू अपने स्थान पर अब स्थित हुआ। शुद्ध शिवरूप होकर धूर्जटि ने कहा—

"हे कालपुरुष, तू जयी हो! आ मेरे शीर्षस्थान पर आसीन रह और वहीं से अनंत विश्व पर जब तक भूलोक में काल का आयु दंड है, तू ही चंद्रकला के स्थान पर शीतल स्निग्ध-शुभ्र-शिव ज्योत्स्ना की मर्त्य प्राणियों पर वर्षा करता रह! मर्त्य प्राणियों पर वर्षा करता रह!"

□

सोने की पत्नी

सोना सदा से हमारी कमजोरी रहा है। किस प्रकार गाँव का एक परम संतोषी और सुखी किसान अपनी स्वर्ग-सी दुनिया को अपनी इस स्वर्ण-लिप्सा के कारण अपने हाथों नष्ट कर देता है, लेखक ने इस पूरे घटनाक्रम का मार्मिक, किंतु रोचक चित्रण किया है। यह गंगा के किनारे बसे गाँव राजपुरा के रघुनाथ, उसकी पत्नी अनूपा और उनके शिशु की कहानी है। दिल्ली शहर की नागरिकता व संपन्नता, सजे-सँवरे बच्चों, सौंदर्य-प्रसाधनों से सजी सोने सी दमकती युवतियों, आधुनिक सुविधाओं और तड़क-भड़क से बुरी तरह अभिभूत रघुनाथ इच्छा प्रगट करता है कि उसकी पत्नी भी सोने की हो जाए। उसके सौभाग्य या दुर्भाग्य से उसी समय देवों के देव महादेव और देवी पार्वती वहाँ से गुजर रहे थे और वे रघुनाथ की इच्छा सुन लेते हैं। देवी पार्वती के स्त्री-हठ के कारण शिवजी रघुनाथ की स्त्री को सोने की बना देते हैं और यहीं से इस सर्वतो-सुखी परिवार के विनाश की शुरुआत होती है। थोड़ी-थोड़ी और फिर बड़ी-बड़ी जरूरतों की पूर्ति के लिए रघुनाथ कभी पत्नी की इच्छा से और कभी अपनी कुटिलता से उसके अंगों को काट-काटकर बेचता रहता है। उसकी पत्नी भी गजब की पतिभक्त है, जो सर्व अंगविहीन ठूँठ होकर भी उसे दोषी नहीं मानती। लेकिन लेखक तो भारतीय साहित्य की सुखांत परंपरा को माननेवाला है, तो इस त्रासदी भरी कथा का अंत आपको अवश्य अभिभूत करेगा। एक सांसारिक-व्यावहारिक ज्ञान देनेवाली बोधकथा।

भगवती भागीरथी जब ताव-पेंच खाती हुई, हिमाचल के आँचल से अपनी बाँकी अदा से खिसकती हुई मैदान के हरे-भरे, विस्तृत प्रांगण में हर-हर करती बहती है, तब कही-कहीं उसकी शोभा निराली हो जाती है।

अनूपशहर के पूर्व में गंगा के किनारे बसा हुआ पुराना छोटा सा गाँव राजपुरा भी गंगा की ऐसी ही अनुपम शोभा धारण करता है। इस गाँव की ओर मुड़कर मानो गंगा ने एक बल खाया है। वे एक बार दक्खिन को घूमती हुई बहकर फिर सीधे पूरब को समुद्र-पथगामिनी हो गई हैं।

रघुनाथ जाति का ब्राह्मण है। आयु तीस वर्ष से कम है। सुंदर, सुगठित, सरल और आकर्षक युवक है। वह अपढ़ है अथवा कहना चाहिए, देहाती शाला में कुछ थोड़ा सा पढ़-लिख गया है। वह कभी-कभी ग्रीष्म की दुपहरिया में चौपाल में बैठकर एकाध संगीत की पुस्तक बाँचता है। उसके घर में दो-तीन पुस्तकें हैं। उन्हें वह पढ़ता नहीं, गाकर गाँववालों का सुनाता है। बहुत बार सुना चुका है। वह संतोषी है, सबके चार काम कर देता है। गाँव की बूढ़ी स्त्रियाँ उससे बहुत प्रसन्न हैं। वह उन्हें काकी-चाची-ताई कहकर पुकारता है। प्रौढ़ वधुएँ उसे 'लाला' कहती हैं। वह उन सबको भाभी कहता है। 'भाभी' शब्द उसके मुख से बहुत प्यारा लगता है। युवती स्त्रियाँ उस शब्द को सुनकर मुग्ध हो जाती हैं। वह गौरवर्ण नहीं, सुंदर भी नहीं, परंतु उसकी गठित देह और भाव-भंगी बहुत सुंदर है।

उसकी पत्नी का नाम अनूपा है। वह एक संपन्न घर की लड़की है। उसकी आयु केवल सत्रह वर्ष की है, परंतु उसकी गोद में नौ मास का एक सुंदर बच्चा है। बच्चा माता की भाँति सुंदर और पिता की भाँति पुष्ट है। वह सदा छोटे से बिछौने पर पड़ा हुक्-हुक् करके हाथ-पैर मारता रहता है। जरा गाल छू देने ही से खुलकर हँस देता है। उसका रंग सेब के समान गोरा है। अनूपा पढ़ी-लिखी नहीं। वह देहात के एक साधारण जमींदार की बेटी है। उसका बाप आसपास के गाँव में संपन्न कहा जाता है। रघुनाथ के घर आकर वह और भी संपन्न घर की बेटी कहलाने लगी है। जब वह मायके से आती है, बहुत सा सटर-पटर सामान साथ लाती है—गुड़, मिठाई, धान, कपड़े, घी, बरतन, गोटा, मेवा और नकद रुपया भी। गाँवभर के स्त्री-पुरुषों में उन चीजों का प्रदर्शन होता है। जवान, अधेड़, बूढ़े, पोपले मुखों से उस सामान की, अपने माता-पिता के संपन्न होने की प्रशंसा सुन-सुनकर उमंग

भरी अनूपा तेजी से ताईजी, काकीजी, मौसीजी, सब आगंतुकाओं को पीढ़ी, खाट, आसन देती है। अत्यंत अनुग्रह करने पर वह किसी की गोद में अपने गुलाब के फूलों के ढेर के समान लल्लू को डाल जाती है। लल्लू उस अपरिचित गोद से सुपरिचित की भाँति सुख से लेटकर, दोनों पैर पटक-पटककर 'हग्गू-हग्गू' कहता और प्यार की गालियाँ खाकर सूअर, पाजी बनता है।

इन ढाई प्राणियों को छोड़कर रघुनाथ के घर में अपना और कोई नहीं; एक गाय अवश्य है। वह थोड़ा सा दूध देती है। अनूपा अपनी चातुरी से उसी में से लल्लू का काम चलाकर थोड़ा दही-मट्ठा भी तैयार कर लेती है। अनूपा अपने घर का सब काम स्वयं करती है। वह बहुत तड़के उठकर, गौ को सानी देने के बाद, जल्दी-जल्दी घर को बुहार डालती, तुलसी के चबूतरे को लीप देती, फिर पानी भरकर स्नान कर डालती है। इतनी देर बाद दिन निकलता है। रघुनाथ हल-बैल लेकर खेत पर चला जाता है। अनूपा जल्दी-जल्दी रसोई बनाकर एक स्वच्छ कटोरदान में ताजी रोटी, मक्खन, छाछ और तरकारी रख, एक बगल में लल्लू को ले, दोपहर से प्रथम ही खेत पर जा पहुँचती है। पिता को हल चलाते देखकर लल्लू दूर ही से किलकारी भरता है। वह दोनों हाथ पिता की ओर फैला देता है। और जब अनूपा पति के पास पहुँचती है, तो वह खेत की जुताई रोककर एक हाथ से बैलों का रस्सा थामकर, दूसरे हाथ से अनूपा के कंधे को छूकर लल्लू का मुख-चुंबन करता है। इसके बाद दोनों प्राणी आँखों-ही-आँखों में हँसते हैं। अनूपा पेड़ की घनी छाया में कुटिया के द्वार पर पड़ी छोटी सी खटिया पर लल्लू को सुलाकर पेड़ की डाल में भोजन का कटोरदान लटकाकर पति को सहायता देने काछा कसकर पहुँच जाती है। आनंद और उल्लास से भरे हुए वे दोपहर तक बहुत सा काम कर डालते हैं। इसके बाद जब वे कुटिया के पास आकर सुख की नींद सो रहे लल्लू को दोनों आँख भरकर देखते हैं, तो मानो अपनी आत्मा की जाग्रत् ज्योति को देखते हैं। कटोरदान खुलता है और दोनों प्राणी वह अमृत के समान भोजन आनंद से खाकर शीतल, ताजा पानी पीकर तृप्त हो जाते हैं। अनूपा समझती है, मेरा पति है, पुत्र है, खेत है, घर है, हल है, बैल है और गाय है; जगत् में मुझ-सा सुखी कौन! रघुनाथ समझता है, मेरी अनूपा है, लल्लू है, खेत है, घर है, बैल है, हल है; मेरे बराबर राजा कौन! जगत् के प्रांगण में उन हरे-भरे, शांत

और एकांत खेतों के दूसरी ओर नगर बसे हैं। वहाँ बड़ी-बड़ी अट्टालिकाएँ हैं। वहाँ मोम की मूर्ति-सी रमणियाँ रहती हैं, जिनके पाँव मखमल पर छिलते हैं। वहाँ संपदा, सोना, रत्न बिखर रहे हैं। वहाँ ऐश्वर्य, संपत्ति और सौंदर्य का मेह बरस रहा है। पर रघुनाथ ने यह कभी नहीं जाना, अनूपा ने भी नहीं। वे न कहीं जाते, न आते, उनकी सब सामाजिक और आत्मिक तृप्ति वहीं हो जाती थी। वही छोटा सा संसार उनका विश्व और वही पति-पत्नी, पुत्र, हल, बैल, गाय, घर, खेत विभूति थी।

राजपुरा, दिल्ली से चालीस कोस है। दिल्ली में रघुनाथ का फुफेरा भाई रहता है। वह यहाँ किसी बैंक में नौकर है। उसकी लड़की की शादी है। उसने रघुनाथ को दिल्ली बुलाया है। बहू को लाने का भी आग्रह है। चिट्ठी आई है, उसे पढ़कर आज रघुनाथ खेत पर नहीं गया। वह गाँव के चार बड़े-बूढ़ों से इस विषय पर सलाह कर रहा है। दिल्ली बड़ा शहर है। वहाँ अकबर बादशाह का लालकिला है। उस किले में अकबर का दोस्त जाट उसके पास गया था, दिल्ली में चाँदनी चौक है, जहाँ दिन-रात चाँदनी छिटकी रहती है। वहाँ के आदमी हवा-गाड़ी, पैर-गाड़ी और बिजली-गाड़ी पर बैठते हैं। सड़कों पर काँच बिछे हैं, उनमें मुँह दिखाई देता है। दिल्ली के मकान आसमान से बात करते हैं, उनमें बिजली चमकती रहती है, आदि बातें हो रही हैं। रघुनाथ ने दिल्ली देखी नहीं है। दिल्ली देखने का उसे बहुत चाव हो रहा है। वह दिल्ली जाए या न जाए, यही विचार-परामर्श का मुख्य विषय है। वह अकेला जाए या बहू को भी ले जाए। पर लल्लू-बहू जाएँगे कैसे? रहेंगे कैसे? सलाह हो गई, वह अकेला ही जाए। भाई-बंदी में बिना जाए तो नहीं सरता। बाप थे, तब वे जाते थे। अब तो उसे स्वयं ही रिश्तेदारी निभानी पड़ेगी। रघुनाथ ने जाने का निर्णय किया। वह घर उठकर आया, चेहरे पर घबराहट और चिंता थी। वह दिल्ली जाएगा कैसे? अकेला आदमी, अनजान जगह और शहर का मामला, यही रघुनाथ की चिंता का विषय था।

अनूपा ने सुना तो सोच में पड़ गई; परंतु उसे जाना तो चाहिए ही, यह उसका भी मत हो गया। उसकी चिंता कुछ दूसरी थी। वह अकेली रहेगी कैसे? लल्लू याद करेगा, तब? बुवाई हो गई थी, खेत की तो चिंता न थी। अनूपा ने धीरज और साहस से काम लिया। उसने कहा, जाना ही है तो बंदोबस्त करना ही पड़ेगा। गोमती की चाची यहाँ रात को सो जाया करेंगी। धजिया नाइन गाय-बैलों का गोबर-पानी कर

देगी। रहतुआ चमार घास-चारे का प्रबंध कर देगा। घर से तो छुट्टी हुई।

अब चलने की तैयारी पर बहस चली। कपड़ों का चुनाव सबसे कठिन था। शहर में बढ़िया कपड़े पहने बिना कैसे जाना हो सकता है? रघुनाथ कहता था, मैं तो अपना खद्दर का कुरता और धोती पहनूँगा, जूता भी अभी ठीक है। अनूपा की राय नहीं मिलती थी। उसका मत था कि रघुनाथ को वहाँ फूलदार अँगरखा पहनकर जाना चाहिए। टोपी की जगह साफा बाँधना चाहिए। जूता नया खरीदना चाहिए। अंत में अनूपा का ही मत रहा। जूता नया खरीदा गया और वह भी बूट। साफे का काम घर ही से चल गया। अनूपा ने अपनी साड़ी दे दी। धोती-जोड़ा भी एक खरीदना पड़ा।

राजपुरा ग्रांड ट्रंक रोड पर बसा था। वहाँ से होकर दिल्ली को ऊँटगाड़ियाँ जाती थीं। एक रात और आधा दिन लगता था। किराया लगता था चौदह आना। शुभ घड़ी और शुभमुहूर्त में रघुनाथ दही-चूड़ा खा, ऊँटगाड़ी में बैठ दिल्ली चला गया।

दिल्ली से लौटने पर रघुनाथ के तन-मन में भूचाल आ गया था। दिल्ली की नागरिकता और संपदा देखकर उसकी आँखें चौंधिया गई थीं। बैंक में उसने रुपयों और नोटों के अंबार लगे देखे थे। इतने रुपए भी दुनिया में इकट्ठे हो सकते हैं, यह उसने कभी सोचा भी न था। उसने एक से बढ़कर एक सुंदरियाँ देखी थीं। वे बहुत कीमती, रेशमी जरदोजी के काम की साड़ियाँ पहने, हीरे-मोतियों से लदी मोटरों में घूम रही थीं। उसने अनूपा को सदा लोकोत्तर स्त्री-रत्न समझा था। वह समझता था, कहीं संसार में अनूपा-सी सुंदर स्त्री भी होगी? आज उसने देखा, दिल्ली में अनूपा की क्या हैसियत है? ये तो साक्षात् परियाँ थीं, जिनके हास्य, चाल, भाव-भंगी और सौंदर्य ने रघुनाथ को भौचक बना दिया था।

अपने लल्लू को वह संसार के सब फूलों से कोमल और सुंदर पाता था। परंतु उसने दिल्ली में कितने एक-से-एक बढ़कर सुंदर बच्चे देखे थे। वे कीमती कैनवास की सायेदार गाड़ियों में आया के द्वारा घुमाए जा रहे थे। उनके शरीर पर गरम, सुंदर ऊनी जंपर और फ्रॉक थे। उनके चेहरे लाल हो रहे थे। लल्लू उनके सामने किस खेत की मूली था! उसके कपड़े-लत्ते, जो सदा अनूपा घर में धोकर पहनाती थी, उसकी वह छोटी सी खटिया, छी-छी! ये भी कोई चीजें हैं! रघुनाथ की आत्मा तिलमिला उठी। उसने अपने घर पर भी बारंबार दृष्टि डाली। कच्ची

और बेमरम्मत दीवारें, अँधेरी कोठरियाँ, छप्पर की रसोई, टिमटिमाता सरसों के तेल का दीया, सुनसान, टेढ़ी-तिरछी गाँव की सँकरी गली। राम-राम, यह भी कोई जीवन है, दिल्ली में कैसे एक-से-एक बढ़कर महल हैं! कैसी उनमें बिजली की रोशनी है! कैसी साफ-चौड़ी सड़कें हैं! यह गाँव क्या है, नरककुंड है। हम लोग रहते हैं! पशु की भाँति दिन काटते हैं। उसे अपने ऊपर क्रोध आ रहा था। लल्लू अब उसे अच्छा न लगता था। अनूपा उसे कुरूप और भद्दी जँच रही थी। घर श्मशान सा लगता था। जीवन भर जिस भोजन को अमृत समझकर खाया, वह अब उसके गले नहीं उतरता था। उसने अपने फुफेरे भाई को अपने दोस्तों के साथ, स्वच्छ संगमरमर की मेज पर चाय पीते देखा था। वाह! क्या बहार थी! कैसे चीनी के प्याले थे! कितनी किस्म की मिठाइयाँ थीं, किस तरह सजाकर रखी थीं! वाह! यह जीवन तो अकारथ गया। खेत में अब उसका जी नहीं लगता था। नलाई और पानी का समय था, मगर रघुनाथ को इसकी चिंता न थी। वह खूब देर करके उठता। जागने पर भी पड़ा रहता। वह न अनूपा से बोलता, न लल्लू के साथ हँसता। वह चुपचाप शून्यदृष्टि से छत की कड़ियाँ गिना करता। दिल्ली की प्रत्येक घटना एक के बाद एक आँखों में घूमती रहती थी।

एक-दो दिन अनूपा ने पति के इस भाव परिवर्तन को नहीं समझा। अनूपा के लिए वह एक सस्ती, चमकीली, नकली टसर की साड़ी लाया था। पचासों बढ़िया साड़ियाँ देखने पर यही वह ला सका। उनकी कीमतें सुनकर वह सकते की हालत में आ जाता था। वह सोचता, बाप रे! इतने दाम में तो एक जोड़ी बैल आते हैं। लल्लू के लिए वह एक लाल रंग का टोपा लाया था। पति के आते ही अनूपा ने अँधेरे में उठकर सारा घर लीप डाला था, फिर नहाकर रसोई में चली गई थी। उस दिन उसने खीर बनाई थी। पति को खिला और आप खाकर, उसने नाइन को बुलाकर सिर गुँथवाया, उसे गुड़ दिया और तब नई साड़ी पहनकर पति के चरण गोद में लेकर दबाने बैठ गई थी। लल्लू को वही टोपा पहनाकर उसने पहले ही पति की गोद में लिटा दिया था। रघुनाथ पत्नी और पुत्र के इस प्रेम से ऊबकर सोने का बहाना करके पड़ा रहा। अनूपा ने समझा, पति थके हुए हैं। वह आनंद में विभोर हुई पति के पैर दबाती रही। उसे साड़ी मिली थी, पति मिला था, पति के प्यार का प्रत्यक्ष प्रमाण मिला था। अनूपा ने कहा—"क्या सो गए?"

"नहीं तो।"

"तब ऐसे गुमसुम क्यों पड़े हो? क्या दिल्ली याद आ रही है?"

"अरी, क्या कहने हैं! दिल्ली क्या, इंद्रपुरी है। हम लोग भी कोई आदमी हैं? कीड़े-मकोड़े हैं।"

"हम कीड़े-मकोड़े क्यों हैं?"

"अब तुझसे क्या कहूँ? दुनिया में कैसी-कैसी चीजें हैं! एक बार आदमी देख ले तो पागल हो जाए।"

"सो तुम पागल ही हो गए हो क्या?"

"हो तो गया हूँ। जी चाहता है, पर लगाकर उड़ जाऊँ, दिल्ली में रहूँ, दिल्ली में सैर करूँ। कैसे-कैसे महल हैं! उनमें बिजली की चकाचक रोशनी हो रही है। ऐसे महल में मैं रहूँ। वहाँ की लुगाइयाँ जैसे कपड़े पहनती हैं, तुझे पहना दिए जाएँ, तो क्या तू धरती पर पैर रखे! और लल्लू को वैसे कपड़े पहना दिए जाएँ, जैसे वहाँ साहब के बच्चे पहनते हैं, तो क्या बात है! अरी, वे सब छोटी-छोटी गाड़ियों में सज-धजकर घूमने निकलते हैं, जैसे मोम की पुतलियाँ हों।"

"क्या वहाँ की औरतें बहुत सुंदर हैं?"

"सुंदर! अरी पगली, एकदम परी! हवा लगने से उनका रंग मैला होता है, जैसे सोने की ढली हुई पुतलियाँ हों।"

अनूपा को ईर्ष्या हुई। उसने कुछ मुँह फुलाकर कहा, "तो फिर ले क्यों न आए एक-आध सोने की पुतली?"

"लाना क्या यों ही होता है री, भाग्य चाहिए।"

"तो जैसी भाग्य में थी, उसी पर सब्र करो।"

रघुनाथ को खयाल हुआ कि वह धुन में आकर अनूपा की उपेक्षा कर रहा है। उसने तृष्णा-भरी दृष्टि से पत्नी को घूरकर, उसका कोमल हाथ पकड़कर कहा, "क्या कहूँ मुझे खबर न थी कि दुनिया में इतनी माया है, लोग ऐसे ठाठ-बाट से रहते हैं।"

अनूपा ने कंप से कहा, "जब वहाँ की औरतें सोने की पुतलियाँ हैं, तो लोग उन्हें बेच-बेचकर खूब धन इकट्ठा करते होंगे? सोना तो खूब रुपयों का बिकता है।"

रघुनाथ ने पत्नी की मोटी-मोटी कलाइयों को हाथ से दबाते हुए कहा, "पर तूने दिल्ली देखी ही नहीं, तुझसे क्या कहूँ!"

शिव और पार्वती संसार में विचरण कर रहे थे। रघुनाथ और अनूपा की बात सुनने को वे अटक गए। शिवजी ने हँसकर कहा—"मूर्ख को माया की हवा लग गई है। पार्वती ने करुणा से विचलित होकर कहा, क्या हर्ज है? बेचारे की इच्छा पूर्ण कर दो। इस स्त्री को सोने की बना दो।"

शिव ने हँसकर कहा, "तुम भी राह चलते एक-न-एक रार मोल लेती हो। मर्त्यलोक की स्त्री को सोने की बना देंगे तो संसार में अशांति हो जाएगी। एक तो अभी मनुष्य स्त्री को रत्ती-रत्ती बेचते हैं; उसकी आत्मा तक मनुष्य खरीदना चाहता है, फिर तो वह खुलकर बिकेगी।"

पार्वती ने नहीं माना। जिद करके बैठ गईं। उन्होंने कहा, "अब मैं यहाँ से उठूँगी तभी, जब यह स्त्री सोने की हो जाएगी।"

लाचार शिवजी ने अपने कमंडलु से रसायन की बूँदें टपका दीं। तीन बूँदें अनूपा के सिर पर पड़ीं, तो वह सिर से पैर तक सोने की हो गई। रघुनाथ ने देखा, तो उछल पड़ा—वाह, क्या चमत्कार हुआ! ऊपर आँख उठाकर देखा तो साक्षात् शिव-पार्वती रसायन-बूँद टपका रहे थे। वह अनूपा से लिपट गया। उसके अंग में वह कोमल और सुखद आलिंगन न था। वह अत्यंत शीतल और कठोर, ठोस सोने की थी। पर उसने इसकी परवाह न की। उसने उल्लास से पागल होकर कहा—"अनूपा, तुम सोने की हो गईं?"

"हाँ, सोचो तो, कितना सोना मेरे शरीर में होगा?"

"एक मन से भी ज्यादा। ओफ, मन भर सोना! अनूपा, एक मन सोना तो क़िसी राजा-महाराजा की स्त्री के पास भी न होगा। सेर भर सोना बहुत होता है। तुम तो तमाम-की-तमाम सोने की हो, ठोस सोने की।"

अनूपा ने कहा—"भला, इतना सोना कितने दाम का होगा?"

"दाम! अरे बाप रे, एक मन सोने के दाम कौन जाने? लाख रुपए होते हैं कि करोड़। अरी, इतना सोना होगा किसके पास?"

अनूपा ने कहा—"तुम्हारे पास तो है। तुम तो अब दिल्ली के सेठों से भी ज्यादा अमीर हो गए।"

रघुनाथ ने हाथ मलते हुए कहा—"सचमुच, अरे, इतने सोने के कितने रुपए होते हैं, कौन जाने?"

अनूपा ने हँसकर कहा—"अच्छा, भला कोई मुझे चुरा ले, तब क्या करोगे?"

रघुनाथ घबरा गया। उसने कहा, "ठीक कहती हो। अभी तुम्हें ताले में बंद कर दूँ। अब तुम खेत भी नहीं जा सकतीं, पानी भरने भी नहीं, अकेली तुम बाहर न जाना। किसी पर यह भेद नहीं खोलूँगा।"

"और पड़ोसिनें आकर देखेंगी, तो क्या बात छिपी रहेगी? हे भगवान्! अब मैं क्या करूँ?"

"अभी तुम्हें बंद कर दूँगा, कह दूँगा, बाप के घर गई है।"

"और, लल्लू रोएगा तब?"

"हे परमेश्वर, बड़ी मुश्किल हुई! उसे मैं खिला लूँगा; मैं खेत जाऊँगा ही नहीं।"

"फिर खाओगे क्या? खेत तो सब सूख जाएँगे।"

"मैं मेहनती नौकर लगा दूँगा; इतनी रकम जोखिम में छोड़कर खेत कैसे जाऊँगा, क्या पागल हूँ?"

"और, इस कच्चे, टूटे छप्पर के घर में इतना सोना लेकर रहोगे? डाका पड़ गया तब? किसे पुकारोगे?"

रघुनाथ पागल की भाँति चक्कर खाने लगा। उसने कहा—"बड़ी मुश्किल है, बड़ी आफत है। चलो, फिर दिल्ली चलें; वहाँ कोई खतरा नहीं है। रात-भर सिपाही बंदूक लेकर पहरा लगाते हैं। चोर को गोली मार दी जाती है। मकान पक्के और दरवाजे मजबूत हैं।"

"और, जो रास्ते में डाका पड़ गया तो?"

"हाय करम! करूँ तो क्या? और न करूँ, तो क्या? अच्छा, आओ, धरती में गाड़ दूँ, फिर मैं ऊपर चारपाई बिछाकर, लट्ठ लेकर सो जाऊँगा।"

"वाह, मेरा दम न घुट जाएगा! मैं धरती में क्यों गड़ने लगी?"

"तो भागवान, तू ही कुछ जुगत बता। मेरी तो अक्ल चरने चली गई है। कुछ करते-धरते नहीं बनता।"

अनूपा ने सतेज स्वर में कहा, "बेफिक्र रहो। भला मेरे जीते-जी कोई मुझे

हाथ लगा सकता है? सोना है, तो हमारा है, किसी का लूटकर तो नहीं लाए? अंग्रेज का राज है, कोई कुछ नहीं कर सकता। हाँ, तुमने कहा था न कि दिल्ली में बालक छोटी-छोटी गाड़ी में घूमते हैं, उनके बदन पर ऊन के गरम, बढ़िया कोट होते हैं?"

"कहा तो था।"

"वैसी एक गाड़ी और कोट जो लल्लू के लिए आ जाता!"

"फिर क्या बात थी, पर रुपए कहाँ हैं?"

"इतना सोना तो घर में है, अब भी रुपए के कंगाल ही रहे?"

"हाँ, सोना तो बहुत है, पर···"

"मेरी समझ में एक बात आती है।"

"कौन बात?"

"मैं पैर की कानी उँगली काटे देती हूँ, उसे बेचकर दिल्ली से लल्लू के लिए गाड़ी और गरम कोट ले आओ।"

"तुम्हें दु:ख न होगा? उँगली काटोगी?"

"दु:ख काहे का होगा, कुछ होगा तो हुआ करे, लल्लू की गाड़ी तो आएगी।"

"और कोट भी, गरमागरम, मेम के लड़कों जैसा।"

"तो लाओ गँड़ासा, मैं उँगली काट दूँ।"

"अरे, उँगली कैसे काटोगी, मत काटो।"

"लाओ भी, सोने की उँगली है; अकेली उँगली दस-बीस की बिकेगी।"

"हाँ, बिकेगी तो, पर उँगली भी तो कट जाएगी, अंगभंग हो जाएगा।"

"ओह, पैर की उँगली कौन देखता है, गँड़ासा लाओ तो।"

"अरी, रहने दे। चैत में गेहूँ बिकने दे। मैं लल्लू की गाड़ी और कोट ला दूँगा।"

"खूब कही, जाड़े तो यों ही बीत जाएँगे! ठहरो, मैं गँड़ासा लाती हूँ।" अनूपा कोठे में जाकर गँड़ासा ले आई। रघुनाथ ने बहुत रोका, साहस करके अनूपा ने अपने ही हाथ से उँगली काट ली। उँगली कटकर खट से अलग जा पड़ी। कटे स्थान से खून बह निकला। दर्द भी हुआ, पर अनूपा ने जी कड़ा करके सह लिया। उसने कहा—"तुम आज ही ऊँटगाड़ी से दिल्ली चले जाओ और लल्लू के लिए फ्रॉक और गाड़ी ले आओ।"

"पर तुझे तो बड़ा दर्द हो रहा होगा? दिखा तो, कितना खून निकल गया। ला, पट्टी बाँध दूँ।"

"मैं बाँध लूँगी। तुम देर न करो, चले जाओ।"

कोमल, गुलाबी ऊनी फ्रॉक पहनकर कैनवास की गाड़ी में लेटे-लेटे जब लल्लू किलकारी भरकर हँसने लगा, तो अनूपा और रघुनाथ हर्ष से खिल उठे। गाँव की औरतों की नजर से बचने के लिए अनूपा भीतर कोठे में, बीमारी का बहाना करके लेटी रहती थी। रघुनाथ को भी अब खेती-बारी की चिंता न थी। दोनों इस भेद को छिपाना चाहते थे कि अनूपा सोने की हो गई है। परंतु अनूपा की यह बड़ी इच्छा थी कि गाँव की लुगाइयाँ लल्लू की उस धज को देखें। भला, गाँव में किसके बच्चे के पास ऐसी अनमोल चीज होगी!

अनूपा ने कहा, "कितने की बिकी यह उँगली?"

"पच्चीस रुपए मिले।"

"पचीस रुपए! बाप रे, एक उँगली पच्चीस की बिकी, तो सारी देह के सोने के दाम का भी कुछ ठिकाना है!"

रघुनाथ ने आँखें चमकाते हुए कहा—"दाम! अरी मैं कहता हूँ इस वक्त दुनिया के परदे में मेरे बराबर कोई मालदार नहीं।"

"पर यह फटा कुरता, पुरानी जूतियाँ और मैली टोपी! मालदार ऐसे ही होते हैं?"

रघुनाथ उदास हो गया। दिल्ली के बाबू लोगों के कोट, पतलून, टोप, मोजे और बूट उसकी आँखों में नाचने लगे। उसने कहा, "क्या कहूँ, दिल्ली में मर्दों के ऐसे-ऐसे कपड़े बिकते हैं, जिन्हें पहन लो तो आदमी पहचाना भी न जाए।"

"सच, भला कितने के बिकते होंगे ये कपड़े?"

"पचास नकद तो चाहिए ही।"

"पचास की दो उँगलियाँ हुईं।"

"और क्या!"

"जाने दो, अबकी गेहूँ बेचकर तुम एक कोट और एक बूट जूता लाना।"

"बूट जूता और कोट क्या गरमी में पहना जाता है? वह तो जाड़ों में बहार दिखाता है। अरी, वह जूता ऐसा चमचम चमकता है कि तुमसे क्या कहूँ! और

कोट जो पहन लूँ तो राजा बाबू दिखाई पड़ने लगूँ।"

"दो उँगली भी तो कट जाएँगी।"

"हाँ, बिना दो उँगलियों के काम नहीं चल सकता।"

"जाने दो, यहाँ गाँव-खेत में कौन बूट-कोट देखता है?"

"देखने की एक ही कही। हाँ, दर्द बहुत होता हो तो जाने दे।"

"दर्द तो होता है।"

"बेटे के लिए नहीं हुआ; मना किया, पर काटकर दे दी। अब हमारे लिए दर्द होता है। लुगाई की जात बड़ी मतलब की होती है। सोने में तो उसकी जान अटकी रहती है। लुगाइयाँ गहने नहीं देतीं; यह तो उँगली ठहरी। जाने दे, मत दे।"

"ले जाओ फिर, नाराज क्यों होते हो? मैंने तो दर्द के…"

"जाने दे, फिर दर्द तो होगा ही। उँगली कटेगी, दर्द न होगा?"

"चार दिन में अच्छी हो जाएगी; पर मुझसे नहीं कटेगी, तुम काट लो। मेरा हाथ कैसे उठेगा?"

"यह तो सोना है, इसमें क्या?"

"जाने दे, दर्द होगा।"

"काट लो न, नखरे क्यों करते हो? ले आओ कोट, बूट और जूता। मेरे लिए भी बिंदी, मिस्सी और इतर लाना।" रघुनाथ ने मन का उत्साह भीतर छिपाकर गँड़ासा सँभाला, उसकी धार परखी और खट से दो उँगलियाँ कटकर अलग जा पड़ीं। अनूपा जोर से हाय करके बेहोश हो गई।

घाव से खून की धार बह चली। रघुनाथ ने घबराकर अनूपा को उठाकर पलंग पर लिटाया, घाव पर पट्टी बाँधी, पंखा झला। होश में आने पर अनूपा ने क्षीण स्वर में पूछा—"उँगलियाँ कट गईं?" "कट गईं। दर्द तो ज्यादा नहीं है?" अनूपा ने मन का कष्ट छिपाकर कहा—"नहीं।" वह आँख बंद करके पड़ी रही। रघुनाथ दोनों कटी उँगलियाँ उठाकर बाहर निकल आया। वह अपने कोट और बूट के मंसूबे बाँध रहा था।

बढ़िया ऊनी कोट, रेशमी साफा और काला चमचमाता बूट पहनकर जब रघुनाथ ने गाँव में ठसक से प्रवेश किया तो गाँववाले उसे देखते ही दंग रह गए। इस बीच में रघुनाथ ने गाँववालों से मिलना-बैठना भी त्याग दिया था। वह उन्हें

घृणा की दृष्टि से देखता था। उसे वे गंदे देहाती लोग पशु के समान प्रतीत होते थे; और अब ऐसे ठाठ से वस्त्र पहनकर उनके बीच बैठना, उनसे बोलना रघुनाथ के लिए अत्यंत अपमान की बात थी। वह अकड़ता हुआ जोर-जोर से पैर रखकर धरती को धमकाता हुआ सीधा अपने घर में घुस गया। अनूपा चारपाई पर लेटी थी, गाँव की औरतों से छिपने के लिए नहीं, वास्तव में उसकी तबीयत ठीक न थी। उसके शरीर से बहुत सा रक्त निकल गया था और घाव में बड़ा ही दर्द था। उसने धमकती चाल से रघुनाथ को घर में आते देखा। वह उसकी चारपाई के पास खड़ा हो गया और हँसकर कहने लगा—"देख तो, कैसा लगता हूँ?"

अनूपा के मन में वेदना उठी। उसने सोचा, देखो, इन्होंने मेरे दुःख-दर्द को तनिक भी नहीं पूछा। ये मर्द ऐसे ही मतलबी होते हैं। फिर भी वह मन के भाव को छिपाकर बोली, "अब तो राजा बाबू बन गए?"

रघुनाथ ने अकड़कर कहा, "गाँववाले साले आँखें फाड़कर देखते ही रह गए। जरा, अब तो हमसे इस गाँव में न रहा जाएगा। दिल्ली में हमें रहना होगा। भाई साहब से मैंने सब बातें कर ली हैं।"

अनूपा ने कहा, "दिल्ली में रहकर करोगे क्या? यहाँ की खेती-बारी का क्या होगा?"

'कहाँ की खेती-बारी और कहाँ का घर? इसकी अब क्या हकीकत है! मैंने सब बातें ठीक कर ली हैं। वहाँ हम कोई बढ़िया सा रोजगार-धंधा करेंगे। मैंने भाई साहब से कह दिया है कि रुपए-पैसे की तरफ से फिक्र न करना। उन्होंने कहा, "रुपए का बंदोबस्त हो, तो यहाँ तो देखते-देखते एक के चार होते हैं, असल बात तो यह है कि रुपए को रुपया कमाता है।"

"पर तुम रोजगार-धंधे के लिए इतना रुपया लाओगे कहाँ से?"

"कैसी बावली है; इतना भी नहीं समझती! इतना सोना घर में है; जानती है, कितने का है? दो उँगली बिकी सत्तर की, समझी।"

"समझी तो, अब तुम क्या मेरे हाथ-पाँव काटकर बेचने की सोच रहे हो?"

रघुनाथ यही तो सोच चुका था। उसका इरादा था, अगर आधी टाँग काटकर बेच दी जाए या बायाँ हाथ ही, तो फिर रुपए-ही-रुपए हैं। दिल्ली में धन्नासेठ न बन जाएँ! परंतु पत्नी के मुँह से साफ-साफ यह सवाल सुनकर वह कुछ सिटपिटा

गया। उसने देखा, अनूपा के मुख पर वेदना और निराशा की छाया वर्तमान थी। उसका वह सदा का हँसता हुआ, उत्साह और उमंग से भरा हुआ मुँह कुम्हला गया है। रघुनाथ ने बात टालने के लिए कहा, "सब बातें अब वहीं चलकर सोच ली जाएँगी। अभी तो उठकर कुछ खाने-पीने का बंदोबस्त करो।"

"पर मुझसे तो दर्द के मारे उठा ही नहीं जाता।"

"तो क्या तूने, जबसे मैं दिल्ली गया हूँ कुछ भी नहीं खाया?"

"उठा जाता, तो खाती।"

"और लल्लू?" एकाएक उसका ध्यान लल्लू की तरफ गया। वह उस चमकदार कैनवास की गाड़ी में, कीमती ऊनी कोट पहने मुरझाया-सा बेसुध पड़ा है। रघुनाथ ने कहा—"क्या लल्लू ने भी कुछ नहीं खाया?"

"मैं क्या करती, मुझसे तो हिला-डुला भी नहीं जाता। बेचारा रो-रोकर सो गया। अब दूध भी तो वह नहीं पी सकता। वह दबता ही नहीं।"

रघुनाथ के मन की उमंग बहुत भारी थी। उसने अनूपा की उस लाचारी और वेदना पर ज्यादा विचार नहीं किया। उसने थोड़ी भलमनसाहत से कहा, "फिक्र न कर, मैं अभी खाना बनाता हूँ। लल्लू के लिए भी दूध गरम करता हूँ।"

वह बिना उत्तर की प्रतीक्षा किए ही अपने काम में लग गया। उसने न तो अनूपा की सुनी, न गाँववालों की। खेत को ओने-पोने पर पड़ोसी किसानों को देकर, घर में ताला बंद कर, वह एक दिन संध्या समय अनूपा को कंधे का सहारा दे और लल्लू को गोद में उठा खट से ऊँटगाड़ी में आ बैठा।

दिल्ली की पूरी बहार अनूपा नहीं देख सकी, क्योंकि वह चल-फिर सकती ही न थी। जिस मकान में रघुनाथ ने डेरा डाला था, वह मामूली दर्जे का था। उस पर उसमें सन्नाटा था। रघुनाथ नहीं चाहता था कि कोई उसके घर आए और अनूपा को देखे। इसलिए उसने ऐसा ही मकान पसंद किया था। उस सुनसान मकान में आकर अनूपा को कुछ भी अच्छा न लगा। रघुनाथ फौरन ही जाकर भाई से कार-रोजगार की बातों में उलझ गया था। वह धन्नासेठ बना था। इस तरह बातें करता था, मानो कारू का खजाना उसी के पास है। भाई बेचारा चालीस-पचास रुपए का बैंक में क्लर्क था। रघुनाथ के रंग-ढंग और बातचीत से उसने समझा, मोटी मुरगी है; फँसा भी अच्छी तरह। उसने खूब लच्छेदार बातें कीं, सब्जबाग दिखाए

और वहीं खाना खिलाया। दिल्ली का तकल्लुफदार बढ़िया खाना-पूरी, कचौरी, समोसा, दालमोठ, मिठाई खाकर रघुनाथ मानो आपे से बाहर हो गया। इसके बाद भाई उसे सिनेमा दिखाने ले गया। वहाँ से बहुत रात गए रघुनाथ लौटा। भूखी-प्यासी, अकेली रोगिणी अनूपा को वह बिल्कुल ही भूल गया। अनूपा देर तक पड़ी रोती रही।

घर में आकर उसने दावत की, तमाशे की, कारोबार की सबकी अनूपा से चर्चा की। अनूपा ने सुनकर मुँह फेर लिया। उसकी आँखों से झर-झर आँसू ढरकने लगे। रघुनाथ ने पूछा, "तुमने कुछ खाया-पिया भी है?"

अनूपा ने कहा, "सब खा लिया है।"

रघुनाथ ने ज्यादा मगजपच्ची नहीं की। वह सो गया। नींद ठीक से नहीं आई। सुबह नया काम किस तरह शुरू करना है, यही सोचता और उसी के सपने देखता रहा।

सुबह होते ही उसके भाई ने आवाज दी। रघुनाथ ने बाहर आकर उससे बातचीत की। बड़ी देर तक बातचीत होती रही। भाई ने फिर दफ्तर जाने का समय निकट बतलाकर छुट्टी ली। रघुनाथ उत्साह और जोश में भरा अनूपा के पास आकर कहने लगा, "धंधा तो ऐसा सोचा है कि पौ बारह हैं, आगे ईश्वर के अधीन है।"

अनूपा ने शून्यदृष्टि से देखकर कहा, "धंधा तो सोच लिया है, पर पहले यह भी सोचा है, रुपए कहाँ से आएँगे? मैं तो अब एक उँगली भी न काटने दूँगी, यह समझ लो।"

रघुनाथ ने क्रुद्ध होकर कहा, "ऐसी बातें करोगी, तो बस हो चुका। इसी के पीछे तो घर-द्वार छोड़कर धूनी रमाई है। मेरे पास और कौन सा खजाना धरा है!"

"तुम जरा अपनी उँगली काटकर तो देखो, कितना दर्द होता है! मैं इतने में ही अधमरी हो गई। तुम्हें अपने रोजगार-धंधे की सूझ रही है।"

"अरी, तो फिर सोने का होने ही से क्या फायदा हुआ जब वह काम ही नहीं आया?"

"तो तुम्हारे सोने के पीछे मैं हाथ-पाँव कटाऊँ?"

"लोग तो रुपए के पीछे जान तक दे देते हैं। अच्छा, मान लो एक हाथ ही कट गया या एक टाँग ही कट गई और उसमें कोई नफे का काम मिल गया, तो

क्या हर्ज है ? सोने का महल खड़ा हो जाएगा।"

"मैं तो अपाहिज हो जाऊँगी, तुम्हारे सोने के महल को क्या करूँगी ?"

"अरी, मैं बीस नौकरानी लगा दूँगा। पलंग पर बैठी हुक्म चलाना।"

"चाहे जो कुछ हो, मैं तो हाथ-पाँव कटवाने की नहीं।"

"सच कहते हैं, औरत की अक्ल खोपड़ी के पीछे रहती है।"

"तुम चाहे जितनी गालियाँ दो।"

"पर सोच तो सही, जरा सी तकलीफ उठाने से सब काम बन जाते हैं।"

"हाय-हाय! मैं तो मर जाऊँगी। तुम मेरी टाँग काट डालोगे!"

"टाँग काटने से कौन मरता है ? कितने आदमियों की टाँग रेल में कट जाती है, वे मर जाते हैं ? उस दिन देखा नहीं था, वह भिखारी लकड़ी की टाँग खटखटाता क्या टैयाँ-सा फिरता था!"

अनूपा रोने लगी। उसे इस प्रकार बिलख-बिलखकर, सिसकी भरकर रोते देख रघुनाथ का हृदय हाहाकार करने लगा। अनूपा को इतने गहरे दुःख में रोते देखने का यह पहला अवसर था। उसने अपराधी की भाँति पत्नी की ओर देखकर वाष्प-अवरुद्ध कंठ से कहा, "तब रोती क्यों है ? मैं तुमसे अब कभी कुछ न कहूँगा। चल, गाँव को लौट चलें। इतना रंज करने की क्या आवश्यकता है ?"

रघुनाथ खुद भी रोने लगा। पति को रोते देख अनूपा ने रोना बंद कर दिया। वह करुण दृष्टि से पति की ओर देखने लगी। उस दृष्टि में वह प्यार और विश्वास था, जो पत्नी में पति के लिए निगूढ़ रहता है। उस मूक प्यार की धारा से ओतप्रोत होकर रघुनाथ विचलित हो गया। वह पत्नी की उन कटी हुई उँगलियों को देखने लगा। सुंदर और आज्ञाकारिणी पत्नी के उस अंग-भंग शरीर को देख वह तड़प उठा। उसने अपने कोट-बूट और रेशमी साफे पर दृष्टि डाली और फिर विचार किया, वह सब तो मैंने पत्नी के अंग काटकर प्राप्त किया है। जो मुझे इतना प्यार करती है कि चुपचाप अंग काट देती है; वह अंग सोने का हुआ तो क्या ? और हाड़-मास का हुआ तो क्या ? वह अपने स्वार्थ, निर्दयता और पशुपन पर लज्जित हो पत्नी के उस भंजित चरण से लिपट गया।

अनूपा ने घबराकर कहा—"हटो-हटो, यह क्या करते हो ? क्या नरक में भेजोगे ? पैर मत छुओ।"

परंतु रघुनाथ आपे में न था। वह पत्नी से लिपटकर फूट-फूटकर रोने लगा। अनूपा भी सांत्वना न दे सकी। दोनों प्राणी एकहृदय होकर रोने लगे। रोते-रोते ही वे सो गए—अबोध बालकों के समान।

दिन निकलते ही अनूपा ने कहा, "टाँग काट लो, पर ऐसे ढंग से काटो कि दर्द न हो"

रघुनाथ ने कहा, "भाड़ में जाए रोजगार। चलो गाँव। हमें टाँग नहीं चाहिए।"

अनूपा ने करुणा और अनुनय से कहा, "नाराज क्यों हो गए, मैंने तो दर्द के मारे कहा था। तुम्हारी तरक्की क्या मैं नहीं देख सकती? दुनिया में मेरे लिए तुमसे अधिक कौन है? तुम्हारे सुख के साथ मेरा सुख है।"

उसकी आँखों में आँसू आ गए। रघुनाथ बोला नहीं। आत्मग्लानि और अनुताप से वह दबा जा रहा था। पत्नी को सांत्वना देने और समझाने की सामर्थ्य उसमें न रह गई थी।

उसे मौन देख अनूपा ने कहा "बोलो, तुम्हें लल्लू की कसम, गुस्सा थूक दो"

रघुनाथ फिर भी न बोल सका। तब अनूपा अपने जख्म का दर्द हृदय में दबाकर हँसती हुई पति के निकट आकर बोली—"अच्छा, एक बात है, डॉक्टर लोग दवा सुँघाकर हाथ-पैर काट डालते हैं, तनिक भी दुःख नहीं होता, ऐसे ही किसी डॉक्टर से टाँग कटवा दो।"

"अब ऐसी बातें न कर।"

अनूपा बैठकर रोने लगी। रघुनाथ ने कहा, "कसम खाकर कहता हूँ, अब मैं टाँग की बात भी न करूँगा।"

"और मैं भी कसम खाकर कहती हूँ कि जब तक तुम टाँग न काट लोगे, मैं अन्न-जल न ग्रहण करूँगी।"

"वाह! यह भी कोई बात है!"

"बस, यही बात है?"

"मैंने वह इरादा ही छोड़ दिया।"

"मैंने इरादा पक्का कर लिया।"

"सोच तो सही।"

"सोच चुकी।" बड़ी देर तक पति-पत्नी में हठ होता रहा। अंत में रघुनाथ ने

अछता-पछताकर कहा—"पर मैं तो किसी डॉक्टर को जानता भी नहीं। यह काम होगा कैसे?"

"तुम्हारे भाई तो सब जानते होंगे, उनसे कहो।"

"तब उनसे भी यह भेद कहना होगा!"

"फिर भेद तो खुलेगा ही।"

रघुनाथ चुप हो गया। अनूपा ने पति को सहमत करके संतोष की साँस ली। दोनों अपने-अपने विचारों में डूब गए। आँधी आने से प्रथम जैसी गंभीरता प्रकृति में होती है, दोनों के मुख पर वैसी ही गंभीरता छा रही थी।

टाँग कट जाने पर अनूपा की हालत बहुत नाजुक हो गई। वह बहुत कमजोर और दुबली हो गई थी। घर में अब कोई खाना पकानेवाला न था। रघुनाथ अपने रोजगार के फेर में पड़ा था। रुपए हाथ में आते ही उसके बहुत से यार-दोस्त उसके चारों ओर आ जुटे थे। उसे शराब और वेश्यागमन की भी लत पड़ गई थी। रोजगार-धंधा क्या था, धूर्तों का छलछंद था। दोनों हाथों से रुपया लूटते थे। वह दिनभर तो इनके बीच में और शाम से आधी रात तक शराब तथा वेश्याओं के चक्कर में रहता। आधी रात को वह शराब के नशे में झूमता-झामता घर आकर एक ओर पड़ा रहता। अनूपा बेचारी असहाय, अपाहिज पड़ी-पड़ी रोती रहती थी। प्रात:काल उठने पर जब रघुनाथ का नशा उतरता और उसमें कुछ मनुष्यता आती तो वह उठकर कुछ खाना बनाता; बचा हुआ अनूपा को देता। लल्लू भी सूख गया था। वह प्राय: दिन भर रोता रहता। रघुनाथ के सोने का भेद औरों पर खुल गया था। इस चांडाल चौकड़ी में एक ठाकुर भी शरीक हो गया था। रुपया कम होता ही गया और एक-एक करके दुष्टों की सहायता से रघुनाथ ने अनूपा की दूसरी टाँग और दोनों बाँह भी काट डालीं। इसमें अनूपा की सम्मति भी नहीं ली गई। डॉक्टर ने यह युक्ति निकाली थी कि वह खाने-पीने में बेहोशी की दवा दे देते थे और बेहोश होने पर अंग काट ले जाते थे। अब अनूपा वह सुंदर युवती न थी। वह एक अंगहीन धड़ था, जो सोने का था, पर जिसमें प्राण था, प्यार था, वेदना थी, दर्द था, निराशा थी और दु:ख था। वह अब कुछ नहीं बोलती थी। हाय भी नहीं निकालती थी। जीवन उसके लिए अंधकारपूर्ण था। मृत्यु उसे देख-देखकर हँस रही थी। देखते-ही-देखते उसका लल्लू भी चल बसा। अंतिम बार अनूपा ने

अपने आँसुओं को बहा दिया। उसमें असीम धीरज और साहस उदय हो गया था। वह पति को क्रोध की दृष्टि से नहीं, करुणा की दृष्टि से देखती थी। वह उन दिनों को याद करती थी, जब तीनों प्राणी वसंती फूलों की भाँति सुखी और आनंदित थे। तीनों के प्राण परस्पर उलझे थे। वे जितना सुलझना चाहते थे, उतना ही उलझते थे। उनके लिए संसार स्वर्ग था। उनकी हँसती हुई दुनिया थी। परंतु अब क्या? वह सपना था, सो बीत गया।

होटल के कमरे में पाँच-छह आदमियों के साथ रघुनाथ बैठा था। सामने शराब के गिलास भरे थे।

एक ने कहा—"अब बिना और रुपए के तो काम नहीं चलेगा।"

दूसरा बोला—"कितना रुपया होने से काम चल जाएगा?"

रघुनाथ ने कहा—"पर मैं अब एक कौड़ी भी नहीं दे सकता।"

तीसरे ने कहा—"तो समझ लो, सब किया-कराया गया। दीवालिये की दरखास्त देनी होगी। सबको जेल जाना पड़ेगा।"

रघुनाथ ने कहा—"आखिर इतना रुपया दिया था, वह कहाँ गया?"

दूसरे ने कहा—"हमने खा तो नहीं लिया। सब कारोबार में फँसा है। सबका हिसाब पाई-पाई का है।"

तीसरे ने कहा—"रुपया ही तो रुपए को कमाता है। तुम तो समझते ही नहीं, पतंग को ढील भी देनी पड़ती है, खींचना भी पड़ता है। बेवक्त खींचने से हत्थे पर से कटती है। समझे तुम?"

रघुनाथ ने कहा—"पर मेरे पास तो अब कौड़ी भी नहीं।"

तीसरे आदमी ने कहा—"भाई रघुनाथ, सुनो, रुपए बिना तो काम चलेगा नहीं। जेल न तुम जाना चाहते हो, न हम। फिर अब भी काम बनने में थोड़ी कसर है। लाखों के वारे-न्यारे हैं। एक बार और सहारा लगा दो।"

रघुनाथ—"हाथ-पाँव तो सब कट गए, अब क्या उसे मार ही डालूँ? हाय, भगवान्! मुझे यह क्या दुर्बुद्धि सूझी थी!"

वह दोनों हाथों से मुँह ढाँप फूट-फूटकर रोने लगा।

तीसरे व्यक्ति ने उसे ढाढ़स बँधाते हुए कहा—"भाई, सुनो, रोने-धोने में क्या रखा है, सच्ची बात तो यह है कि अब उसकी जिंदगी की मिट्टी खराब है। बेबस

अपाहिज है, बच्चा मर ही गया। तुम ईश्वर ने चाहा तो, इस बार लखपति बने-बनाए हो। फिर इस लोथड़े को लेकर क्या करोगे? क्या सुख पाओगे? और जो पुलिस को पता लग गया तो फाँसी मिली धरी है। सो भाई, हमारी राय तो यह है कि जो होना था, हो गया। उसका मामला पाक-साफ कर दो। वह भी दुःख से छूटे और तुम्हें ज्यादा नहीं, तो बीस हजार रुपए और मिल जाएँगे। इससे तो एक-से-एक बढ़कर दस सुंदर औरतें नई ले आना।"

दूसरे ने कहा, "मैंने तो एक जगह बात भी पक्की कर रखी है। ऐसी लड़की है गोरी-चिट्टी, हजारों में एक, जैसे तसवीर हो। बाप है उसका डिप्टी, इकलौती बेटी है, सब जायदाद की मालकिन वही है। ऐसी जगह रिश्ता होगा कि सब इज्जत करें। अब तुम भी तो लखपति हो, भई!"

रघुनाथ कुछ भी न बोला। चुपचाप सुनता रहा। तीसरा व्यक्ति फिर कहने लगा, "हम लोग भट्ठी और धौंकनी वहीं ले चलेंगे। गला-गलाकर सब सोने का एक थक्का बना लाएँगे। झगड़ा जड़-मूल से मिट जाएगा।"

रघुनाथ ने कहा—"हाय, यह मैं कैसे देख सकूँगा?"

तीसरा बोला—"पर उसका यह दुःख भी तुम किसी तरह देख सकते हो? फिर जब जेल जाना पड़ेगा, तब? और दीवाला निकलेगा, तब?"

रघुनाथ ने अछता-पछताकर कहा—"फिर तुम लोग क्या चाहते हो?"

"बस, सब बात तो ठीक हो गई। हम सब निबट लेंगे। तुम्हें कुछ काम नहीं।"

"मैं कैसे देख सकूँगा?"

"तुम्हारा वहाँ क्या काम है जी! हम तो कल ही सगाई कर देंगे।"

"तुम्हारे जो जी में आए, सो करो," रघुनाथ इतना कह दोनों हाथों से मुँह ढाँपकर रोने लगा।

उस दिन रघुनाथ कुछ जल्दी घर लौट आया। वह शराब के नशे में भी न था। आकर अनूपा के पलंग के पास बैठ गया। अनूपा के घाव सड़ गए थे। उनका कुछ भी यत्न न किया गया था। उसे अपार वेदना थी। वह भूखी-प्यासी घायल पड़ी कराह रही थी। भयानक दुर्गंध से कमरा भरा था। रघुनाथ कई दिन से उसके निकट नहीं जाता था। मल-मूत्र भी वह वस्त्रों ही में करती थी। उस दिन रघुनाथ को अपने निकट बैठा देख अनूपा ने अपना सारा बल खर्च करके पति के मुख की

ओर देखा। रघुनाथ की आँखें ऊपर नहीं उठती थीं। अनूपा ने क्षीण स्वर से कहा—"इतने उदास क्यों हो? कुछ खाया या नहीं?"

रघुनाथ बोला, नहीं। उसकी आँखों से टपाटप आँसू टपकने लगे।

अनूपा ने कंपित स्वर से कहा, "रोते क्यों हो प्राणेश्वर?"

रघुनाथ पट्टी पर सिर मारकर जोर से रो पड़ा। अनूपा क्या करे? उसके न हाथ, न पैर, शरीर घावों और दुर्गंध से भरा, कंठ में प्राण।

उसने आँसू बहाकर कहा, "इतना दुःखी मत हो। क्या लल्लू याद आता है?"

रघुनाथ ने आँसू भरी आँखों से मुमुर्ष पत्नी को देखकर कहा—"अनूपा, मेरी कैसी गति होगी? मेरे पाप का अंत नहीं है।"

अनूपा में बोलने की शक्ति नहीं थी, फिर भी वह बोली—"स्वामी, बीती बातों को सोचने में क्या है? तुम सुखी रहो, यही मेरा सबसे बड़ा सुख है।"

रघुनाथ की आँखों में एक बार अपना जीवन घूम गया। वह तड़पकर बोला—"अनूपा, एक बार फिर वह खेत, लल्लू और तुम्हारे हाथ की ताजी गरम रोटियाँ मिलें तो···"

अनूपा के भी आँसू ढरक आए। वह कुछ भी न बोल सकी। उसके मुँह से चीख निकल गई। रघुनाथ ने पीछे सिर घुमाकर देखा, पाँचों शैतान द्वार पर खड़े हैं। एक के हाथ में बड़ा सा बरछा है, दूसरे के हाथ में कोयला और भट्ठी, तीसरे के हाथ में एक बड़ा सा गँड़ासा। उन्हीं को देख अनूपा चीख उठी थी।

रघुनाथ ने उन्हें देखकर गरजकर कहा—"खबरदार, जाओ यहाँ से।"

एक ने कहा—"तुम हट जाओ रघुनाथ! हमें अपना काम करने दो।" वे आगे बढ़े। रघुनाथ ने आगे बढ़कर उन्हें रोकना चाहा। दो आदमियों ने उसे कसकर पकड़ लिया।

उन्होंने साथियों से कहा, "तुम अपना काम करो।"

दो बरछा और गँड़ासा लिये बढ़े। अनूपा बिलबिला उठी। उसके हाथ-पाँव भी नहीं थे। बचाव का चारा न था। बरछा अपना काम करने लगा और गँड़ासा भी। अनूपा की हृदयविदारक करुण पुकार सुन-सुनकर रघुनाथ स्वतंत्र होने को जान पर खेलकर जोर लगाने लगा। उसे जोर करता देख दोनों ने ढकेल दिया। रघुनाथ लुढ़कता हुआ सीढ़ियों से नीचे आ गिरा।

आँख खुलने पर देखा, अनूपा उसे हिला-हिलाकर जगा रही है। उसकी गोद में लल्लू हँस-हँसकर किलकारी भर रहा है। रघुनाथ चारपाई के नीचे पड़ा है। उसने अपनी आँखें मलीं। आँखें फाड़-फाड़कर देखा, वही अनूपा हट्टी-कट्टी, वही लल्लू, वही घर-छप्पर गाय, बैल, सब कुछ।

पति को इस भाँति आँखें फाड़-फाड़कर देखते देखकर अनूपा ने हँसकर कहा, "पागल हो गए हो क्या? अभी दिल्ली का सपना ही देख रहे हो? दुपहर हो गई, न गाय दुही, न सानी दी; लल्लू भूखा है। बड़बड़ाते-बड़बड़ाते खाट पर से भी गिर गए।" अनूपा फिर हँस दी।

रघुनाथ अब चैतन्य हो गया। पर अभी तक उसका दिमाग ठीक ठिकाने पर न था। उसे एक-एक करके भयानक स्वप्न की सब बातें याद आने लगीं। वह फिर एक बार चिल्लाकर पत्नी और पुत्र से लिपट गया। अनूपा रिस भरकर उसे ढकेलकर बोली—"जाओ हटो, बुढ़ापे में यह क्या दिन-दहाड़े कर रहे हो? दिल्ली से यही सीख आए हो?"

रघुनाथ अब पूरे होश में था। वह रो रहा था। उसका नष्ट हुआ संसार फिर से बन गया था। उसका लुटा हुआ खजाना मिल गया था। वह पत्नी की डाँट की परवाह न कर फिर से पुत्र-पत्नी का आलिंगन करके खूब फूट-फूटकर रो रहा था। इस रुदन में उसका वह अटूट सुख था, जो शायद ही किसी पुरुष ने कभी पाया हो।

□

अंबपालिका

अपनी इस कहानी में आचार्यजी आपको लगभग ढाई हजार वर्ष पूर्व लिच्छवि गणतंत्र के युग में ले जाते हैं। अपने समय के हीरक, रेशम, मलमल, मादक गंधों आदि के समृद्ध व्यापार केंद्र, वैभवशालिनी वैशाली का सौंदर्य वर्णन ऐसा है कि आप स्वयं को उसी संसार में विचरता अनुभव करेंगे। वैशाली में लिच्छवि गणतंत्र के कानून के अनुसार 'नगरवधू' की पद-प्रतिष्ठा, नगरवधू की दिनचर्या और लोक-व्यवहार, विषयानुरूप भाषा, पात्र आदि सभी काल के अनुरूप हैं। वैभव की पराकाष्ठा के शिखर पर भगवान् बुद्ध का पदार्पण और बौद्ध धर्म का प्रभाव व विस्तार है। अंत में अंबपाली के बुद्ध की शरण में जाकर बौद्ध धर्म अपनाने के साथ कहानी समाप्त होती है।

मुजफ्फरपुर से पश्चिम की ओर जो पक्की सड़क जाती है, उस पर मुजफ्फरपुर से लगभग 18-22 मील पर 'बैसौढ़' नामक एक बिल्कुल छोटा सा गाँव है, जिसमें 30-40 घर भूमिहार ब्राह्मणों के और कुछ क्षत्रियों के बच रहे हैं। इस गाँव के चारों ओर कोसों तक खँडहर, टीले और पुरानी टूटी-फूटी मूर्तियाँ ढेर-की-ढेर मिलती हैं, जो इस बात की स्मृति दिलाती हैं कि यहाँ कभी कोई बड़ा भारी समृद्धशाली नगर बसा रहा होगा।

वास्तव में ढाई हजार वर्ष पूर्व यहाँ एक विशाल नगर बसा था, जिसका नाम वैशाली था और जो प्रबल प्रतापी लिच्छवि गणतंत्र के शासन में था।

वैशाली, लिच्छवि गणतंत्र की एक प्रधान नगरी और रियासत थी। नगर व्यापारियों, जौहरियों, शिल्पकारों और भिन्न-भिन्न प्रकार के देश-विदेश के यात्रियों से परिपूर्ण था। 'श्रेष्ठि चत्वर' नगर का प्रधान बाजार था, जहाँ जौहरियों और बड़े-बड़े व्यापारियों की कोठियाँ थीं और जिनकी व्यापारिक शाखाएँ समस्त उत्तर भारत में फैली हुई थीं। दुकानदार स्वच्छ परिधान धारण किए, पान कचरते हँस-हँसकर ग्राहकों से बातें करते। जौहरी पन्ना, लाल, मूँगा, मोती, पुखराज, हीरा और अन्य रत्नों की परीक्षा, लेन-देन में व्यस्त रहते थे। निपुण कारीगर अनगढ़ रत्नों को सान चढ़ाते, स्वर्ण-आभरणों में रंगीन रत्न जड़ते और मोती गूँथते थे। गंधी लोग केसर के थैले हिलाते थे। चंदन के तेलों में भिन्न-भिन्न सुगंध मिलाकर इत्र बनाए जाते और नागरिक उनका खुला उपयोग करते थे। रेशम और बहुमूल्य महीन मलमल के व्यापारियों की दुकानों पर बगदाद और फारस के व्यापारी लंबे-लंबे लबादे पहने, भीड़-की-भीड़ पड़े रहते थे। नगर की गलियाँ सँकरी और तंग थीं और उनमें गगनचुंबी अट्टालिकाएँ खड़ी थीं, जिनके अँधेरे तहखानों में इन धन-कुबेरों का बड़ा भारी कोष और द्रव्य रखा रहता था।

संध्या-समय सुंदर श्वेत बैलों के रथों पर, जिन पर बढ़िया सुनहरा काम हुआ रहता था, नागरिक सैर करने राजपथ पर निकलते थे। इधर-उधर हाथी झूमते हुए बढ़ा करते थे और उन पर उनके अधिपति रत्नाभरणों से सज्जित अपने दासों तथा शरीर-रक्षकों से घिरे हुए चला करते थे।

अभी दिन निकलने में देर थी। पूर्व की ओर प्रकाश की आभा दिखाई पड़ रही थी, पर मार्ग में अँधेरा था। राजमहल के तोरण पर अभी तक प्रकाश जल रहा था। चारों ओर प्रतिहार पड़े सो रहे थे। उनमें से केवल एक भाला टेककर खड़ा नींद में झूम रहा था। तोरण के इधर-उधर कई कुत्ते पड़े सो रहे थे। धीरे-धीरे दिन का प्रकाश फैलने लगा। राजवर्गी इधर-से-उधर आने-जाने लगे। प्रतिहाररक्षी सेना का एक नवीन दल तोरण पर आ पहुँचा। उनमें से एक दंडधर ने आगे बढ़कर भाले के सहारे खड़े-खड़े ऊँघते मनुष्य को पुकारकर कहा—"महानामन! सावधान होओ और घर जाकर विश्राम करो।" महानामन ने सजग होकर अपनी दीर्घकाय का और भी विस्तार करके एक जोर की अँगड़ाई ली और यह कहकर कि 'तुम्हारा कल्याण हो', वह अपना भाला धरती पर टेकता हुआ तीसरे तोरण की ओर बढ़ गया।

पश्चिम की ओर पुराना प्रासाद और राजमहल का उपवन था, जिसकी देख-रेख महानामन के सुपुर्द थी। यहीं उसकी छोटी सी कुटिया थी, जहाँ वह अपनी प्रौढ़ा पत्नी के साथ 17 वर्ष से एकरस—आँधी-पानी, सर्दी-गरमी में रहता था।

वह नींद में झूमता हुआ ऊँघ रहा था। अब भी प्रभात का प्रकाश धुँधला था। उसने अपनी कुटी के पास एक कदली वृक्ष के नीचे, आम्रकुंज में एक श्वेत वस्तु पड़ी रहने का भान किया। निकट जाकर देखा, एक नवजात शिशु स्वच्छ वस्त्रों में लिपटा अपना अँगूठा चूस रहा है। आश्चर्यचकित होकर महानामन ने शिशु को उठा लिया। देखा, कन्या है। उसने अपनी स्त्री को पुकारकर उसे वह कन्या देकर कहा—"देखो, आज इस प्रकार अपने जीवन की पुरानी साध मिटी।"

वह कन्या उस दरिद्र लिच्छवि महानामन के उस दरिद्रावास में शशिकला की भाँति बढ़ने लगी। उसका नाम रखा गया—अंबपालिका।

वैशाली से उत्तर-पश्चिम 25 कोस पर, एक छोटे से गाँव में, एक किनारे पर एक साधारण घर था। उसके द्वार पर एक वृद्ध प्रातःकाल बैठा दातुन कर रहा था। पूर्व के द्वार पर पैर की आहट सुनकर उसने पीछे को देखा, एक चंपक पुष्प की कली के समान एकादश वर्षीया, अति सुंदरी बालिका, जिसके घुँघराले बाल लहलहा रहे थे, दौड़ती-दौड़ती बाहर आई और वृद्ध को देख उससे लिपटने को लपकी, पर पैर फिसलने से गिर गई। वह गिरकर रोने लगी। वृद्ध ने दातुन फेंक, दौड़कर बालिका को उठाया, उसकी धूल झाड़ी; बालिका ने रोना रोककर कहा—"बाबा, घर में आटा बिल्कुल नहीं है, हम लोग क्या खाएँगे?" वृद्ध ने उसे गोद में उठाते हुए कहा—"कुछ चिंता नहीं, मैं अभी गेहूँ पिसवाने की व्यवस्था करता हूँ।" बालिका ने कहा—"गेहूँ का भी तो एक दाना नहीं है। वृद्ध क्षणभर अवाक् रहा।" उसने कहा—"तब ठहर, मैं अभी शिकार मार लाता हूँ।" बालिका ने रोककर कहा—"नहीं, नहीं, मैं पक्षी का मांस नहीं खाऊँगी।"

वृद्ध महानामन लिच्छवि था और कन्या थी अंबपालिका। वृद्ध की पत्नी का स्वर्गवास हुए आठ साल व्यतीत हो गए थे। उसके बाद कन्या की परिचर्या में बाधा पड़ती देख महानामन ने राज-सेवा छोड़कर अपने ग्राम में आकर बालिका की सेवा-शुश्रूषा अबाध रूप से करने का निश्चय कर लिया था। वह गत आठ वर्षों से इसी गाँव में रहता था। अंबपालिका को उसने इस तरह पाला जैसे पक्षी चुग्गा

दे-देकर अपने शिशु पक्षी को पालता है। परंतु खेद है, धीरे-धीरे उसकी छोटी-सी कमाई की क्षुद्र पूँजी यत्न से खर्च करने पर भी समाप्त हो ही गई। और फिर धीरे-धीरे पत्नी के स्मृति-रूप दो-चार क्षुद्र आभूषण भी उदर-गुहा में पहुँच चुके। अब आज क्या किया जाए? अब तो आटा भी नहीं, एक दाना गेहूँ भी नहीं। वृद्ध की प्राणों की पुतली इस प्रश्न पर चिंतित हो रही है। यह और भी कष्ट का प्रश्न था। पर वृद्ध ने हँसकर कहा—"अच्छा, अच्छा, मैं अभी गेहूँ लिये आता हूँ। इतना कहकर वृद्ध ने बालिका के तड़ातड़ 3-4 चुंबन लिये और उसे गोद से उतारते-उतारते दो बूँद आँसू गिरा दिए। बालिका भीतर गई और वृद्ध चिंतामग्न बैठ गया। अंतत: उसने एक बार फिर महाराज की सेवा में उपस्थित होकर पुरानी नौकरी की याचना करने का निश्चय किया। उसके बाहु का पौरुष तो थक चुका था। परंतु क्या किया जाए, कन्या का विचार सर्वोपरि था। फिर भी वृद्ध के अति गंभीर होने का यही मात्र कारण न था। लाख वृद्ध होने पर भी उसकी भुजा में बल था, बहुत था। पर उसकी चिंता थी, बालिका का अप्रतिम सौंदर्य। सहस्राधिक बालिकाएँ भी क्या उस पारिजात-कुसुम-तुल्य कुंदकलिका के समान थीं? किस पुष्प में उतनी गंध, कोमलता और सौंदर्य था? उसे भय था कि राज नियमानुसार वह विवाह से वंचित करके कहीं नगर-वेश्या न बना दी जाए; क्योंकि लिच्छवि गणतंत्र में यह कानून था कि राज्य की जो कन्या अत्यधिक सुंदरी होती थी, उसे किसी एक पुरुष की पत्नी न होने दिया जाकर नागरिकों के लिए सुरक्षित रखा जाया करता था। वास्तव में इसी भय से महानामन राजधानी छोड़कर भागा था, जिससे किसी की दृष्टि उस बालिका पर न पड़े। पर अब उपाय न था। महानामन ने राजधानी में एक बार जाने का निश्चय किया।

वैशाली की ओर जानेवाली सड़क पर वर्षा के कारण बड़ी कीचड़ हो रही थी। कहीं-कहीं तो नालों का पानी कच्ची सड़क को तोड़कर सड़क पर नदी की तरह बह रहा था। अभी वर्षा हो चुकी थी। वृद्ध और उसकी पुत्री दोनों भीग गए थे, पर धीरे-धीरे बढ़े चले जा रहे थे। हवा बंद थी, गरमी बढ़ गई थी और दूरस्थ पर्वतों की चोटियों में अस्त होते हुए सूर्य को देख-देखकर वृद्ध डर रहा था। निकट किसी बस्ती के चिह्न न थे। यदि यहीं चौपट में अँधेरा हो गया तो कहाँ रात कटेगी, बच्ची खाएगी क्या, यही वृद्ध के भय का कारण था। वह लाठी टेकता-टेकता धीरे-धीरे

आगे बढ़ रहा था। वह स्वयं बहुत थक गया था और बालिका तो क्षण-क्षण में विश्राम की इच्छा प्रकट कर रही थी। बालिका ने कहा—"पिता! अब मैं और नहीं चल सकती, मेरे पैरों में देखो, लहू बह रहा है, वे फट गए हैं।"

वृद्ध ने स्नेह से उसे चुमकारकर कहा—"बस, अब थोड़ी दूर और; निकट ही कहीं गाँव या बस्ती मिलने पर ठहरने में सुभीता रहेगा।"

पर बालिका और कुछ पग चलकर मार्ग में ही एक ऊँची जगह पर बैठ गई। वृद्ध भी निरुपाय हो पास ही बैठ गया। अंधकार ने चारों ओर से उन्हें घेर लिया। सहसा बालिका ने चौंककर कहा—"पिताजी, देखो, घोड़ों की टाप का शब्द सुनाई दे रहा है!"

बूढ़े ने उठकर दूर तक दृष्टि करके देखा। सड़क के निकट एक घना सेमल का वृक्ष था, जिसके नीचे घोर अंधकार था। वृद्ध कन्या का हाथ पकड़, वहीं जा छिपा। आकाश में अब भी बादल घिर रहे थे और फिर जोर की वर्षा होने के रंग-ढंग दीख पड़ते थे। बीच-बीच में बिजली भी चमक जाती थी। थोड़ी देर बाद बहुत से सवार वहाँ तक आ पहुँचे। वर्षा भी शुरू हो गई। सवारों ने निश्चय किया कि उस वृक्ष के नीचे आश्रय लें।

वृद्ध भय से बालिका को छाती में छिपाए वृक्ष की जड़ से चिपककर बैठ गया। सहसा बिजली की चमक में अश्वारोहियों ने वृक्ष के निकट मनुष्य-मूर्ति देखकर कहा—"अरे! वृक्ष के निकट यह कौन है?"

वृद्ध वहाँ से हटकर चुपचाप खेत में जाने लगा। तत्क्षण एक बरछा आकर उसकी छाती को विदीर्ण कर गया। वृद्ध एक चीत्कार करके धरती पर गिर गया। बालिका जोर से चिल्ला उठी। अश्वारोही दल ने निकट जाकर देखा—मृत पुरुष वृद्ध और निरस्त्र है। पर कन्या को देखते ही बरछा फेंकनेवाले सवार ने कहा—"वाह! बूढ़े को मारकर रत्न मिला! इसमें किसी का साझा नहीं है?"

बालिका भय और शोक से चिल्ला उठी। अश्वारोही ने उसकी परवाह न कर, उसे उठाकर घोड़े पर रख लिया और वे आगे बढ़े।

वैभवशालिनी वैशाली का जो 'श्रेष्ठि चत्वर' नामक बाजार था, उसके उत्तर कोण पर एक विशाल प्रासाद, जिसके गुंबजों का प्रकाश रात्रि को गंगा पार से भी दीखता था। बाहर का सिंहद्वार विशाल पत्थरों का बनाया गया था, जिसे उठाना

और जोड़ना दैत्यों का ही काम हो सकता था। इन पत्थरों पर स्थापत्यकला और शिल्प की सूक्ष्म बुद्धि खर्च की गई थी। ड्योढ़ी पर गहरा हरा रंग किया हुआ था और ऊँचे महराबदार फाटक पर फूलों पर गुँथी हुई सुंदर मालाएँ लटक रही थीं। पहले आँगन में प्रवेश करने पर श्वेत अट्टालिकाओं की पंक्ति दीख पड़ती थी। उनकी दीवारों पर काँच की तरह चमकदार श्वेत पलस्तर किया गया था। सीढ़ियों पर भिन्न-भिन्न प्रकार के पुदरंग बहुमूल्य पत्थर लगे थे और खिड़कियों में बिल्लौर के किवाड़ थे, जिनमें श्रेष्ठि चत्वर की बहार बैठे-ही-बैठे दीख पड़ती थी। दूसरे आँगन में गाड़ी, बैल, घोड़े, हाथी बँधे थे और महावत उन्हें चावल-घी खिला रहे थे। तीसरे आँगन में अतिथिशाला तथा आगत जनों के ठहरने का प्रबंध था। यहाँ बहुत सुंदर विशाल पत्थरों के खंभों पर मेहराब खड़े हुए थे। चौथे आँगन में नाट्यशाला और गायन-भवन था। पाँचवें आँगन में भिन्न-भिन्न प्रकार के शिल्पकार और जौहरी लोग नाना प्रकार के आभूषण बना और रत्नों को घिस रहे थे। छठे आँगन में भिन्न-भिन्न देश के पशु-पक्षियों का अद्भुत संग्रह था। सातवाँ आँगन बिल्कुल श्वेत पत्थर का बना था और उसमें सुनहरा काम हो रहा था। इसमें दो भीमकाय सिंह स्वर्ण की मेखलाओं से दृढ़तापूर्वक बँधे थे 'और चाँदी के पात्रों में पानी भरा उनके निकट धरा था। गृहस्वामिनी अंबपालिका इसी कक्ष में विराजती थी।

संध्या हो गई थी। परिचारक और परिचारिकाएँ दौड़-धूप कर रहे थे, कोई सुगंधित जल आँगन में छिड़क रही थी, कोई धूप जलाकर भवन को सुवासित कर रही थी, कोई सहस्र दीप-गुच्छ में सुगंधित तेल डालकर प्रकाशित करने में व्यस्त थी। बहुत से माली तोरण और अलिंद पर ताजे पुष्पों के गुलदस्ते और मालाओं को सजा रहे थे। अलिद में दंडधर अपने-अपने स्थानों पर भाला टेक स्थिर भाव से खड़े थे। द्वारपाल तोरण पर अपने द्वार-रक्षक दल के साथ सशस्त्र उपस्थित था।

क्षण भर बाद प्रासाद भाँति-भाँति के रंगीन प्रकाशों से जगमगा उठा। भाँति-भाँति के रंगीन फव्वारे चलने लगे और उन पर प्रकाश का प्रतिबिंब इंद्रधनुष की बहार दिखाने लगा। धीरे-धीरे प्रतिष्ठित नागरिक कोई पालकी में, कोई रथ पर और कोई हाथी पर चढ़कर प्रथम तोरण पार कर आने लगे। परिचारकगण दौड़-दौड़कर अतिथियों को सादर उतारकर भीतरी अलिंद में पहुँचाने तथा उनकी

सवारियों की व्यवस्था करने लगे। हाथी-घोड़े, रथ पालकी आदि वाहनों का ताँता लग गया। उनकी भीड़ से बाहर का विशाल प्रांगण भर गया।

सातवें तोरण के भीतर श्वेत पत्थर के एक विशाल सभाभवन में अंबपालिका नागरिक युवकों की अभ्यर्थना कर रही थी। वह भवन एक टुकड़े के 64 हरे रंग के पत्थर के खंभों पर निर्मित हुआ था और इस पर रंगीन रत्नों को जड़कर फूल-पत्ती, पक्षी तथा वन के दृश्य बनाए गए थे। छत पर स्वर्ण का पत्तर मढ़ा था, जहाँ पर बारीक खुदाई और रंगीन मीना का काम हो रहा था। इस विशाल भवन में दुग्ध-फेन के समान उज्ज्वल वर्ण का अति मुलायम और बहुमूल्य बिछावन बिछा था। थोड़े-थोड़े अंतर से बहुत सी वेदियाँ, पृथक्-पृथक् बनी थीं, जहाँ कोमल उपधान, मद्य के स्वर्ण-पात्र और प्यालियाँ, जुआ खेलने के पासे तथा अन्य विनोद सामग्री, भिन्न-भिन्न प्रकार के ग्रंथ, बहुमूल्य चित्र तथा अन्य बहुत सी मनोरंजन की सामग्री थी।

महाप्रतिहार अलिंद तक अतिथि युवकों को लाता, वहाँ से प्रधान परिचारिका उसे कक्ष तक ले आती। कक्ष-द्वार पर स्वयं अंबपालिका साक्षात् रति के समान आगतजनों का हाथ पकड़कर स्वागत करती, एक वेदी पर ले जाकर बैठाती, सुगंध और पुष्प-मालाओं से सत्कार करती तथा अपने हाथों से मद्य डालकर पिलाती थी। उस स्वर्ग-सदन में रूप, यौवन और जीवन के आलोक में अर्धरात्रि तक नित्य ही माधुर्य और आनंद का प्रवाह बहता था। सैकड़ों दासियाँ दौड़-धूप करके याचित वस्तु तत्काल जुटा देतीं। फिर कुछ रह-रहकर संगीत-लहरी उठती। कोमल तंतु-वाद्य गंभीर मृदंग के साथ वैशाली के श्रेष्ठि पुत्रों, राजवर्गियों और कुमारी के हृदयों को मसोस डालता था। वाद्य ताल पर मोम की पुतली के समान कुमारियाँ मधुर स्वर में स्वर-ताल और मूर्च्छनामय संगीत-गान करतीं और नर्तकियाँ ठुमककर नाचती थीं। उस स्वप्न-सौंदर्य के दृश्य को युवक सुगंधित मद्य के घूँट के साथ पीकर अपने जन्म को धन्य मानते थे।

अंबपालिका अब 20 वर्ष की पूर्ण युवती थी। उसका यौवन सौंदर्य मध्याकाश में था और लिच्छवि गणतंत्र के राजा ही नहीं, मगध, कोशल और विदेह के महाराजा तक उसके लिए सदैव अभिलाषी बने रहते थे। इन सभी महानृपतियों की ओर से रत्न, अस्त्र, हाथी आदि भेंट में आते रहते थे और अंबपालिका अपनी कृपा

और प्रेम के चिह्नस्वरूप कभी-कभी ताजे फूलों की एकाध माला तथा कुछ गंध द्रव्य उन्हें प्रदान कर दिया करती थी।

विधाता ने मानो उसे स्वर्ण से बनाया था। उसका रंग गोरा ही न था, उसपर सुनहरी प्रभा भी थी—जैसी चंपे की अविकसित कली में होती है। उसके शरीर की लचक, अंगों की सुडौलता वर्णन से बाहर की बात थी। उस सौंदर्य में विशेषता यह थी कि समय का अत्याचार भी उस सौंदर्य को नष्ट न कर सकता था। जैसे मोती की परत उतार देने से नई आभा, नया पानी दमकने लगता है, उसी प्रकार अंबपालिका का शरीर प्रतिवर्ष निखार पाता था। उसका कद कुछ लंबा, देह मांसल और कुच पीन थे। तिसपर उसकी कमर पतली इतनी थी कि उसे कटिबंधन बाँधने की आवश्यकता ही नहीं पड़ती थी। उसके अंग-प्रत्यंग चैतन्य थे, मानो प्रकृति ने उन्हें नृत्य करने और आनंद-भोग करने को बनाया था।

उसके नेत्रों में सूक्ष्म लालसा की झलक और दृष्टि में गजब की मदिरा भर रही थी। उसका स्वभाव सतेज था, चितवन में दृढ़ता, निर्भीकता, विनोद और स्वेच्छाचारिता साफ झलकती थी। उसे देखते ही आमोद-प्रमोद की अभिलाषा प्रत्येक पुरुष के हृदय में उत्पन्न हो जाती थी।

जैसा कहा जा चुका है, उसकी रंगत पर एक सुनहरी झलक थी, गाल कोमल और गुलाबी थे, होंठ लाल और उत्फुल्ल थे, मानो कोई पका हुआ रसीला फल चमक रहा हो। उसके दाँत हीरे की तरह स्वच्छ, चमकदार और अनार की पंक्ति की तरह सुडौल, कुच पीन तथा अनीदार थे। नाक पतली, गरदन हंस जैसी, कंधे सुड़ौल, बाहु मृणाल जैसी थी। सिर के बाल काले, लंबे, घुँघराले तथा रेशम से भी मुलायम थे। आँखें काली और कँटीली, उँगलियाँ पतली और मुलायम थीं। उनपर उसके गुलाबी नाखूनों की बड़ी बहार थी। पैर छोटे और सुंदर थे। जब वह ठसक के साथ उठकर खड़ी हो जाती तो लोग उसे एकटक देखते रह जाते थे। उसकी भुजाओं और देह का पूर्व भाग सदा खुला रहता था।

वैशाली में बड़ी भारी बेचैनी फैल गई। अश्वारोही दल-के-दल नगर के तोरण से होकर नगर से बाहर निकल रहे थे। प्रतिहार लोग और किसी को न बाहर निकलने देते थे और न भीतर घुसने देते थे। तोरण के इधर-उधर बहुत से नागरिक सेना का यह अकस्मात् प्रस्थान देख रहे थे। एक पुरुष ने पूछा—“क्यों भाई, जानते

हो, यह सेना कहाँ जा रही है?" उसने कहा—"ना, यह कोई नहीं जानता।"

अश्वारोही दल निकल गया। पीछे कई सेनानायक धीरे-धीरे परामर्श करते चले गए। क्षण भर में संवाद फैल गया। मगध के प्रतापी सम्राट शिशुनागवशी बिंबसार ने वैशाली पर चढ़ाई की। गंगा के दक्षिण छोर पर दुर्जय मागध सेना दृष्टि के उस छोर से इस छोर तक फैली हुई थी। इस सेना में 10 हजार हाथी, 50 हजार अश्वारोही और पाँच लाख पैदल थे।

वैशाली के लिच्छवि गणतंत्र का प्रताप भी साधारण न था। गंगा के उत्तर कोण पर देखते-देखते सैन्य-समूह एकत्रित हो गया। लिच्छवियों के पास 8 हजार हाथी, 1 लाख अश्वारोही और 6 लाख पैदल थे।

तीन दिन तक दोनों दल आमने-सामने डटे रहे। तीसरे दिन लिच्छवि लोगों ने देखा, उस पार डेरों की संख्या कम हो गई है। निपुण सहस्त्रों सैनिक घाट सई पार आने की तैयारी कर रहे हैं, यह समझने में देर न लगी। दोपहर होते-होते मगध सेना गंगा पार करने लगी। लिच्छवि सेना चुपचाप खड़ी रही। ज्यों ही कुछ सेना ने भूमि पर पैर रखा, त्यों ही वैशाली की सेना जय-जयकार करते बढ़ चली, मानो सहस्त्र उल्कापात हुए हों। मेघ-संघर्षण की तरह घोर गर्जना करके दोनों सेनाएँ भिड़ गईं। मगध सेना की गति रुक गई। बाण, बरछे और तलवारों की प्रलय मच गई। उस दिन, दिन भर संग्राम रहा। सूर्यास्त देख, दोनों सेनाएँ पीछे को फिरीं।

दो मास से नगर का घेरा जारी है। बीच-बीच में युद्ध हो जाता है। कोई पक्ष निर्बल नहीं होता। नगर की तीन दिशाएँ मगध-शिविर से घिरी हैं। बीच में यह सबसे बड़ा डेरा है, उसके ऊपर सोने का गरुड़ध्वज अस्त होते सूर्य की किरणों से अग्नि की तरह दमक रहा है। उसके आगे एक स्वर्ण-पीठ पर गौर वर्ण सम्राट् विराजमान हैं। निकट एक-दो विश्वासी पार्षद हैं। सम्राट् अति गदर, बलिष्ठ और गंभीर-मूर्ति हैं। नेत्रों में तेज और स्नेह, दृष्टि में वीरत्व और औदार्य तथा प्रतिभा में अदम्य तेज प्रकट हो रहा है। सम्राट् आधे लेटे हुए, मंत्रियों के साथ मंत्रणा कर रहे हैं। एक कर्णिक नीचे बैठा उनके आदेशानुसार लिखता है। एक दंडधर ने आगे बढ़कर पुकारकर कहा—"महानायक युवराज भट्टारकपादीय गोपालदेव तोरण पर उपस्थित हैं।" सम्राट् ने चौंककर उधर देखा और भीतर बुलाने का संकेत किया। साथ ही कर्णिक और मंत्री को विदा किया।

गोपालदेव ने तलवार म्यान से खींच शीश से लगाई और फिर विनम्र निवेदन किया—"महाराजाधिराज की आज्ञानुसार सब व्यवस्था ठीक है। देवश्री पधारने का कष्ट करें।"

सम्राट् के नेत्रों में उत्फुल्लता उत्पन्न हुई। वे उठकर वस्त्र पहनने के लिए पट-मंडप में घुस गए।

वैशाली के राजपथ जनशून्य थे, दो प्रहर रात्रि जा चुकी थी, युद्ध के आतंक ने नगर के उल्लास को मूर्च्छित कर दिया था। कहीं-कहीं प्रहरी खड़े उस अंधकारमयी रात्रि में 'भयानक भूत' से प्रतीत होते थे। धीरे-धीरे दो मनुष्य-मूर्तियाँ अंधकार का भेदन करती हुई वैशाली के गुप्त द्वार के निकट पहुँचीं। एक ने द्वार पर आघात किया, भीतर प्रश्न हुआ—संकेत?

मनुष्य-मूर्ति ने कहा—अभिनय!

हल्की चीत्कार करके द्वार खुल गया। दोनों मूर्तियाँ भीतर घुसकर राजपथ छोड़, अँधेरी गलियों की अट्टालिकाओं की परछाईं में छिपती-छिपती आगे बढ़ने लगीं। एक स्थान पर प्रहरी ने बाधा देकर पूछा—"कौन?"

एक व्यक्ति ने कहा—"आगे बढ़कर देखो।"

प्रहरी निकट आया। हठात् दूसरे व्यक्ति ने उसका सिर धड़ से जुदा कर दिया। दोनों फिर आगे बढ़े। अंबपालिका के द्वार पर अंततः उनकी यात्रा समाप्त हुई। द्वार पर एक प्रतिहार मानो उनकी प्रतीक्षा कर रहा था। संकेत करते ही उसने द्वार खोल दिया और आगंतुकगण को भीतर लेकर द्वार बंद कर लिया।

आज इस विशाल राजमहल सदृश भवन में सन्नाटा था। न रंग-बिरंगी रोशनी, न फव्वारे, न दास-दासीगणों की दौड़-धूप। दोनों व्यक्ति चुपचाप प्रतिहार के साथ जा रहे थे। सातवें अलिंद को पार करने पर देखा, एक और मूर्ति एक खंभे के सहारे खड़ी है। उसने आगे बढ़कर कहा—"इधर से पधारिए श्रीमान्!"

प्रतिहार वहीं रुक गया। नवीन व्यक्ति स्त्री थी और वह सर्वांग काले वस्त्र से ढाँपे हुए थी। दोनों आगंतुक कई प्रांगण और अलिंद पार करते हुए कुछ सीढ़ियाँ उतरकर एक छोटे से द्वार पर पहुँचे, जो चाँदी का था और जिसपर अतिशय मनोहर जाली का काम हो रहा था और उसी जाली में से छन-छनकर रंगीन प्रकाश बाहर पड़ रहा था।

द्वार खोलते ही देखा—एक बहुत बड़ा कक्ष भिन्न-भिन्न प्रकार की सुख-सामग्रियों से परिपूर्ण था। यद्यपि उतना बड़ा नहीं, जहाँ नागरिक जनों का प्रायः स्वागत होता था, परंतु सजावट की दृष्टि से इस कक्ष के सम्मुख उसकी गणना नहीं हो सकती थी। यह समस्त भवन श्वेत और काले पत्थरों से बना था और सर्वत्र ही सुनहरी पच्चीकारी का काम हो रहा था। उसमें बड़े-बड़े बिल्लौर के अठपहलू अमूल्य खंभे लगे थे, जिनमें मनुष्य का हू-ब-हू प्रतिबिंब सहस्त्रों की संख्याओं में दीखता था। बड़े-बड़े और भिन्न-भिन्न भावपूर्ण चित्र लगे थे। सहस्त्र दीप-गुच्छों में सुगंधित तैल जल रहा था। समस्त कक्ष भीनी सुगंध से महक रहा था। धरती पर एक महामूल्यवान रंगीन बिछावन था, जिसपर पैर पड़ते ही हाथ भर धँस जाता था। बीचोबीच एक विचित्र आकृति की सोलह-पहलू सोने की चौकी पड़ी थी, जिसपर मोर-पंख के खंभों पर मोतियों की झालर लगा एक चँदोवा तन रहा था और पीछे रंगीन रेशम के परदे लटक रहे थे, जिसमें ताजे पुष्पों का शृंगार बड़ी सुघड़ाई से किया गया था। निकट ही एक छोटी सी रत्न-जड़ित तिपाई पर मद्य-पात्र और पन्ने का एक बड़ा सा पात्र धरा हुआ था।

हठात् सामने का परदा उठा और उसमें वह रूप-राशि प्रकट हुई, जिसके बिना अलिंद शून्य हो रहा था। उसे देखते ही आगंतुकगण में से एक तो धीरे-धीरे पीछे हटकर कक्ष से बाहर हो गया, दूसरा व्यक्ति स्तंभित-सा खड़ा रहा। अंबपालिका आगे बढ़ी। वह बहुत महीन श्वेत रेशम की पोशाक पहने हुए थी। वह इतनी बारीक थी कि उसके आर-पार साफ दीख पड़ता था। उसमें से छनकर उसके सुनहरे शरीर की रंगत अपूर्व छटा दिखा रही थी। पर यह रंग कमर तक ही था। वह चोली या कोई दूसरा वस्त्र नहीं पहने थी। इसलिए उसकी कमर के ऊपर के अंग-प्रत्यंग साफ दीख पड़ते थे।

विधाता ने उसे किस क्षण में गढ़ा था! हमारी तो यह धारणा है कि कोई चित्रकार न तो वैसा चित्र ही अंकित कर सकता था और न कोई मूर्तिकार वैसी मूर्ति ही बना सकता था।

उस भुवन-मोहिनी की वह छटा आगंतुक के हृदय को छेदकर पार हो गई। गहरे काले रंग के बाल उसके उज्ज्वल और स्निग्ध कंधों पर लहरा रहे थे। स्फटिक के समान चिकने मस्तक पर मोतियों का गुँथा हुआ आभूषण अपूर्व शोभा

दिखा रहा था। उसकी काली और कँटीली आँखें, तोते के समान नुकीली नाक, बिंबफल जैसे अधर-ओष्ठ और अनारदाने के समान उज्ज्वल दाँत, गोरा और गोल चिबुक बिना ही शृंगार के अनुराग और आनंद बिखेर रहा था। अब से ढाई हजार वर्ष पूर्व की वह वैशाली की वेश्या ऐसी ही थी।

मोती की कोर लगी हुई सुंदर ओढ़नी पीछे की ओर लटक रही थी और इसलिए उसका उन्मत्त कर देनेवाला मुख साफ देखा जा सकता था। वह अपनी पतली कमर में एक ढीला सा बहुमूल्य रंगीन शॉल लपेटे हुए थी। हंस के समान उज्ज्वल गरदन में अगर के बराबर मोतियों की माला लटक रही थी और गोरी-गोरी गोल कलाइयों में नीलम की पहुँची पड़ी हुई थी।

उस मकड़ी के जाले के समान बारीक उज्ज्वल परिधान के नीचे, सुनहरे तारों की बुनावट का एक अद्भुत घाघरा था, जो उस प्रकाश में बिजली की तरह चमक रहा था। पैरों में छोटी-छोटी लाल रंग की उपानह थीं, जो सुनहरी फीते से कस रही थीं।

उस समय कक्ष में गुलाबी रंग का प्रकाश हो रहा था। उस प्रकाश में अंबपालिका का मानो परदा चीरकर इस रूप-रंग में प्रकट होना आगंतुक व्यक्ति को मूर्तिमान मदिरा का अवतरण-सा प्रतीत हुआ। वह अभी तक स्तब्ध खड़ा था। धीरे-धीरे अंबपालिका आगे बढ़ी। उसके पीछे सोलह दासियाँ एक ही रूप और रंग की, मानो पाषाण-प्रतिमाएँ ही आगे बढ़ रही थीं।

अंबपालिका धीरे-धीरे आगे बढ़कर आगंतुक के निकट आकर झुकी और फिर घुटने के बल बैठ, उसने कहा—"परमेश्वर, परम वैष्णव, परम भट्टारक, महाराजाधिराज की जय हो!"

इसके बाद उसने सम्राट् के चरणों में प्रणाम करने को सिर झुका दिया। दासियाँ भी पृथ्वी पर झुक गईं।

आगंतुक महाप्रतापी मगध सम्राट् बिंबसार थे। उन्होंने हाथ बढ़ाकर अश्वपालिका को ऊपर उठाया। अश्वपालिका ने निवेदन किया—"महाराजाधिराज पीठ पर विराजें।"

सम्राट् ने ऊपर का परिच्छद उतार फेंका, वे पीठ पर विराजमान हुए।

अंबपालिका ने नीचे धरती में बैठकर सम्राट् का गंध, पुष्प आदि से सत्कार

किया। इसके बाद उसने अपनी मद भरी आँखें सम्राट् पर डालकर कहा—"महाराजाधिराज ने बड़ी अनुकंपा की, बड़ा कष्ट किया।"

सम्राट् ने किंचित् मोहक स्वर में कहा—"अंबपाली! यदि मैं यह कहूँ कि केवल विनोद के लिए आया हूँ तो यह यथार्थ बात नहीं। तुम्हारे रूप-गुण की प्रशंसा सुनकर स्थिर नहीं रह सका और इस कठिन युद्ध में व्यस्त रहने पर भी तुम्हें देखने के लिए शत्रुपुरी में घुस आया, परंतु तुम्हारा प्रबंध धन्य है।"

अंबपालिका (लज्जित-सी होकर जरा मुसकराकर), "मैं पहले ही सुन चुकी हूँ कि देव स्त्रियों की चाटुकारी में बड़े प्रवीण हैं।"

सम्राट्—"चाटुकारी नहीं, अंबपालिके! तुम वास्तव में रूप और गुण में अद्वितीय हो।"

अंबपालिका—"श्रीमान्, मैं कृतार्थ हुई!"

इसके बाद वह अपने मुक्ताविनिंदित दाँतों की छटा दिखाते हुए सम्राट् की सेवा में खड़ी हुई। सम्राट् ने उसे खींचकर बगल में बैठा लिया। संकेत पाते ही दासियों ने क्षण भर में गायन-वाद्य का सरंजाम जुटा दिया। कक्ष संगीत-लहरी में डूब गया और उस गंभीर निस्तब्ध रात्रि में मगध के प्रतापी सम्राट् उस एक वेश्या पर अपने साम्राज्य को भूल बैठे!

एक वर्ष बीत गया। प्रतापी लिच्छवि राज मगध साम्राज्य के आगे मस्तक नत करने को बाध्य हुए। अब वैशाली में उमंग न थी। अंबपालिका का द्वार सदैव बंद रहता था। द्वार पर कड़ा पहरा था। कोई व्यक्ति न उसे देख सकता था, न उससे मिल सकता था। उसके बहुत से युवक मित्र उस युद्ध में निहत हुए थे। पर जो बच रहे थे, वे अंबपाली के इस परिवर्तन पर आश्चर्यान्वित थे। किसी भी तरह उसका साक्षात् न कर सकते थे। दूर-दूर तक यह बात फैल गई थी।

अंबपालिका के सहस्रावधि वेतनभोगी दास-दासी, सैनिक और अनुचरों में से भी केवल दो व्यक्ति थे, जो अंबपालिका को देख सकते और उससे बात कर सकते थे। एक प्रधान परिचारिका यूथिका, दूसरा एक वृद्ध दंडधर, जिसे भीतर-बाहर सर्वत्र आने की स्वतंत्रता थी। सम्राट् का आगमन केवल इन्हीं दोनों को मालूम था और वे दोनों ही यह रहस्य भी जानते थे कि अंबपालिका को समाट् से गर्भ है।

यथासमय पुत्र प्रसव हुआ। यह रहस्य भी केवल इन्हीं दो व्यक्तियों पर ही प्रकट हुआ। और वह पुत्र उसी दंडधर ने गुप्त रूप से राजधानी ले जाकर मगध सम्राट् की गोद में डालकर, अंबपालिका का अनुरोध सुनाकर कहा—"महाराजाधिराज की सेवा में मेरी स्वामिनी ने निवेदन किया है कि उनकी तुच्छ भेंटस्वरूप मगध के भावी सम्राट् आपके चरणों में समर्पित हैं।"

सम्राट् ने शिशु को सिंहासन पर डालकर वृद्ध दंडधर से उत्फुल्ल नयन से कहा, "मगध के भावी सम्राट् को झटपट अभिवादन करो।"

दंडधर ने कोश से तलवार निकाल मस्तक पर लगाई और तीन बार जयघोष करके तलवार शिशु के चरणों में रख दी। सम्राट् ने तलवार उठाकर वृद्ध की कमर में बाँधते-बाँधते कहा—"अपनी स्वामिनी को मेरी यह तुच्छ भेंट देना।" यह कहकर उन्होंने एक वस्तु वृद्ध के हाथ में चुपचाप दे दी। वह वस्तु क्या थी, यह ज्ञात होने का कोई उपाय नहीं।

भगवान् बुद्ध वैशाली में पधारे हैं और अंबपालिका की बाड़ी में ठहरे हैं। आज हठात् अंबपालिका के महल में हलचल मच रही है। सभी दास-दासी, प्रतिहार, द्वारपाल दौड़-धूप कर रहे हैं। हाथी, घोड़े, पालकी, रथ सज रहे हैं। सवार शस्त्र-सज्जित हो रहे हैं। अंबपालिका भगवान् बुद्ध के दर्शनार्थ बाड़ी में जा रही है। एक वर्ष बाद आज वह फिर सर्वसाधारण के सम्मुख निकल रही है। समस्त वैशाली में यह समाचार फैल गया है। लोग झुंड-के-झुंड उसे देखने राजमार्ग पर डट गए हैं। अंबपालिका एक श्वेत हाथी पर सवार होकर धीरे-धीरे आगे बढ़ रही है। दासियों का पैदल झुंड उसके पीछे है, उसके पीछे अश्वारोही दल है और उसके बाद हाथियों पर भगवान् की पूजा-सामग्री। सबसे पीछे बहुत से वाहन, कर्मचारी और पौरगण।

अंबपालिका एक साधारण पीत-वर्ण परिधान धारण किए अधोमुख बैठी है। एक भी आभूषण उसके शरीर पर नहीं हैं। बाड़ी से कुछ दूर ही उसने सवारी रोकने की आज्ञा दी। वह पैदल भगवान् के पास तक पहुँची, पीछे सौ दासियों के हाथ में पूजन-सामग्री थी।

तथागत बुद्ध की अवस्था अस्सी को पार कर गई थी। एक गौरवर्ण, दीर्घकाय, श्वेतकेश, कृश, किंतु बलिष्ठ महापुरुष पद्मासन से शांत मुद्रा में एक सघन वृक्ष

की छाया में बैठे थे। सहस्रावधि शिष्यगण दूर तक मुंडित-शिर और पीत वस्त्र धारण किए स्तब्ध-से श्रीमुख के प्रत्येक शब्द को हृत्पटल पर लिख रहे थे।

आनंद नामक शिष्य ने निवेदन किया—"प्रभु! अंबपालिका दर्शनार्थ आई है।"

तथागत ने किंचित् हास्य से अपने करुण नेत्र ऊपर उठाए। अंबपालिका धरती में लोटकर कहने लगी—"प्रभो! त्राहिमाम्! त्राहिमाम्!"

भगवान् ने कहा—"कल्याण! कल्याण!"

आनंद ने कहा—"उठो अंबपाली! महाप्रभु प्रसन्न हैं।"

अंबपाली ने यथाविधि भगवान् का अर्घ्यदान, पाद्य, मधुपर्क से पूजन किया और चरण-रज नेत्रों में लगाई, फिर हाथ बाँध सम्मुख खड़ी हो गई।

भगवान् ने हँसकर कहा—"अब और क्या चाहिए अंबपाली?"

"प्रभो! भगवन्! इस अपदार्थ का आतिथ्य स्वीकार हो, इन चरण कमलों की देवदुर्लभ रज-कण किंकरी की कुटिया को प्रदान हो।"

प्रभु ने करुण स्वर में कहा—"तथास्तु!"

भिक्षुगण सहस्र कंठ से जयोल्लास में चिल्ला उठे। परंतु यह क्या? उस नाद को विदीर्ण करता हुआ एक और नाद उठा। भगवान् ने पूछा—"आनंद! यह क्या है?"

"प्रभो! लिच्छविराजवर्ग और अमात्यवर्ग श्रीपाद-पद्म के दर्शनार्थ आ रहा है।"

प्रभु हँस पड़े। अंबपालिका हट गई। प्रतापी लिच्छविराजगण, राजकुमार, अमात्यवर्ग और अंत:पुर ने एक साथ ही भगवान् के चरणों में महान् मस्तक झुका दिए। भगवान् ने कहा—"कल्याण! कल्याण!!"

महाराज ने पद-धूलि मुकुट पर लगाकर कहा—"महाप्रभु! यह तुच्छ राजधानी इन चरणों के पधारने से कृतकृत्य हुई। परंतु प्रभो! यह वेश्या की बाड़ी है, श्रीचरणों के योग्य नहीं। प्रभु के लिए राजप्रासाद प्रस्तुत है और राजवंश प्रभुपद-सेवा को बहुत उत्सुक है।"

भगवान् ने हँसकर कहा—"तथागत के लिए वेश्या और राजा में क्या अंतर है? तथागत समदृष्टि हैं।"

"प्रभो! तब कल का आतिथ्य राजपरिवार को प्रदान कर कृतार्थ करें।"

"वह तो मैं अंबपाली का स्वीकार कर चुका!"

राजा निरुत्तर हुए। वे फिर प्रणाम कर लौटे। कुछ श्वेत वस्त्र धारण किए थे, कुछ लाल और कुछ आभूषण पहने थे।

अंबपालिका रथ में बैठकर लौटी। उसने आज्ञा दी, मेरा रथ लिच्छवि महाराजाओं के बराबर हाँको। उनके पहिए के बराबर मेरा पहिया और उनके धुरे के बराबर मेरा धुरा रहे तथा उनके घोड़े के बराबर मेरा घोड़ा।

लिच्छवियों ने देखकर क्रोध-मिश्रित आश्चर्य से पूछा—"अंबपालिके, यह क्या बात है? तू हम लोगों के बराबर अपना रथ हाँक रही है?"

उसने उत्तर दिया—"मेरे प्रभु! मैंने तथागत और उसके शिष्यवर्ग को भोजन का निमंत्रण दिया है और वह उन्होंने स्वीकार किया है।"

उन्होंने कहा—"हे अंबपाली! हमसे एक लाख स्वर्ण-मुद्रा ले और यह भोजन हमें कराने दे।"

"मेरे प्रभु, यह संभव ही नहीं है!"

"तब 100 गाँव ले और यह निमंत्रण हमें बेच दे।"

"नहीं स्वामी! कदापि नहीं।"

"आधा राज्य ले और यह निमंत्रण हमें दे दे।"

"मेरे प्रभु! आप एक तुच्छ भूखंड के स्वामी हैं, पर यदि समस्त भूमंडल के चक्रवर्ती भी होते और अपना समस्त साम्राज्य मुझे देते तो भी मैं ऐसी कीर्ति की जेवनार को नहीं बेच सकती थी।"

लिच्छवि राजाओं ने तब अपना हाथ पटककर कहा—"हाय! अंबपालिका ने हमें पराजित कर दिया, अंबपालिका हमसे बढ़ गई। अंबपालिके! तब तुम स्वच्छंदता से हमसे आगे रथ हाँको।"

अंबपालिका ने रथ बढ़ाया। गर्द का एक तूफान पीछे रह गया।

दस सहस्त्र भिक्षुओं के साथ भगवान् बुद्ध ने अंबपालिका के प्रासाद को आलोकित किया। वैशाली के राजमार्ग के नगर के प्राणी आ जूझे थे। महापुरुष बुद्ध और उनके वीतरागी भिक्षु भूमि पर दृष्टि दिए पैदल धीरे-धीरे आगे बढ़ रहे थे। नगर के श्रेष्ठिगण दुकानों से उठ-उठकर मार्ग की भूमि को भगवान् के चरण रखने से

पूर्व अपने उत्तरीय से झाड़ रहे थे। कोई नागरिक भीड़ से निकलकर पथ पर अपने बहुमूल्य शॉल बिछा रहे थे। महाप्रभु बिना कुछ कहे एकरस धीरे-धीरे आगे बढ़ रहे थे। वह महान् संन्यासी, प्रबल वीतरागी, महाप्राण वृद्ध पुरुष-श्रेष्ठ जय-जयकार की प्रचंड घोषणा से जरा भी विचलित नहीं हो रहा था। उसकी दृष्टि मानो पृथ्वी में पाताल तक घुस गई थी। पौर स्त्रियाँ झरोखों से खील और पुष्प-वर्षा कर रही थीं। अंबपालिका का तोरण आते ही चार दंडधरों ने दौड़कर पथ पर कौशेय बिछा दिया। द्वार में प्रवेश करने पर सर्वत्र कौशेय बिछा था। अनगिनत कर्मचारी भिक्षुगण के सम्मानार्थ दौड़ पड़े। पीत-वसनधारी मुंडित भिक्षु नक्षत्रों की तरह उस विशाल प्रांगण में, महा जनसमूह में चमक रहे थे।

अतिथिशाला में भगवान् के पहुँचते ही अंबपालिका ने 200 दासियों के साथ स्वयं आकर तथागत के चरणों में सिर झुकाया और वहाँ से वह अपने आँचल से पथ की धूल झाड़ती हुई प्रभु को भीतरी अलिंद तक ले गई। इस समय प्रभु के साथ केवल आनंद चल रहे थे।

प्रांगण के मध्य में एक चंदन की चौकी पर शुद्ध आसन बिछा था। अंबपालिका के अनुरोध पर प्रभु वहाँ विराजमान हुए। अंबपालिका ने अर्घ्य-पाद्य दान करके भोजन प्रस्तुत करने की आज्ञा माँगी। आज्ञा मिलते ही अंबपालिका स्वयं स्वर्ण-थाल में भोजन ले आई। अनेक प्रकार के चावल और रोटियाँ थीं। अंबपालिका सेवा में करबद्ध खड़ी रही। भगवान् ने मौन होकर भोजन किया और तृप्त होकर कहा—"बस।"

अंबपालिका के नेत्रों से अश्रुधारा बही। प्रभु ज्यों ही शुद्ध होकर आसन पर विराजे, अंबपालिका ने पृथ्वी पर गिरकर प्रणाम किया।

भगवान् ने कहा—"अंबपालिका, अब और तेरी क्या इच्छा है ?"

"प्रभु, एक तुच्छ भिक्षा प्रदान हो ?"

तथागत ने गंभीर होकर कहा—"वह क्या है ?"

"प्रभो! आज्ञा कीजिए, कोई भिक्षु अपना उत्तरीय प्रदान करे।" आनंद ने उत्तरीय उतारकर अंबपालिका को दे दिया।

क्षण भर के लिए अंबपालिका भीतर गई, परंतु दूसरे ही क्षण वह उसी वस्त्र से अंग लपेटे आ रही थी। उस बौद्ध भिक्षु के प्रदान किए एकमात्र वस्त्र को छोड़कर

उसके पास न कोई और वस्त्र था, न आभरण। उसके नेत्रों से अविरल अश्रुधारा बह रही थी। भगवान् विमूढ़ उसका व्यापार देख रहे थे। वह आकर भगवान् के सम्मुख फिर लोट गई।

भगवान् ने शुभ हस्त से उसे स्पर्श करके कहा—"उठो, उठो! हे कल्याणी! तुम्हारी इच्छा क्या है?"

"महाप्रभु! अपवित्र दासी की धृष्टता क्षमा हो। यह महानारी-शरीर कलंकित करके मैं जीवित रहने पर बाधित की गई, शुभ संकल्प से मैं वंचित रही; प्रभो, यह समस्त संपदा कलुषित तपश्चर्या का संचय है। मैं कितनी व्याकुल, कितनी कुंठित, कितनी शून्यहृदया रहकर अब तक जीवित रही हूँ, यह कैसे कहूँ। मेरे जीवन में दो ज्वलंत दिन आए। प्रथम दिन के फलस्वरूप मैं आज मगध के भावी सम्राट् की राजमाता हूँ परंतु भगवन्! आज के महान् पुण्य-योग के फलस्वरूप अब मैं इससे भी उच्च पद प्राप्त करने की धृष्ट अभिलाषा करती हूँ। महाप्रभु प्रसन्न हों। जब भगवान् की चरण-रज से यह घर पवित्र हुआ, तब यहाँ विलास और पाप कैसा? उसकी सामग्री ही क्यों, उसकी स्मृति ही क्यों? इसलिए भगवान् के चरण-कमलों में यह सारी संपदा—महल, अटारी, धन, कोष, हाथी, घोड़े, प्यादे, रथ, वस्त्र, भंडार आदि सब समर्पित हैं। प्रभु ने भिक्षु का उत्तरीय मुझे भिक्षा में दिया है, मेरे शरीर की लज्जा-निवारण को यह बहुत है स्वामिन्! आज से अंबपाली भिक्षुणी हुई। अब यह इस भिक्षा में प्राप्त पवित्र वस्त्र को प्राण देकर भी सम्मानित करेगी। हे प्रभु! "आज्ञा हो।"

इतना कहकर अविरल अश्रुधारा से भगवत्-चरणों को धोती हुई, अंबपालिका बुद्ध की चरण-रज नेत्रों से लगाकर उठी और धीरे-धीरे महल से बाहर चली। महावीतराग बुद्ध के नेत्र आप्यायित हुए। उन्होंने 'तथास्तु' कहा और खड़े होकर उसका सिर स्पर्श करके कहा—"कल्याण! कल्याण!"

सहस्र-सहस्र कंठ से 'जय अंबपालिके, जय अंबपालिके' का गगनभेदी नाद उठा। सहस्रों नर-नारी पीछे चले। अंबपालिका उस पति परिधान को धारण किए, नीचा सिर किए, पैदल उसी राजमार्ग से भूमि पर दृष्टि दिए धीरे-धीरे नगर से बाहर जा रही थी और उसके पीछे समस्त नगर उमड़ा जा रहा था। खिड़कियों से पौर वधुएँ पुष्प और खील की वर्षा कर रही थीं।

भगवान् ने कहा—"हे आनंद, यह स्थान बौद्ध भिक्षुओं का प्रथम विहार होगा। बौद्ध भिक्षु यहाँ रहकर सन्मार्ग का अन्वेषण करेंगे, यही तथागत की इच्छा है।"

आनंद ने सिर झुकाया। भिक्षु-मंडल जयनाद कर उठा। बुद्ध भगवान् धीरे-धीरे उठकर नगर के राजमार्ग से आते हुए अंबपालिका की बाड़ी में आकर अपने आसन पर विराजमान हुए। कुछ दूर एक वृक्ष की जड़ में अंबपालिका स्थिर बैठी थी। भगवान् को स्थित देख वह उठी और धीर भाव से प्रभु के सम्मुख आकर खड़ी हुई। भगवान् ने उसकी ओर देखा। अंबपालिका ने विनयावनत होकर कहा—

'बुद्धं शरणं गच्छामि

धम्म गण गच्छामि

तय सन गच्छामि'

तथागत स्थिर हुए। उन्होंने तत्काल पवित्र जल उसके मस्तक पर सिंचन किया और पवित्र वाक्यों का उपदेश देकर कहा—"भिक्षुओ! महासाध्वी अंबपालिका का स्वागत करो।"

फिर जयनाद से दिशाएँ गूँज उठीं और अंबपालिका तथागत तथा अन्य वृद्ध भिक्षुगण को प्रणाम कर वहाँ से चल दी और फिर वैशाली के पुरुष उसे न देख सके!

□

दे खुदा की राह पर

इस कहानी में कुल तीन पात्र हैं। एक शानदार दरिद्र बूढ़ा है, जो भीख माँगता है, किंतु जिसकी शक्लोसूरत और व्यवहार-बोली से शाही शालीनता प्रतिभासित होती है। दूसरा पात्र उसकी किशोरी पोती है, जो मुगलिया शाही सौंदर्य की सजीव प्रतिमा है और तीसरा पात्र लेखक खुद है।

बूढ़े भिखारी और उसकी किशोरी पोती की भाषा और व्यवहार से आपको उनके किसी शाही खानदान से जुड़े होने का सहज ही अहसास हो जाएगा। पूरी कहानी में आप स्वयं को इन तीन पात्रों के बीच सजीव उपस्थित पाएँगे और तत्कालीन वातावरण को अनुभव कर पाएँगे। मानवीय मूल्यों और संवेदनाओं की हृदयस्पर्शी कथा है, जो आपके भावों को छू लेगी।

मैं उसे बहुत दिनों से उसी स्थान पर बैठा देखा करता था। वह जामा मसजिद की सीढ़ियों के नीचे एक कोने में बैठा रहता था। उसके हाथ में एक पुरानी ऊनी टोपी थी, उसी को वह भिक्षापात्र की भाँति काम में लाता था। उसकी अवस्था सत्तर को पार कर गई थी, फिर भी वह खूब मजबूत दिखाई पड़ता था। उसका कंठस्वर सतेज और गंभीर था। उसके चेहरे पर एकाध चेचक के दाग थे। उसके मुँह से निकले हुए शब्द 'दे खुदा की राह पर' ही सदा सुन पड़ते थे। दूसरे शब्द बोलना वह जानता था या नहीं, कह नहीं सकता। उससे कोई कभी बात नहीं करता था। बातें करने पर वह कभी जवाब भी नहीं देता था। लोग उसे बहुधा पैसा दे

देते थे। पैसा टोपी में डालने पर उसने कभी किसी को आशीर्वाद नहीं दिया। परंतु उसके चेहरे के भाव, जो निरंतर अमिट रूप से बने रहते थे, देखकर अनायास ही मनुष्य की उस पर श्रद्धा हो जाती थी। संभव है, वह मन-ही-मन आशीर्वाद देता हो। बहुधा मैंने देखा था, लोग चुपके से उसके निकट जाते, पैसा उसकी टोपी में फेंकते और धीरे से खिसक जाते थे। वह तो अपनी अनवरत गति से 'दे खुदा की राह पर' की आवाज थोड़ी-थोड़ी देर बाद लगाता रहता था।

घर से दफ्तर जाने का मेरा रास्ता जामा मसजिद होकर ही था। जामा मसजिद से ट्राम की प्रतीक्षा में कभी-कभी मुझे कुछ देर अटकना पड़ता था। वह सीढ़ियों के जिस नुक्कड़ पर बैठता था, वहाँ मैं ट्राम की प्रतीक्षा में खड़ा रहता था। उस समय ट्राम आने तक मैं उसके एकरस और एक-सी भावभंगिमा से परिपूर्ण चेहरे को, आते-जाते तथा पैसा देनेवालों को और उसकी पोशाक तथा भावना को ध्यान से देखता रहता था। मुझे इसका कुछ चाव-सा हो गया था। मैंने उसे कभी कुछ नहीं दिया। एक पैसा देते हुए मुझे शर्म लगती थी। सभी तो पैसा देते थे, मेरा अधिक देना दंभ में सम्मिलित था। फिर मेरी आमदनी भी इतनी संक्षिप्त थी कि मैं अधिक दे नहीं सकता था। और यह तो रोज का धंधा ठहरा।

वर्षा के दिन थे। दिनभर पानी बरसा था। दफ्तर जाती बार देखा, वह एक कोने में खड़ा भीग रहा है। उस दिन उसे इस प्रकार निरीह भाव से भीगता देखकर मन पर आघात लगा। जी में ऐसा हुआ कि इसके लिए कुछ तो करना ही चाहिए। दफ्तर से जब मैं लौटा, तब वह अपने स्थान पर बैठा था। बदली खुल गई थी। उस दिन दफ्तर से लौटते देर हो गई थी। अँधेरा होने लगा था। मैं क्षण भर रुककर उसकी ओर देखने लगा, वह अपने स्थान से उठा। उसने धीरे से, मानो वह आत्मनिवेदन कर रहा था, 'या ख़ुदा, आज तो कुछ भी नहीं।'

उसने गंभीरता से अपनी दाढ़ी हिलाई और अपनी लाठी टेकता हुआ चल दिया। मैं भी मंत्रमुग्ध की भाँति उसके पीछे हो लिया। मुझे उसके प्रति कौतूहल हो रहा था, क्योंकि उन सुपरिचित शब्दों के सिवा प्रथम बार ही मैंने उसके मुँह से निकले ये शब्द सुने थे।

वह पतली और सँकरी गलियों को पार करता हुआ धीरे-धीरे उसी लाठी की आँखों से राह टटोलता हुआ चला जा रहा था। पीछे-पीछे मैं था। बस्ती का शानदार

भाग पीछे छूट गया था। अब वह गरीबों के टूटे-फूटे घरों के पास से गुजर रहा था। अंत में एक खँडहर के समान घर के द्वार पर खड़ा हो गया। उसने कुंडी खटखटाई और एक किशोरी बालिका ने आकर द्वार खोल दिया। यद्यपि मैं कुछ दूर था, फिर भी मैंने उस सुकोमल मूर्ति को देख लिया। उसे देखकर आँखें हरी हो गईं। उन आँखों ने भी, मालूम होता है, मुझे देख लिया। यद्यपि उन दूध-समान स्वच्छ आँखों की दृष्टि पड़ते ही मेरी आँखें नीचे झुक गई थीं, फिर भी जैसे मेरा मूक निवेदन वहाँ तक पहुँच चुका था। वृद्ध को इस बात का कोई ज्ञान न था कि मैं उसका पीछा कर रहा हूँ। वे दोनों भीतर चले गए। दरवाजा बंद हो गया। मैं फिर भी खड़ा सोचता रहा, यह अंधा-बूढ़ा भिखारी कौन है और इसके साथ यह अनिंद्य सुंदरी बाला कौन है? मेरी दृष्टि बंद द्वार पर थी। द्वार खुला, वे ही आँखें एक बार दोलायमान होकर मेरे मुख पर अटक गईं। मैं चमत्कृत होकर देखने लगा। उसने संकेत से मुझे निकट बुलाया और कहा, "आप बाबा से कुछ कहना चाहते हैं?" मैंने बिना सोचे ही जवाब दिया, "हाँ, मैं उनसे कुछ बात करना चाहता हूँ।"

"आप आइए।"

वह पीछे हट गई। मैं भीतर चला गया। मेरे भीतर आने पर द्वार बंद कर लिया। भीतर से घर काफी बड़ा था। मकानियत तो कुछ न थी, मैदान काफी था। उसमें एक नीम का पेड़ भी था। घर हर तरफ साफ था। वृद्ध फकीर एक चटाई पर चुपचाप बैठा था।

बालिका ने कहा, "बाबा, ये आए हैं।"

बूढ़े ने दोनों हाथ फैलाकर कहा, "आइए मेरे मेहरबान, मुझसे रजिया ने कहा कि आप मेरे पीछे-पीछे आ रहे थे और दरवाजे पर खड़े थे। कहिए, मैं आपकी क्या खिदमत बजा सकता हूँ। बैठिए।"

बालिका ने एक चटाई का टुकड़ा लाकर डाल दिया था, मैं उसी पर बैठ गया। मैंने कहा, "मैंने इस तरह आकर आपको जो तकलीफ दी, उसके लिए माफी चाहता हूँ। दरअसल मेरा कोई काम नहीं है। मगर मैं आपको अरसे से जामा मसजिद पर देखता हूँ। मैंने आपको कभी कुछ नहीं दिया। लेकिन आज उठती बार आपके मुँह से यह सुनकर कि 'आज कुछ भी नहीं', मैं अपने को काबू में न रख सका। एक पैसा आप जैसे संजीदा बुजुर्ग के हाथ में रखते शर्म आती थी। ज्यादा

की औकात नहीं। पर आज तो इरादा ही कर लिया, मगर हिम्मत न हुई कि आपको आवाज दूँ। यही सोचते यहाँ तक चला आया।"

बूढ़े ने संतोष से सारी बातें सुनीं। फिर उसने आकाश की ओर अपने दृष्टिविहीन नेत्र फैलाकर कहा, "शुक्र है अल्लाह का। दुनिया में आप जैसे भी फरिश्ता खयालात इनसान हैं। खुदा आपको बरकत दे। आप शायद हिंदू हैं!"

"जी हाँ।" मैंने धीरे से कहा और एक रुपया निकालकर बूढ़े के हाथ पर रख दिया।

रुपया हाथ से छूकर बूढ़े ने कहा, "खुदा आपको खुश रखे, मगर मैं अपने घर पर भीख नहीं लेता, खुदा के घर के कदमों पर बैठकर ही मैं भीख लेने की जुर्रत कर सकता हूँ, वह भी खुदा की राह पर। यहाँ तो मेरा फर्ज है कि मैं आपकी, जहाँ तक हो, मेहमाननवाजी करूँ।"

यह कहकर बूढ़े ने रुपया वापस मेरी तरफ सरका दिया। इसके बाद रजिया को पुकारकर कहा, "बेटी, इन मेहरबान की कुछ तवाजा तो जरूर करनी चाहिए। ये हिंदू हैं और कुछ तो न खाएँगे, इलायची घर में हो, तो जरा दे दो, बेटी!"

रजिया दो इलायची ले आई। वह घुटनों के बल मेरे सामने बैठ गई। उसने अपनी सुनहरी हथेली मेरे सामने फैला दीं। उस पर दो इलायचियाँ धरी थीं। उसने मुसकराकर कहा, "इलायचियाँ लीजिए। घर में तश्तरी नहीं है।"

'घर में तश्तरी नहीं है।' ये शब्द उसने कंपित कंठ से कहे। बूढ़े की आँखों में आँसू भर आए। उसने कहा, "तश्तरी नहीं है, तो उसका रंज क्यों बेटी!"

उसने फिर आँसू पोंछकर कहा, "मेहरबान, बिटिया की नजर कुबूल कीजिए, जिससे मेरी और मेरे खानदान की इज्जत बढ़े।"

मैंने इलायचियाँ ले लीं। मैं इस फेर में पड़ा, क्या सचमुच बूढ़े का कोई खानदान भी है? रुपया देने के कारण मैं लज्जित हो रहा था। मैंने कहा, "क्या मेहरबानी करके आप अपने कुछ हालात बताएँगे और कोई ऐसा काम भी, जिसे करके मैं आपकी कुछ खिदमत बजा लाऊँ?"

बूढ़े ने कहा, "पिछले नौ वर्षों में यह मैं आपसे आज बातें कर रहा हूँ··· रजिया और मैं इतने दिनों से यहाँ अकेले रहते हैं, हम लोग न किसी से मिलते हैं, न कोई हमसे मिलता है। आपने आज अचानक आकर इस अंधे अपाहिज पर इतनी

मेहरबानी की।" उसने झुककर मेरे दोनों हाथ चूम लिये।

रजिया ने आकर कहा, "बाबा, आज खाने का क्या होगा?" बूढ़े ने पैसे टेंट से निकालकर कहा, "सिर्फ ये ही हैं। एक पैसा तुम हस्व-मामूल दरगाह पर खैरात दे आओ और एक पैसे के चने ले आओ। आज उन्हीं पर औकात बसर होगी।"

रजिया चली गई। मैं बूढ़े के दृष्टिहीन तेजवान मुँह को देखता रहा। फिर मैंने कहा, "रजिया क्या आपकी बेटी है?"

"नहीं, पोती है। इसकी माँ इसे जनमते ही मर गई थी। इसे मैंने इन्हीं हाथों से पाला है।"

"रजिया के वालिद शायद नहीं हैं?"

"नहीं!" बूढ़े का स्वर भर्रा गया। फिर उसने जरा खाँसकर कहा, "उसे मरे आज चौदह साल हो गए।" बूढ़े की दृष्टिहीन आँखें मानो कुछ देखने लगीं। उनमें पानी छलछला आया। उसने एक बार आकाश की ओर उन आँखों को उठाया और फिर जमीन पर झुका लिया।

मुझे ऐसा मालूम हुआ कि बूढ़े का जीवन गंभीर भेदों से परिपूर्ण है। परंतु मुझे उससे कुछ पूछने का साहस नहीं हुआ। मैंने फिर कहा, "क्या मैं आपकी कोई खिदमत बजा ला सकता हूँ?"

"मेरी कोई खिदमत ही नहीं है, मेहरबान। मैं खुदा का एक अदना खिदमतगार हूँ।" उसके होंठ काँपकर रह गए, मानो बलपूर्वक कुछ उसके मुख से निकल रहा था, उसे जबरदस्ती रोक लिया।

रजिया लौट आई और उसने भुने चने बूढ़े के सामने एक साफ कपड़े के टुकड़े पर फैला दिए। बूढ़े ने पानी मँगाकर वजू किया, नमाज पढ़ी और फिर मेरे पास आकर कहा, "अगर एक मुट्ठी इसमें से आप कबूल फरमाएँ, तो मैं समझूँ कि अब भी मैं मेहमाननवाजी करने के लायक हूँ।" उसने चनों का रूमाल आगे बढ़ाया।

मैंने थोड़े चने मुट्ठी में लेकर कहा, "मेरे बुजुर्ग, इन्हें मैं नियामत समझता हूँ।"

रजिया पास बैठी। हम तीनों ने चने खाए। इसके बाद मैं उठ खड़ा हुआ। बूढ़े ने खड़े होकर मुझे विदा किया। मेरा नाम पूछा और दुआ दी।

मैं रोज उसे वहीं भीख माँगते देखता, पर कभी कुछ देने तथा बोलने का साहस न करता। हाँ, बीच-बीच में मैं उसके घर घंटा-दो घंटा जाकर बैठ आता था। उसका असली परिचय प्राप्त करने की मैंने चेष्टा की, पर प्राप्त न कर सका। अलबत्ता मुझे यह अवश्य मालूम हो गया कि बूढ़ा कोई बहुत ही बड़े खानदान का आदमी है। चार साल गुजर गए। हम लोगों में बहुत घनिष्ठता बढ़ गई थी। बूढ़े का यह नियम था कि वह तमाम भीख में से आधी मजार पर खैरात कर देता था। यह मजार उसकी धर्मपत्नी की थी, जिसे उसने कभी अपने प्राणों से ज्यादा प्यार किया था और अब पूजा करता था। आधी भीख अपने और रजिया के काम में लाता था।

एकाएक मैंने देखा, वह अब सीढ़ियों पर नहीं है। कई दिन बीत गए, आखिर मैं एक दिन उसके घर गया। देखा, मृत्युशैया पर पड़ा है। रजिया अकेली उसकी सेवा कर रही है। रजिया अब सत्रह साल की अप्रतिम सुंदरी थी। परंतु उसके सौंदर्य में चमेली के समान माधुर्य था। वह पवित्रता, गौरव और गंभीरता की केंद्रस्वरूप थी। उसके गुणों पर मैं मोहित था और मेरे मन में उसके प्रति आदर था। मेरी आयु यद्यपि तीस वर्ष के लगभग ही थी और मेरी पत्नी का जीवन के आरंभ ही में देहांत हो गया था, फिर भी उसके प्रति प्रेम की भावना से देखने का साहस मैं न कर सका था। वह मुझे 'बड़े भाई' कहकर पुकारती थी। देखते ही उसने कहा, "बड़े भाई, देखो, बाबा की क्या हालत हो गई है! कई दिन से तुम्हें याद कर रहे हैं, पर मैं इन्हें छोड़ अकेली इतनी दूर तुम्हारे घर नहीं जा सकती थी।"

बूढ़े को होश हुआ, तो रजिया ने उसके पास जाकर कहा, "बाबा, बड़े भाई आए हैं।"

बूढ़े ने मेरी तरफ मुख किया, मैंने समझ लिया, अब चिराग बुझने में विलंब नहीं। मैंने उसका हाथ अपने हाथ में लेकर कहा, "ओफ, आप इतने कमजोर हो गए, मुझे खबर भी नहीं भेजी! आज तो आप मेरे मन की साध मिटा दीजिए, मुझे कुछ खिदमत करने का हुक्म दीजिए।"

बूढ़े ने कंपित स्वर में कहा, "अच्छा, तुम मेरी ओर से रजिया का एक काम कर दोगे?"

"बहुत खुशी से।" मैंने उत्सुकता से कहा।

बूढ़े ने मंद स्वर से रजिया को कुछ संकेत किया। वह कोठरी के एक कोने

से कपड़े में लिपटा हुआ एक पुलिंदा ले आई। बूढ़े ने उसे अपने हाथ में ले, छाती से लगा, फिर मेरी तरफ हाथ बढ़ाते हुए कहा, "इन कागजों को सँभालकर रखना, जान से भी ज्यादा और जब रजिया अठारह साल पार कर जाए, तब खोलना। इसमें जैसा लिखा है, वैसा ही करना। जबान दो, करोगे?" मैंने जबान दी।

बूढ़े ने फिर कहा, "मेरे बाद रजिया यहाँ न रह सकेगी। इसे तुम जहाँ मुनासिब समझो रखना, परंतु अपनी हिफाजत से दूर नहीं। मगर यहाँ से निकलकर और मेरे बाद वह फकीरी हालत में न रह सकेगी।" बूढ़े ने एक जड़ाऊ कंगन निकालकर दिया और कहा, "इसे बेचकर मेरी रजिया को आराम से रहने का बंदोबस्त कर देना।"

बूढ़ा कुछ देर चुप रहा। वह अपने हृदय में उबलते हुए तूफान को शांत कर रहा था। कुछ ठहरकर उसने मुझे और रजिया को पास बुलाकर दोनों के हाथ पकड़ अपनी छाती पर रखकर कहा, "मेरे मेहरबान, तुम हिंदू हो और रजिया मुसलमान, मगर खुदा की नजर में दोनों इनसान हैं। मैं उम्मीद करता हूँ, तुम रजिया के लिए कभी बेफिक्र न होगे।"

कुछ ठहरकर कहा, "मेरे बच्चो, तुम लोग अपना नफा-नुकसान सोच लेना।"

हम दोनों सिर झुकाए बूढ़े की टूटी चारपाई के पास बैठे रहे। कुछ देर बाद बूढ़े ने कहा, "बड़े भाई, अब तुम रजिया को लेकर चले जाओ। मेरा वक्त नजदीक है, मेरी मिट्टी सरकार के आदमी सँगवा देंगे।" हम लोगों ने उसकी कुछ न सुनी। हम वहीं डटे रहे। तीन दिन बाद उसकी मृत्यु हुई। रजिया मेरे घर रहने लगी। मेरी बूढ़ी मौसी देहात में रहती थी। उसे मैंने बुलाकर घर में रख लिया था। सुविधा के खयाल से मैंने रजिया का नाम कमला रख लिया था। मैंने वह कंगन बेचा नहीं। उसका मूल्य बीस हजार से भी अधिक आँका गया था। रजिया ने कहा, "इस कंगन से दादा बातें किया करते थे। यह दादी का कंगन था। मैंने भी उसे एक पूजनीय वस्तु समझा।"

रजिया का अठारहवाँ साल खत्म हो गया। मैंने उस दिन रजिया को नई साड़ी पहनाई। फूलों का हार पहनाया। उसके बाद मैंने वह पुलिंदा खोला। उसमें कुछ कागजात थे, एक शाही मुहर थी, कुछ फरमान थे और एक विवरण-पत्र था। उसे पढ़ने पर पता लगा, बूढ़ा सुलतान टीपू का बेटा खिजरखाँ था। उसका बेटा रजिया

का पिता युद्ध में मारा गया था। सरकार के साथ कुछ ऐसी संधियाँ थीं कि रजिया को अठारह वर्ष की होने पर सरकार से उसे एक इलाका, जो उसके बाप का जब्त कर लिया गया था, मिलता। रजिया के जन्म और वंश का प्रमाण रजिया के गले के ताबीज में था। ताबीज खोल डाला गया। समय पर सब कागजात हाईकोर्ट में दाखिल कर दिए गए। छह मास बाद रजिया को जागीर मिल गई। उसकी आमदनी पाँच लाख रुपए सालाना थी।

जागीर मिलने पर रजिया को लेकर मैं इलाके पर चला गया। वहाँ पर दखल वगैरा लेकर, सब व्यवस्था करके जब मैं चलने लगा, तो रजिया ने आँखों में आँसू भरकर मेरा हाथ पकड़कर कहा, "अब जाओगे कहाँ?"

मैंने कहा, "रजिया रानी, अब 'बड़े भाई' न कहोगी?"

"नहीं।" रजिया की आँखों में आँसू और होंठों पर हँसी थी। वह लिपट गई।

मैंने कहा, "रजिया, बड़े भाई का कुछ लिहाज करो। दर्द सिर्फ तुम्हारे ही दिल में नहीं, दूसरी जगह भी है, पर जो हो गया, सो हो गया।"

रजिया ने बहुत समझाया, पर मैं न माना। मैंने कहा, "एक बार बड़े भाई कह दो तो जाऊँ।"

रजिया रोते-रोते धरती पर लोट गई। उसने कहा, "बड़े भाई, फिर यहीं रहो, जाते कहाँ हो?"

"बहन के घर कैसे रहूँ?"

रजिया ने आँसू पोंछकर कहा, "तब जाओ बड़े भाई!"

मैं घर चला आया। वही मेरी नौकरी थी। मेरे रोम-रोम में रजिया थी और रजिया के रोम-रोम में 'बड़े भाई।'

आज तीस साल इस घटना को हो गए हैं। रजिया की आयु पचास वर्ष की हो गई है, मैं तिरसठ को पार कर चुका हूँ। हम दोनों ने ब्याह नहीं किया। मैं साल में एक बार रजिया के घर जाता हूँ। उसकी सब आमदनी सार्वजनिक कामों में जाती है। सरकार से उसे 'बेगम' की उपाधि मिली। अब मुझे पेंशन मिलती है। बूढ़े शहजादे का वह चित्र सदैव मेरी आँखों में रहता है।

□

दुखवा मैं कासे कहूँ मोरी सजनी

दिल को छू लेनेवाली प्रेम कहानी, जिसमें गहरे प्रेम के अलावा शाही-मुगलिया अंतरंग जीवन की और शाही निवास की झलक प्रस्तुत की गई है। बादशाह शाहजहाँ की नई-नवेली बेगम की एक परिचारिका स्त्री न होकर महिला वेशधारी पुरुष है, जो इस बेगम को बाल्यावस्था से प्रेम करता है। भाग्य का खेल मान वह उस किशोरी को बेगम और स्वयं को उसका सेवक स्वीकार कर लेता है, ताकि वह सदा उसके आसपास रह सके। किंतु उसके एक असंयत व्यवहार से भेद खुल जाता है और बादशाह द्वारा दुत्कारे जाने पर गलतफहमी की शिकार बेगम का स्त्रीत्व का तेज जाग्रत् हो जाता है। अपनी उपेक्षा से भग्न-हृदय इस नई-नवेली बेगम का दुःखद अंत हो जाता है।

चरित्र की निर्मलता, प्रेम की पवित्रता और गहराई लिये यह दुःखांत कथा, पाठक के हृदय में मानवीय उदात्त भाव का संचार कर देती है, जो कि सत्साहित्य का चरम उद्‌देश्य है।

गरमी के दिन थे। बादशाह ने उसी फागुन में सलीमा से नई शादी की थी। सल्तनत के झंझटों से दूर रहकर नई दुलहन के साथ प्रेम और आनंद की कलोल करने वे सलीमा को लेकर कश्मीर के दौलतखाने में चले आए थे। रात दूध में नहा रही थी। दूर के पहाड़ों की चोटियाँ बर्फ से सफेद होकर चाँदनी में बहार दिखा रही थीं। आरामबाग के महलों के नीचे पहाड़ी नदी बल खाकर बह रही थी।

मोतीमहल के एक कमरे में शमादान जल रहा था और उसकी खुली खिड़की के पास बैठी सलीमा रात का सौंदर्य निहार रही थी। खुले हुए बाल उसकी फिरोजी

रंग की ओढ़नी पर खेल रहे थे। चिकन के काम से सजी और मोतियों से गुँथी हुई उस फिरोजी रंग की ओढ़नी पर कसी हुई कमखाब की कुरती और पन्नों की कमरपेटी पर अंगूर के बराबर बड़े मोतियों की माला झूम रही थी। सलीमा का रंग भी मोती के समान था। उसकी देह की गठन निराली थी। संगमरमर के समान पैरों में जरी के काम के जूते पड़े थे, जिन पर दो हीरे धक्-धक् चमक रहे थे।

कमरे में एक कीमती ईरानी कालीन का फर्श बिछा हुआ था, जो पैर रखते ही हाथभर नीचे धँस जाता था। सुगंधित मसालों से बने शमादान जल रहे थे। कमरे में चार पूरे कद के आईने लगे थे। संगमरमर के आधारों पर, सोने-चाँदी के फूलदानों में ताजे फूलों के गुलदस्ते रखे थे। दीवारों और दरवाजों पर चतुराई से गुँथी हुई नागकेसर और चंपा की मालाएँ झूम रही थीं, जिनकी सुगंध से कमरा महक रहा था। कमरे में अनगिनत बहुमूल्य कारीगरी की देश-विदेश की वस्तुएँ करीने से सजी हुई थीं। बादशाह दो दिन से शिकार को गए थे। इतनी रात होने पर भी नहीं आए थे। सलीमा खिड़की में बैठी प्रतीक्षा कर रही थी। सलीमा ने उकताकर दस्तक दी। एक बाँदी दस्तबस्ता हाजिर हुई।

बाँदी सुंदर और कमसिन थी। उसे पास बैठने का हुक्म देकर सलीमा ने कहा, "साकी, तुझे बीन अच्छी लगती है या बाँसुरी?"

बाँदी ने नम्रता से कहा, "हुजूर जिसमें खुश हों।"

सलीमा ने कहा, "पर तू किसमें खुश है?"

बाँदी ने काँपते स्वर में कहा, "सरकार! बाँदियों की खुशी ही क्या!"

सलीमा हँसते-हँसते लोट-पोट हो गई। बाँदी ने वंशी लेकर कहा, "क्या सुनाऊँ?"

बेगम ने कहा, "ठहर, कमरा बहुत गरम मालूम देता है। इसके तमाम दरवाजे और खिड़कियाँ खोल दे, चिरागों को बुझा दे, चटखती चाँदनी का लुत्फ उठाने दे और वे फूलमालाएँ मेरे पास रख दे।"

बाँदी उठी। सलीमा बोली, "सुन, पहले एक गिलास शरबत दे, बहुत प्यासी हूँ।"

बाँदी ने सोने के गिलास में खुशबूदार शरबत बेगम के सामने ला धरा। बेगम ने कहा, "उफ! यह तो बहुत गरम है। क्या इसमें गुलाब नहीं दिया?"

बाँदी ने नम्रता से कहा, "दिया तो है सरकार!"

"अच्छा, इसमें थोड़ा सा इस्तंबोल और मिला।"

साकी गिलास लेकर दूसरे कमरे में चली गई। इस्तंबोल मिलाया और भी एक चीज मिलाई। फिर वह सुवासित मदिरा का पात्र बेगम के सामने धरा। एक ही साँस में उसे पीकर बेगम ने कहा, "अच्छा, अब सुना। तूने कहा था कि तू मुझे प्यार करती है; सुना, कोई प्यार का ही गाना सुना।"

इतना कह और गिलास को गलीचे पर लुढ़काकर मदमाती सलीमा उस कोमल मखमली मसनद पर खुद भी लुढ़क गई और रसभरे नेत्रों से साकी की ओर देखने लगी। साकी ने वंशी का सुर मिलाकर गाना शुरू किया। बहुत देर तक साकी की वंशी की ध्वनि कमरे में घूम-घूमकर रोती रही। धीरे-धीरे साकी खुद भी रोने लगी। सलीमा मदिरा और यौवन के नशे में चूर होकर झूमने लगी।

गीत खत्म करके साकी ने देखा, सलीमा बेसुध पड़ी है। शराब की तेजी से उसके गाल एकदम सुर्ख हो गए हैं और तांबूल-राग-रंजित होंठ रह-रहकर फड़क रहे हैं। साँस की सुगंध से कमरा महक रहा है। जैसे मंद पवन से कोमल पत्ती काँपने लगती है, उसी प्रकार सलीमा का वक्षस्थल धीरे-धीरे काँप रहा है। प्रस्वेद की बूँदें ललाट पर चाँदनी के उज्ज्वल प्रकाश में मोतियों की तरह चमक रही हैं।

वंशी रखकर साकी क्षण भर बेगम के पास आकर खड़ी हुई। उसका शरीर काँपा, आँखें जलने लगीं, कंठ सूख गया। वह घुटने के बल बैठकर बहुत धीरे-धीरे अपने आँचल से बेगम के मुख का पसीना पोंछने लगी। इसके बाद उसने झुककर बेगम का मुँह चूम लिया। फिर ज्योंही उसने अचानक आँख उठाकर देखा, तो पाया, खुद दीन-दुनिया के मालिक शाहजहाँ खड़े उसकी यह करतूत अचरज और क्रोध से देख रहे हैं।

साकी को साँप डस गया। वह हतबुद्धि की तरह बादशाह का मुँह ताकने लगी। बादशाह ने कहा, "तू कौन है और यह क्या कर रही थी?"

साकी चुप खड़ी रही। बादशाह ने कहा, "जवाब दे!"

साकी ने धीमे स्वर में कहा, "जहाँपनाह! कनीज अगर कुछ जवाब न दे तो?"

बादशाह सन्नाटे में आ गए, "बाँदी की इतनी हिम्मत!"

उन्होंने फिर कहा, "मेरी बात का जवाब नहीं? अच्छा, तुझे नंगी करके कोड़े लगाए जाएँगे!"

साकी ने अकंपित स्वर में कहा, "मैं मर्द हूँ!"

बादशाह की आँखों में सरसों फूल उठी। उन्होंने अग्निमय नेत्रों से सलीमा की ओर देखा। वह बेसुध पड़ी सो रही थी। उसी तरह उसका भरा यौवन खिला पड़ा था। उनके मुँह से निकला—"उँह! फाहशा!" और तत्काल उनका हाथ तलवार की मूठ पर गया। फिर उन्होंने कहा, "दोजख के कुत्ते! तेरी यह मजाल!"

फिर कठोर स्वर से पुकारा, "मादूम!"

एक भयंकर रूपवाली तातारी औरत बादशाह के सामने अदब से आ खड़ी हुई। बादशाह ने हुक्म दिया, "इस मर्दूद को तहखाने में डाल दे, ताकि बिना खाए-पिए मर जाए।" मादूम ने अपने कर्कश हाथों से युवक का हाथ पकड़ा और ले चली। थोड़ी देर बाद दोनों एक लोहे के मजबूत दरवाजे के पास आ खड़े हुए। तातारी बाँदी ने चाभी निकाल दरवाजा खोला और कैदी को भीतर ढकेल दिया। कोठरी की गच कैदी का बोझ ऊपर पड़ते ही काँपती हुई नीचे धसकने लगी।

प्रभात हुआ, सलीमा की बेहोशी दूर हुई। चौंककर उठ बैठी। बाल सँवारे, ओढ़नी ठीक की और चोली के बटन कसने को आईने के सामने जा खड़ी हुई। खिड़कियाँ बंद थीं। सलीमा ने पुकारा, "साकी! प्यारी साकी! बड़ी गरमी है, जरा खिड़की तो खोल दे। निगोड़ी नींद ने तो आज गजब ढा दिया। शराब कुछ तेज थी।"

किसी ने सलीमा की बात न सुनी। सलीमा ने जरा जोर से पुकारा, "साकी!"

जवाब न पाकर सलीमा हैरान हुई। वह खुद खिड़की खोलने लगी। मगर खिड़कियाँ बाहर से बंद थीं। सलीमा ने विस्मय से मन-ही-मन कहा, क्या बात है? लौंडियाँ सब क्या हुईं?

वह द्वार की तरफ चली। देखा, एक तातारी बाँदी नंगी तलवार लिये पहरे पर मुस्तैद खड़ी है। बेगम को देखते ही उसने सिर झुका लिया। सलीमा ने क्रोध से कहा—"तुम लोग यहाँ क्यों हो?"

"बादशाह के हुक्म से।"

"क्या बादशाह आ गए?"

"जी हाँ।"

"मुझे इत्तिला क्यों नहीं की?"

"हुक्म नहीं था।"

"बादशाह कहाँ हैं?"

"जीनतमहल के दौलतखाने में।"

सलीमा के मन में अभिमान हुआ। उसने कहा, "ठीक है, खूबसूरती की हाट में जिनका कारोबार है, वे मुहब्बत को क्यों समझेंगे! तो अब जीनतमहल की किस्मत खुली!" तातारी स्त्री चुपचाप खड़ी रही। सलीमा फिर बोली, "मेरी साकी कहाँ है?"

"कैद में।"

"क्यों?"

"जहाँपनाह का हुक्म।"

"उसका कुसूर क्या था?"

"मैं अर्ज नहीं कर सकती।"

"कैदखाने की चाभी मुझे दे, मैं अभी उसे छुड़ाती हूँ।"

"आपको अपने कमरे से बाहर जाने का हुक्म नहीं है।"

"तब क्या मैं भी कैद हूँ?"

"जी हाँ।"

सलीमा की आँखों में आँसू भर आए। वह लौटकर मसनद पर पड़ गई गैर फूट-फूटकर रोने लगी। कुछ देर ठहरकर उसने एक खत लिखा, "हुजूर! कुसूर माफ फरमावें। दिनभर की थकी होने से ऐसी बेसुध सो गई कि हुजूर के इस्तकबाल में हाजिर न रह सकी; और मेरी उस लौंडी की भी जानबख्शी की जाए। उसने हुजूर के दौलतखाने में लौट आने की इत्तिला मुझे वाजिबी तौर पर न देकर बेशक भारी कुसूर किया; मगर वह नई, कमसिन, गरीब और दुखिया है।

कनीज-सलीमा"

चिट्ठी बादशाह के पास भेज दी गई। बादशाह ने आग-बबूला होकर कहा—"लाई क्या है?"

बाँदी ने दस्तदबस्ता अर्ज की, "खुदावंद! सलीमा बीबी की अरजी है।" बादशाह ने गुस्से से होंठ चबाकर कहा, "उससे कह दे कि मर जाए!" इसके बाद खत में एक ठोकर मारकर उन्होंने मुँह फेर लिया।

बाँदी सलीमा के पास लौट आई। बादशाह का जवाब सुनकर सलीमा धरती पर बैठ गई। उसने बाँदी को बाहर जाने का हुक्म दिया और दरवाजा बंद करके फूट-फूटकर रोई।

घंटों बीत गए; दिन छिपने लगा। सलीमा ने कहा, "हाय! बादशाहों की बेगम होना भी क्या बदनसीबी है! इंतजार करते-करते आँखें फूट जाएँ, मिन्नतें करते-करते जबान घिस जाए, अदब करते-करते जिस्म टुकड़े-टुकड़े हो जाए, फिर भी इतनी सी बात पर कि मैं जरा सो गई, उनके आने पर जाग न सकी, इतनी सजा! इतनी बेइज्जती! तब मैं बेगम क्या हुई? जीनत और बाँदियाँ सुनेंगी तो क्या कहेंगी? इस बेइज्जती के बाद मुँह दिखाने लायक कहाँ रही? अब तो मरना ही ठीक है। अफसोस! मैं किसी गरीब किसान की औरत क्यों न हुई!"

धीरे-धीरे स्त्रीत्व का तेज उसकी आत्मा में उदय हुआ। गर्व और दृढ़प्रतिज्ञ के चिह्न उसके नेत्रों में छा गए। वह साँपिन की तरह चपेट खाकर उठ खड़ी हुई। उसने एक और खत लिखा, "दुनिया के मालिक! आपकी बीवी और कनीज होने की वजह से मैं आपके हुक्म को मानकर मरती हूँ। इतनी बेइज्जती पाकर एक मलिका का मरना ही मुनासिब भी है। मगर इतने बड़े बादशाह को औरतों को इस कदर नाचीज तो न समझना चाहिए कि एक अदनी सी बेवकूफी की इतनी कड़ी सजा दी जाए। मेरा कुसूर सिर्फ इतना ही था कि मैं बेखबर सो गई थी। खैर, सिर्फ एक बार हुजूर को देखने की ख्वाहिश लेकर मरती हूँ। मैं उस पाक परवरदिगार के पास जाकर अर्ज करूँगी कि वह मेरे शौहर को सलामत रखे।

—सलीमा"

खत को इत्र से सुवासित करके ताजे फूलों के एक गुलदस्ते में इस तरह रख दिया कि जिससे किसी की उस पर फौरन ही नजर पड़ जाए। इसके बाद उसने जवाहरात की पेटी से एक बहुमूल्य अँगूठी निकाली और कुछ देर तक आँखें गड़ा-गड़ाकर उसे देखती रही। फिर उसे चाट गई।

बादशाह शाम की हवाखोरी को नजरबाग में टहल रहे थे। दो-तीन खोजे घबराए हुए आए और चिट्ठी पेश करके अर्ज किया, "हुजूर, गजब हो गया! सलीमा बीबी ने जहर खा लिया और वे मर रही हैं।"

क्षण भर में बादशाह ने खत पढ़ लिया। झपटे हुए सलीमा के महल पहुँचे। प्यारी दुलहन सलीमा जमीन पर पड़ी है। आँखें ललाट पर चढ़ गई हैं। रंग कोयले के समान हो गया है। बादशाह से न रहा गया। उन्होंने घबराकर कहा, "हकीम··· हकीम को बुलाओ।" कई आदमी दौड़े।

बादशाह का शब्द सुनकर सलीमा ने उनकी तरफ देखा और धीमे स्वर में कहा, "जहे-किस्मत!"

बादशाह ने नजदीक बैठकर कहा, "सलीमा! बादशाह की बेगम होकर क्या तुम्हें यही लाजिम था?"

सलीमा ने कष्ट से कहा, "हुजूर, मेरा कुसूर बहुत मामूली था।" बादशाह ने कड़े स्वर में कहा, "बदनसीब! शाही जनानखाने में मर्द को भेस बदलकर रखना मामूली कुसूर समझती है? कानों पर यकीन कभी न करता, मगर आँखों-देखी को भी झूठ मान लूँ?"

तड़पकर सलीमा ने कहा, "क्या?"

बादशाह डरकर पीछे हट गए। उन्होंने कहा, "सच कहो, इस वक्त। खुदा की राह पर हो, यह जवान कौन था?"

सलीमा ने अचकचाकर पूछा, "कौन जवान?"

बादशाह ने गुस्से से कहा, "जिसे तुमने साकी बनाकर पास रखा।"

सलीमा ने घबराकर कहा, "हैं! क्या वह मर्द है?"

बादशाह—"तो क्या तुम सचमुच यह बात नहीं जानती?"

सलीमा के मुँह से निकला, "या खुदा!"

उसके नेत्रों से आँसू बहने लगे। वह मामला समझ गई। कुछ देर बाद बोली, "खाविंद! तब तो कुछ शिकायत ही नहीं; इस कुसूर की तो यही सजा मुनासिब थी। मेरी बदगुमानी माफ फरमाई जाए। मैं अल्लाह के नाम पर कहती हूँ, मुझे इस बात का कुछ भी पता नहीं है।" बादशाह का गला भर आया। उन्होंने कहा, "तो प्यारी सलीमा, तुम बेकसर ही चलीं।" बादशाह रोने लगे।

सलीमा ने उनका हाथ पकड़कर अपनी छाती पर रखकर कहा, "मालिक मेरे! जिसकी उम्मीद न थी, मरते वक्त वह मजा मिल गया। कहा-सुना माफ हो और एक अर्ज लौंडी की मंजूर हो।"

बादशाह ने कहा, "जल्दी कहो सलीमा!"

सलीमा ने साहस से कहा, "उस जवान को माफ कर देना।" इसके बाद सलीमा की आँखों से आँसू बह चले और थोड़ी देर में वह ठंडी हो गई। बादशाह ने घुटने के बल बैठकर उसका ललाट चूमा और फिर बालक की तरह रोने लगे।

गजब के अँधेरे और सर्दी में युवक भूखा-प्यासा पड़ा था। एकाएक घोर चीत्कार करके किवाड़ खुले। प्रकाश के साथ ही एक गंभीर शब्द तहखाने में भर गया, "बदनसीब नौजवान! क्या होश-हवास में है ?"

युवक ने तीव्र स्वर में पूछा, "कौन ?"

जवाब मिला, "बादशाह।"

युवक ने कुछ भी अदब किए बिना कहा, "यह जगह बादशाहों के लायक नहीं है। क्यों तशरीफ लाए हैं ?"

"तुम्हारी कैफियत नहीं सुनी थी, उसे सुनने आया हूँ।"

कुछ देर चुप रहकर युवक ने कहा, "सिर्फ सलीमा को झूठी बदनामी से बचाने के लिए कैफियत देता हूँ, सुनिए—सलीमा जब बच्ची थी, मैं उसके बाप का नौकर था, तभी से मैं उसे प्यार करता था, सलीमा भी प्यार करती थी। पर वह बचपन का प्यार था। उम्र होने पर सलीमा परदे में रहने लगी और वह शहंशाह की बेगम हुई। मगर मैं उसे भूल न सका। पाँच साल तक पागल की तरह भटकता रहा। अंत में भेस बदलकर बाँदी की नौकरी कर ली। सिर्फ उसे देखते रहने और खिदमत करके दिन गुजारने का इरादा था। उस दिन उज्ज्वल चाँदनी, सुगंधित पुप्प-राशि, शराब की उत्तेजना और एकांत ने मुझे बेबस कर दिया। उसके बाद मैंने आँचल से उसके मुख का पसीना पोंछा और मुँह चूम लिया। इतना ही खतावार हूँ। सलीमा इसकी बाबत कुछ नहीं जानती।"

बादशाह कुछ देर चुपचाप खड़े रहे। इसके बाद वे बिना ही दरवाजा बंद किए धीरे-धीरे चले गए।

सलीमा की मृत्यु को दस दिन बीत गए। बादशाह सलीमा के कमरे में ही दिन-रात रहते हैं—सामने, नदी के उस पार, पेड़ों के झुरमुट में सलीमा की सफेद कब्र बनी है। जिस खिड़की के पास सलीमा बैठी, उस दिन रात को बादशाह की प्रतीक्षा कर रही थी, उसी खिड़की में, उसी चौकी पर बैठे हुए बादशाह उसी तरह सलीमा की कब्र दिन-रात देखा करते हैं; किसी को पास आने का हुक्म नहीं। जब आधी रात्रि हो जाती है तो गंभीर रात के सन्नाटे में एक मर्मभेदिनी गीत-ध्वनि उठ खड़ी होती है। बादशाह साफ-साफ सुनते हैं, कोई करुण-कोमल स्वर में गा रहा है—

'दुखवा मैं कासे कहूँ मोरी सजनी…'

□

नवाब ननकू

यह एक भाव-कथा है, जिसमें चरित्र और आचार का मनोवैज्ञानिक विश्लेषण है। यह कहानी कुल तीन पात्रों के इर्द-गिर्द घूमती है और आपको एक पूरे युग के दर्शन हो जाते हैं। तीनों ही पात्र हीन-चरित्र हैं, किंतु चमत्कार यह है कि अंत में आपको तीनों से ही प्यार हो जाएगा।

पहले एक राजा साहब हैं, जो शराबी-कबाबी, वेश्यागामी, लंपट रईस हैं, जिन्होंने इन्हीं कामों में अपनी सारी संपत्ति फूँक दी और अब दरिद्रता और रोगों को भोग रहे हैं। दूसरी एक विगत-यौवना वेश्या है और तीसरे एक वेश्या-पुत्र हैं, जो किसी राजा के औरस से उत्पन्न हुए और खुद को नवाब समझते हैं। कहानी में तीनों दोस्तों की मुलाकात का चित्रण है, जिसमें लेखक ने उनके जीवन के आगे-पीछे के समूचे जीवन की स्पष्ट झाँकी अंकित करने में अपनी अपरिमित कथा-निर्माण कला का परिचय दिया है। हीन-चरित्र होते हुए भी उनके हृदय की विशालता, विचारों की महत्ता, भावों की पवित्रता ऐसी व्यक्त हुई है कि बड़े-से-बड़ा सदाचारी भी उनकी समता नहीं कर सकता। तीनों में से किसी भी पात्र के प्रति आपके मन में घृणा, जुगुप्सा जैसे भाव उत्पन्न नहीं होते, अपितु आत्मीयता, सहानुभूति और आदर के भाव उत्पन्न होते हैं। आचारहीन व्यक्ति भी उच्च चरित्रवाले होते हैं। वास्तविक जीवन और आदर्श जीवन के प्रति नया दृष्टिकोण देनेवाली कहानी। इसे तत्कालीन पत्रिका 'माया' ने लौटा दिया था।

सर्दी के दिन और सनीचर की रात, कल इतवार। न दफ्तर जाने की फिक्र, न किसी काम की चिंता। बस बेफिक्री से खाना खाकर जो रजाई में घुसे तो अंबरी तंबाकू का कश खींचते-खींचते ही अंटागफील हो गए।

मगर उस मीठी नींद में शुरू ही में विघ्न पड़ गया। नीचे कोई कर्कश स्वर में चिल्ला रहा था, "बाबू साहब, अजी बाबू साहब!"

उस वक्त आराम में यों खलल पड़ने से तबीयत झल्ला उठी। क्या मजे की झपकी आई थी! मैंने उठकर खिड़की से सिर निकालकर कहा, "कौन है भई इस वक्त?"

"अजी हम हैं, नवाब साहब! गजब करते हैं आप भाई साहब! अभी लम्हा भर हुआ है सूरज छिपे और आपके लिए आधी रात हो गई। चीखते-चीखते गला फट गया। मोहल्ला भर सिर पर उठा डाला।"

बड़ा गुस्सा आया उस नवाब के बच्चे पर। जी में आया, कच्चा ही चबा जाऊँ। मगर जब्त करके कहा, "कहिए नवाब साहब, इस वक्त कैसे?"

"अजी दरवाजा तो खोलिए, या गली में खड़े-ही-खड़े राग अलापूँ।"

मन-ही-मन दाँव-पेच खाता नीचे उतरा और कुंडी खोली, नवाब साहब चुपचाप पीछे-पीछे जीना चढ़कर ऊपर आए। आते ही मसनद पर बेतकल्लुफी से बैठ गए। कहने लगे, "खुदा की मार इस सर्दी पर, हड्डियाँ तक ठंडी पड़ गईं। मगर उस्ताद, खूब मजे में आप मीठी नींद ले रहे थे।"

मैंने कहा, "आपके मारे कोई सोने पाए तब तो! कहिए, इस वक्त कैसे तकलीफ की?"

नवाब साहब ने बेतकल्लुफी से हँसकर कहा, "यों ही, बहुत दिन से भाभी साहिबा के हाथ का पान नहीं खाया था। सोचा, पान भी खा आऊँ और सलाम भी करता आऊँ।"

गुस्सा तो इतना आ रहा था कि मर्दूद को धकेल दूँ नीचे। मगर मैंने गुस्सा पीकर कहा, "पूरे नामाकूल हो तुम! कल इतवार था। कल यह सलाम की रस्म पूरी नहीं कर सकते थे, जो इस वक्त मेरे आराम में खलल डाला?"

नवाब साहब खिलखिलाकर हँस पड़े। जेब से सिगरेट का बक्स और दियासलाई निकालकर एक होंठों में दबाई, दूसरी मेरी ओर बढ़ाते हुए कहा, "खैर,

सिगरेट तो पीओ और गुस्सा थूक दो। हाँ, चालीस रुपए मेरे हवाले करो और यह रखो सँभालकर।"

उन्होंने बगल से एक पोटली निकालकर मेरे आगे सरका दी।

मैंने कहा, "यह क्या बला है? और इस वक्त रुपयों के बिना कौन कयामत बरपा हो रही थी?"

नवाब साहब को भी गुस्सा आ गया। कहने लगे, "कयामत नहीं बरपा हो रही थी, तो मैं यों ही झख मारने आया हूँ इस वक्त? हजरत, यह मेरी भी पीनक का वक्त था।"

"मगर इस वक्त रुपए का तुम क्या करोगे?"

"फेंक दूँगा सड़क पर, तुमसे मतलब?"

"रुपए नहीं हैं।"

"रुपए न होने की खूब कही, बुलाऊँ भाभी को?"

"भाभी तुम्हारी क्या तोप से उड़ा देंगी! बुलाओ चाहे जिसको, रुपए नहीं हैं।"

"समझ गया, बेहयाई पर कमर कसे हुए हो। लाओ, चुपके से रुपए दे दो। अभी मुझे सदर तक दौड़ना होगा।"

"सदर तक क्यों?"

"एक बोतल व्हिस्की और गजक लेने और क्यों?"

"अच्छा, तो हजरत को शराब के लिए रुपए चाहिए!"

"जी हाँ, शराब के लिए और कबाब के लिए भी। निकालो जल्दी से।"

"कह तो दिया, रुपए नहीं हैं?"

"तुमने तो कह दिया, मगर हमने तो सुना ही नहीं।"

"नहीं सुना तो जहन्नुम में जाओ।"

"कहीं भी हम जाएँ तुम्हारी बला से, लाओ, तुम रुपए दो।"

"रुपए नहीं दूँगा, अब रुखसत हो यहाँ से नवाब!"

"चे खुश। रुपए तो मैं खड़े-खड़े अभी लूँगा तुमसे।"

"क्या तुम्हारा कर्ज चाहिए मुझपर?"

"कर्ज ही तो माँगता हूँ।"

"मैं कर्ज नहीं देता।"

"देखता हूँ, कैसे नहीं दोगे; बुला लो भाभी को भी अपनी हिमायत पर।" नवाब ने गुस्से से आस्तीन चढ़ानी शुरू की।

मुझे बुरी तरह हँसी आ गई। कहा, "क्या मारपीट भी करने पर आमादा हो!"

"मारपीट! तुम मारपीट की कहते हो? मैं तुम्हें गोली न मार दूँ तो नवाब ननकू नहीं।"

मैंने हँसकर कहा, "गोली मार दोगे तो फिर रुपया कहाँ से वसूल करोगे, नवाब साहब?"

"बस, इसी बात को सोचकर तो रह जाता हूँ, निकालो रुपए!"

"लेकिन नवाब, तुम तो कभी नहीं पीते थे, आज यह क्या बात है?"

"तो क्या मैं अपने लिए माँगता हूँ? मैंने कभी पी है?"

"फिर किसके लिए?"

"राजा साहब के लिए।"

"अच्छा, यह बात है! अब समझा! कोई नई चिड़िया आई है क्या?"

"राजेश्वरी आई है बनारस से।"

"तो तुम क्यों उस शराबी के लिए झख मारते फिरते हो?"

"तब कौन झख मारे? तुम चाहते हो, राजा साहब खुद तुम्हारे दरवाजे पर आकर चालीस-चालीस रुपल्ली के लिए जलील होते फिरें?"

"वे कुछ भी करें, तुम्हें क्या? जो जैसा करेगा, भोगेगा। जिसने लाखों की जमीन-जायदाद, जर-जवाहरात सब शराब और रंडी-भडुओं में फूँक दिए, तुम उससे क्यों हमदर्दी रखते हो?"

"क्या मैं हमदर्दी करता हूँ?"

"तब?"

"मैं मुहब्बत, करता हूँ उनसे भाई, उनकी इज्जत करता हूँ।"

"किसलिए, आखिर सुनूँ तो?"

"किसलिए! सुनो, पहले तो वे मेरे बड़े भाई, दूसरे ऐसे दाता, ऐसे प्रेमी, ऐसी बात के धनी, ऐसे दिलवाले··· कि दुनिया में चिराग लेकर ढूँढ़ो तो मिल नहीं सकते।"

"शराबी और रंडीबाज भी क्यों नहीं कहते?"

"वह तुम कहो! वे शराब पीते हैं और रंडियों से आशनाई करते हैं, इसमें किसी का क्या लेते हैं? उन्होंने अपनी लाखों की जायदाद उन्हें दे दी, जिन्हें उन्होंने प्यार किया। आज उनका हाथ खाली है, मगर दिल बादशाह है। वे जीते-जी बादशाह रहेंगे। मैं उन्हें पसंद करता हूँ, प्यार करता हूँ, इज्जत करता हूँ। मैं नहीं बरदाश्त कर सकता कि वे दुनिया के आगे हाथ फैलाएँ।"

"और तुम उनके लिए भीख माँगते फिरते हो!"

"किससे मैंने भीख माँगी है, कहो तो?" नवाब ने तैश में आकर कहा।

"यह अभी तुम बीस रुपए माँग रहे हो।"

"और यह क्या है?"

नवाब ने सामने की पोटली की ओर इशारा किया।

उसे तो मैं भूल ही गया था। मैंने देखा, वह एक जरी के काम का कीमती लहँगा है।

नवाब ने कहा, "बेचना चाहूँ, तो खड़े-खड़े दो सौ में बेच दूँ। तुमसे तो मैं चालीस ही माँग रहा हूँ।"

"लहँगा क्या राजा साहब ने दिया है?"

"वे क्यों देने लगे? अम्मीजान का है। राजेश्वरी आज आई थी। मुझे बुलाकर राजा साहब ने कहा, "नवाब, हाथ में इस वक्त कुछ नहीं है, राजेश्वरी के लिए कुछ खाने-पीने का बंदोबस्त कर दो।" आँखें उनकी शर्म से झुकी थीं और लाचारी से भीग रही थीं। बस, इतनी ही तो बात है।"

"अच्छा, तुम चुपके से घर आए। यह लहँगा उठाया और यहाँ आ धमके!"

"जी हाँ और तुम्हारी नींद हराम कर दी। बहुत हुआ अब, बस, अब लाओ रुपए दो।"

मैंने चुपके से दस-दस के चार नोट नवाब साहब के हाथ पर रख दिए। मेरी आँखों में आँसू आ गए और मैंने वह लहँगा उसी तरह लपेटकर नवाब की ओर बढ़ाते हुए कहा, "इसे लेते जाओ।"

नवाब ने आपे से बाहर होकर चारों नोट फेंक दिए। लाल होकर कहा, "अच्छा, तो हजरत मुझे भीख देने की जुर्रत करते हैं?"

"नहीं भाई, ऐसा क्यों सोचते हो! मगर यह लहँगा मैं नहीं रख सकता।"

"तो तुम्हारे रुपए भी नवाब नहीं ले सकता, आज राजा कामेश्वरप्रसाद सिंह खाली हाथ हैं और नवाब ननकू अपनी अम्मीजान का लहँगा गिरवी रखने पर लाचार है। मगर आप यह मत भूलिए कि वे दोनों सलीमपुर के राजा महाराज नंदनसिह के नुतफे से पैदा हुए हैं, जो तीन बार सोने से तुले थे और जिन्होंने ग्यारह हाथी ब्राह्मणों को दान दिए थे; जिनकी दी हुई जागीर को सैकड़ों शरीफजादों की आस-औलाद आज भोग रही है; इलाके भर में जिनके पेशाब से चिराग जलते थे।"

मैंने खड़े होकर खुशामद करते हुए कहा, "वह सब ठीक है, नवाब साहब, मगर ये रुपए तुम मेरी तरफ से राजा साहब को नजर करना।"

"हरगिज नहीं, राजा साहब कभी किसी की नजर कबूल नहीं करते, तुम यह लहँगा गिरवी रखकर चालीस रुपए देते हो तो दो।"

लाचार मैंने हामी भर ली। लहँगे को उसी तरह लपेटकर रख लिया और नवाब रुपए जेब में रखकर उठ खड़े हुए।

मैंने कहा, "यह क्या नवाब, भाभी का पान बिना खाए और बिना सलाम किए चले जाओगे?"

"हरगिज नहीं!" नवाब ने बैठते हुए कहा, "बुलाओ तो उन्हें।"

मैंने पत्नी को नीचे से बुलाया। वे बच्चों को दूध पिलाने और सुलाने की खटपट में लगी थीं। नवाब को वे एक लफंगा आदमी समझती थीं, मेरे पास उनका आना-जाना और चाहे जब रुपए-पैसे ले जाना वे हमेशा नापसंद करती थीं। उन्होंने आकर कहा, "इस वक्त मेरी तलबी क्यों हुई है?"

"यह इन नवाब साहब से पूछो।"

"यही कहें।"

"पान खिलाइए तो कहूँ।"

"कहो, पान भी मिल जाएगा।"

"वादे की सनद नहीं, झपाके से दो बीड़े बढ़िया पान ले आइए।"

पत्नी चली गईं और एक तश्तरी में कई बीड़े पान लेकर लौटीं। उनमें से दो बीड़े उठाकर नवाब ने हाथ में लिये, अदब से मेरी पत्नी के सामने खड़े हुए और जमीन तक झुककर कहा, "सलाम बड़ी भाभी, आपका यह गुलाम नवाब ननकू आपको सलाम करता है; आपकी दुआ की इस्तदुआ रखता है।"

पत्नी मुसकराई। उन्होंने कुछ झेंपते हुए कहा, "कभी बच्चों को तो भेजते नहीं नवाब साहब! एक बार भेजो।"

"जो हुक्म बड़ी भाभी, सलाम।"

नवाब साहब ने और एक सलाम झुकाई और चले गए।

मेरी नींद बहुत रात गायब रही, अंदाजा न लगा सका कि यह संसार के सब मनुष्यों से कितना ऊँचा है।

कमरे में एक ओर अँगीठी जल रही थी। राजा साहब पलंग पर लेटे थे और एक खिदमतगार धीरे-धीरे उनके पाँव सहला रहा था। राजेश्वरी नीचे फर्श पर बैठी छालियाँ काट रही थी। चाँदी का पानदान सामने खुला था। राजा साहब गंगा-जमुना काम की गुड़गुड़ी पर अंबरी तंबाकू पी रहे थे और धीरे-धीरे राजेश्वरी से बातें कर रहे थे।

राजेश्वरी की उम्र चालीस को पार कर चुकी थी। बदन उसका कुछ भारी हो चला था और माथे पर की लटों में चाँदी की चमक अपनी बहार दिखा रही थी। फिर भी उसकी पानीदार आँखें और मृदु मुसकान में अभी भी मोह का नशा भरा था।

राजेश्वरी ने कहा, "सरकार ने यों नजरें फेर लीं, मुद्दत हुई एक पैगाम तक नहीं भेजा। सुनती रहती थीं, हुजूर के दुश्मनों की तबीयत खराब रहती है। आखिर जी न माना, बेहया बनकर चली आई।"

"मुझे निहाल कर दिया तुमने इस वक्त आकर राजेश्वरी, दिल बाग-बाग हो गया। क्या कहूँ बहुत याद करता हूँ तुम्हें, मगर…"

"हुजूर की नजरे-इनायत पर मैंने हमेशा फख्र किया है; और मरते दम तक करूँगी।"

"तुम जिओ राजेश्वरी, ईश्वर तुम्हें खुश रखे। यह मूजी बीमारी, क्या कहूँ? अब तो हिलने-डुलने से भी लाचार हो गया हूँ। पर यह सब उस भगवान् की दया है। फिर मुझे अपनी लाचारी का क्या गम है, जब तुम दुनिया की तमाम खुशी लेकर यहाँ आ जाती हो।"

राजेश्वरी ने चार बीड़े पान बनाकर राजा साहब को अदब से पेश किए। राजा साहब ने मुसकराकर पान लेकर मुँह में रखे।

खिदमतगार ने आकर अर्ज की, "हुजूर, कुँवर साहब सलाम के लिए हाजिर हुए हैं।"

"आएँ वे।" राजा साहब ने धीरे से कहा।

कुँवर साहब ने झुककर राजा साहब को सलाम किया और पैताने की ओर अदब से खड़े हो गए।

राजा साहब ने कहा, "चाची को सलाम नहीं किया बेटे?"

कुँवर साहब ने आगे बढ़कर राजेश्वरी को सलाम किया और दो कदम पीछे हट गए।

राजेश्वरी खड़ी हुई। आगे बढ़कर कुँवर साहब के पास पहुँची, उनके मुँह पर प्यार से हाथ फेरा और दो अशर्फियाँ निकालकर उनकी मुट्ठी में जबरन थमा दीं।

कुँवर साहब ने पिता की ओर देखा।

राजा साहब ने कहा, "ले लो और चाची को फिर मुकर्रर सलाम करो।" कुँवर साहब ने झुककर फिर सलाम किया। राजेश्वरी ने दोनों हाथ उठाकर आशीर्वाद दिया। राजा साहब ने इशारा किया और कुँवर साहब चले गए। एक ठंडी साँस खींचकर राजा साहब ने कहा, "इस निकम्मे बाप ने अपने बेटे के लिए कुछ नहीं छोड़ा राजेश्वरी! मगर तसल्ली यही है कि जहीन है, पेट भर लेगा।"

"हुजूर, ऐसा क्यों फरमाते हैं! इन मुबारक हाथों से भीख पाकर लोगों ने रियासतें खड़ी कर ली हैं। दुनिया में दिल ही तो एक चीज है हुजूर! भगवान् भी यह सब देखता है। वह उस आदमी की औलाद पर बरकत देगा, जिसने अपनी जिंदगी में सबको दिया ही है, लिया किसी से भी कुछ नहीं।"

राजा साहब ने हाथ बढ़ाकर राजेश्वरी का हाथ पकड़ लिया। बहुत देर तक कमरे में सन्नाटा रहा। दो पुराने किंतु पानीदार दिल मन-ही-मन एक-दूसरे को यत्न से संचित स्नेह से अभिषिक्त करते रहे।

आखिर में राजा साहब ने एक ठंडी साँस भरी और गुड़गुड़ी में एक कश लगाया।

नवाब ननकू हाँफते हुए आ बरामद हुए। उनकी नाक पर की ऐनक नाक की नोक पर खिसक आई थी। आते ही उन्होंने खिदमतगार को डाँट दी, "अरे कमबख्त बदनसीब, अँगीठी में और कोयले क्यों नहीं डाले, वह बुझ रही है। नवाब

साहब जब तक हुक्म न दें, ये नवाब के बच्चे कोई काम नहीं करेंगे! राजा साहब को दौरा हो गया तो याद रख, कच्चा चबा जाऊँगा। उठ जल्दी, कोयले डाल!"

खिदमतगार चुपके से उठ गया। नवाब ने ही-ही हँसते हुए कहा, "देखा राजेश्वरी भाभी, ये खिदमतगार साले नवाब ननकू के आगे बंदर की तरह नाचते हैं। मगर मुँह पर कहता हूँ, बिगाड़ दिया है राजा साहब ने। नौकरों को बहुत मुँह लगाना भी तो अच्छा नहीं।"

"लेकिन नवाब, उन गरीबों को छह-छह महीने तनख्वाह नहीं मिलती है, बेचारे मुहब्बत के मारे पड़े हैं।"

"तो इससे क्या? उनके बाप-दादों ने इतना खाया है कि सात पीढ़ी के लिए काफी है।"

"मगर उन्होंने खिदमत भी तो की है।"

"तो रियासतें भी तो पाई हैं।"

"अच्छा देखूँ तो, राजेश्वरी के लिए कौन चीज लाए हो!"

"देखिए और दाद दीजिए नवाब को।"

नवाब ने बोतल बगल से निकाली; और भी बहुत सा सामान।

"अरे, यह इतनी खटपट किसलिए की नवाब साहब?" राजेश्वरी ने कहा।

"जी, जैसे आप चिऊँटी के बराबर तो खाती हैं? फिर आई कितने दिन बाद हैं राजेश्वरी भाभी! जानती हैं, राजा साहब कितना याद करते हैं? जब राजेश्वरी जबान पर चढ़ती है, आँखें गीली हो जाती हैं। अम्मीजान कहती थीं, बड़े महाराज का भी यही हाल था, जरा सी बात पर दिल भारी कर लेते थे।"

"वे देवता थे नवाब साहब!"

"और ये?"

"ये, इन्हें पहचाना किसने है अभी।"

"दुनिया ऐसों को कभी न पहचान पाएगी।"

खिदमतगार अँगीठी टंच करके रख गया। नवाब साहब ने खुश होकर कहा, "यह बात है रामधन! मगर देखो, मैंने तुम्हें गाली एक दी है और ये दो रुपए देता हूँ।"

नवाब ने दो रुपए निकालकर रामधन की ओर बढ़ा दिए।

रामधन ने नवाब के पैर छूकर कहा, "हुजूर, आपकी गालियाँ खाकर ही तो जी रहा हूँ। रुपया-पैसा सरकार का दिया बहुत है।"

"मगर यह भी तो लो, महरिया को एक बढ़िया सी चुनरी ला देना।"

"वह उस दिन हवेली गई थी सरकार, तो बेगम साहिबा ने जाने क्या-क्या लाद दिया था, गट्ठर भर लाई थी।"

नवाब ने तैश में आकर कहा, "अबे रुपए लेता है या मंतिख छाँटता है, कि लगाऊँ धौल?"

रामधन ने रुपए लेकर उन्हें और राजा साहब को सलाम किया।

राजा साहब ने हँसकर कहा, "देखा राजेश्वरी, नवाब का इनाम देने का तरीका!"

नवाब खिलखिलाकर हँस पड़े। उन्होंने कहा, "झपाके से तश्तरियाँ ला, गिलास ला, पैग ला, जल्दी कर।"

क्षण भर ही में सब सरंजाम जुट गया। राजा साहब तकिए के सहारे उठंग गए। शराब का दौर शुरू हुआ। नवाब ने गिलास में सोडा और शराब भरकर कहा, "राजेश्वरी, राजा साहब की तंदुरुस्ती और बरकत के लिए।" तीनों ने हँसती हुई आँखें मिलाईं और शराब की चुस्कियाँ लेने लगे।

राजेश्वरी ने कहा, "इस सर्दी में बहुत दौड़-धूप की नवाब साहब!"

"मान गईं न आप नवाब को! लीजिए इसी बात पर दूसरा पैग।"

"नहीं नवाब, मैं तो कभी पीती ही नहीं, मुद्दत हुई, जब से महाराज की तबीयत नासाज रहने लगी। आज मुद्दत बाद मुँह से लगा रही हूँ।"

"तो पूरी कसर निकालिए राजेश्वरी भाभी! नवाब को इस ठंडी रात में उस साले ठेकेदार से बहुत मगजपच्ची करनी पड़ी। साला वही रद्दी माल पटील रहा था। मैंने कहा, वह बोतल निकाल, जो उस दिन हमारे सरकार की खिदमत में गई थी। और ये कबाब, सच कहता हूँ राजेश्वरी भाभी, कस्बे में दूसरा नहीं बना सकता।"

"वाकई बहुत अच्छे बने हैं, मगर आप तो खाते ही नहीं नवाब साहब!"

"वाह, खिलाने में जो मजा है, वह खाने में कहाँ! देखा था अम्मी को, यही एक शौक उन्हें मरते दम तक रहा—एक-से-एक बढ़कर चीजें बनाना और खिलाना।"

"मुझे याद है नवाब, मैं तब बहुत बच्ची थी, आपा के साथ आती थी, छोड़ती ही न थीं—खींच ले जाती थीं। कितना खिलाती थीं, क्या कहूँ!"

"मगर अब अम्मी तो हैं नहीं, नवाब उनका नालायक लड़का है, उसने विरासत में अम्मी की वह आदत पाई है। लीजिए, यह पैग तो पीना होगा। मगर उधर तो देखो नवाब, महाराज ने सिर्फ होंठों से छूकर गिलास रख दिया है, पी कहाँ?"

"क्या कहूँ राजेश्वरी! तकलीफ देती है, पी नहीं सकता। डॉक्टरों ने भी मना कर दिया है। मगर तुम पिओ राजेश्वरी, आज मैं बहुत खुश हूँ। लाओ नवाब, राजेश्वरी को एक पैग मैं भरकर दूँ।"

"और हुजूर एक नवाब को भी।"

"अरे, यह कब से? तुम तो कभी पीते ही नहीं थे।"

"आज ही से, अभी-अभी एक पैग पिया है मैंने।"

राजा साहब ने दो पैग भरकर तैयार किए। गिलास में भरकर कहा, "लो राजेश्वरी और तुम भी नवाब।"

"वाह हुजूर, यों नहीं, जरा सा जूठा कर दीजिए कि यह जाम पाक तबर्रुक हो जाए।" नवाब ने कहा।

राजा साहब हँस दिए, उन्होंने हाथ पकड़कर नवाब को खींचकर छाती से लगा लिया। फिर आँखों में आँसू भरकर कहा, "ननकू, मेरे प्यारे भाई! हमारी माँ दो थीं, मगर वालिद एक थे। फिर भी तुम मेरे सगे भाई हो। ऐसे जैसा दूसरा मिलना मुश्किल है। और ननकू मैं सिर्फ तुम्हारे प्यार की बदौलत ही जी रहा हूँ।"

उन्होंने प्याला होंठों से छुआकर नवाब को दिया और नवाब गटागट पी गए। उनकी आँखों में आँसू और होंठों में हँसी बिखर रही थी।

नवाब ने कहा, "राजेश्वरी भाभी, बहुत दिन से सूने-सूने दिन जा रहे थे। आज तो कुछ जँच जाए।"

"मगर नवाब, गले में अब सुर तो रहे ही नहीं।"

"बेसुरा ही सही।"

महाराज ने हँसकर कहा, "राजेश्वरी, आज नवाब को बहुत मेहनत करनी पड़ी है, उसकी बात रख लो।"

"जो हुक्म, मगर एक अर्ज है।"

"कहो।"

"नवाब साहब का जो तबरुक बख्शा गया है, वही लौंडी को भी इनायत हो।"

"ओह, अच्छा ठहरो, सब्र करो।"

नवाब ने इशारा किया। रामधन तबला, हारमोनियम ले आया।

हारमोनियम नवाब खींच बैठे और रामधन ने चारों ओर तकिए लगाकर राजा साहब को आराम से बिठाकर तबले उनकी गोद में, रजाई में लपेटकर रख दिए। अंबरी तंबाकू की एक नई चिलम चढ़ा दी। तबले पर एक हलकी चोट देते हुए राजा साहब ने कहा, "राजेश्वरी, अभी उँगलियों पर लकवे का असर नहीं है। काम दे रही हैं।"

राजेश्वरी ने चुपचाप आँखों में प्यार भरकर राजा साहब पर उड़ेल दिया और अलाप लिया। हारमोनियम पर नवाब की अभ्यस्त उँगलियाँ नाचने लगीं और तबले पर मृदु-मंद ताल नृत्य करने लगी।

राजेश्वरी की प्रौढ़ स्वर-लहरी ने वातावरण में एक प्यास उत्पन्न कर दी। यह वैसी न थी, जैसी वासना और यौवन की आँधी के झोंकों में मिली रहती है। यहाँ तीन प्रेमी, विश्वस्त, पुराने और ऊँचे हृदय, अपने भौतिक आनंद की चरम अनुभूति ले रहे थे। वे लोग आप ही अपनी कला पर मुग्ध थे, आप ही अपनी तारीफ कर रहे थे; आप ही अपने में पूर्ण थे।

"तो हुजूर, अब कब?"

"जब मरजी हो राजेश्वरी!"

"तबीयत होती है कि कुछ दिन कदमों में रहूँ।"

"मैं भी चाहता तो बहुत हूँ राजेश्वरी, पर तुम्हारी तकलीफ का खयाल करके चुप रह जाता हूँ। देखती हो, मकान कितना गंदा है, सिर्फ दो ही खिदमतगार हैं। इन्हें भी महीनों तनख्वाह नहीं मिलती, पर पड़े हुए हैं। तुम इन तकलीफों की आदी नहीं हो।"

"मगर हुजूर, क्या मैं उन खिदमतगारों से भी गई बीती हूँ?"

"नहीं, नहीं, राजेश्वरी, मैं तुम्हें जानता हूँ।"

"मगर हुजूर, अपने को नहीं जानते। मेरी वह कोठी, जायदाद, नौकर-चाकर

सब किसकी बदौलत हैं? हुजूर ने जो पान खाकर थूक दिया, उसी की बदौलत। अब हुजूर गरीब हो गए तो पुराने खादिम क्या बेगाने हो जाएँगे?"

राजेश्वरी की आँखें भर आईं। कुछ ठहरकर उसने कहा, "शर्म के मारे मैं खिदमतगारों को नहीं लाई और इस टुटहे इक्के पर आई हूँ। मैं कैसे बरदाश्त कर सकती थी कि मालिक जब इस हालत में हों, उनकी बाँदियाँ ठाठ दिखाएँ!"

"नहीं, नहीं, राजेश्वरी, यह बात नहीं। पर मैं अपनी आँखों से तुम्हें तकलीफ पाते देख नहीं सकता। कभी देखा ही नहीं।"

"इसी से हुजूर, मुझे अभी जबरदस्ती भेज रहे है, मेरी नहीं सुनते!"

"इसी से राजेश्वरी!"

"और इस लौंडी का कभी कोई तोहफा भी नहीं कबूल करते। उस बार जब जनाना महल नीलाम हो रहा था, मैंने कितनी आरजू की थी कि मुझे रुपया चुकता कर लेने दीजिए। पुरखों की यादगार है। सब रियासत गई। अगर रहने का महल··· आप मेरे आँसुओं से भी तो नहीं पसीजे हुजूर, आप बड़े बेदर्द हैं!"

राजेश्वरी फूटकर रो पड़ी और राजा साहब के सीने पर गिर गई। राजा साहब उसके सिर पर हाथ फेरते रहे! फिर कहा, "तुम भी बच्ची हो गई हो राजेश्वरी। अब भला वह उतना बड़ा महल मैं क्या करता? अकेला पंछी। फिर उसमें अब खुल गया जनाना अस्पताल। कितने लोगों का भला होता है! बोर्ड ने खामखाह मेरा नाम अस्पताल के साथ जोड़ दिया है।"

"जी हाँ खामखाह ही! वह लाखों की स्टेट जो कौड़ियों में दे दी और अब हुजूर इस किराए के मकान में बहुत खुश हैं?"

"बहुत खुश राजेश्वरी, बहुत खुश! न ऊधो का लेन न माधो का देन। लेकिन बहुत देर हो रही है, राजेश्वरी! गाड़ी पकड़नी है, स्टेशन काफी दूर है और रास्ता बड़ा खराब है। तुम्हारा इक्का आ गया।"

"धक्के दीजिए आप मुझे, बुढ़िया जो हो गई हूँ। अब आप यही तो करेंगे।"

राजा साहब असंयत होकर पलंग से आधे उठ गए। राजेश्वरी को खींचकर छाती से लगा लिया। फिर प्यार से उसके गंगा-जमुनी बालों की लटों को उँगलियों में लपेटते हुए कहा, "बुड्ढा-बुढ़िया कौन होता है राजेश्वरी? मेरी आँखों में तुम वही, नए केले के पत्ते से रूपवाली, अछूते यौवन और अपार प्यारवाली, मेरे दिल और दिमाग की तरावट राजेश्वरी हो। तुम या मैं भले ही बूढ़े हो जाएँ, लेकिन इन

आँखों में झाँककर जिसने तुम्हें देखा है, वह बूढ़ा नहीं और तुम्हारे भीतर बैठकर जो एक-एक मोती तुम्हारी आँखों में सजाता जा रहा है, वह भी बूढ़ा नहीं।"

राजेश्वरी धीरे से राजा साहब के मुँह के बिल्कुल पास फर्श पर बैठ गई। रामधन अंबरी तंबाकू चढ़ाकर गुड़गुड़ी रख गया।

राजा साहब चुपचाप तंबाकू पीने लगे। तंबाकू की खुशबू ने कमरे को मस्त कर दिया।

राजेश्वरी ने कहा, "हुजूर, वादा-वक्फ हो।"

राजा साहब ने भौंहें सिकोड़कर राजेश्वरी की ओर देखकर कहा, "वादा?"

"जी।"

"क्या…?"

"तबरुक।"

"ओह, भूली नहीं राजेश्वरी!"

"भूलने की एक कही! कल से आस लगाए हूँ। नवाब के सामने फिर नहीं कहा।"

राजा साहब कुछ देर गुड़गुड़ी पीते रहे। फिर कहा, "जरा और पास आ लगो तो राजेश्वरी।"

राजेश्वरी बिल्कुल राजा साहब के मुँह के पास खिसक गई।

राजा साहब ने गुड़गुड़ी को सोने की मुनाल उसके होंठों में लगाकर कहा, "एक कश खींचो तो राजेश्वरी।"

"लेकिन, लेकिन हुजूर…"

"ऐन खुशी होगी, खींचो एक कश।"

राजा साहब की आँखों में प्यार का सारा ही रस उमड़ आया। राजेश्वरी ने आनंदविभोर होकर गुड़गुड़ी से कश खींचा।

"खुश हुई अब राजेश्वरी?"

"ओह हुजूर, कहीं खुशी से मेरी छाती न फट जाए। हुजूर ने गुड़गुड़ी खास इनायत करके मेरी सात पीढ़ियों को तार दिया।"

राजा साहब ने खिदमतगार से कहा, "रामधन, चिलम ठंडी कर दे और गुड़गुड़ी उस अखबार में लपेटकर इक्के में रख आ।"

राजेश्वरी का मुँह सूख गया। उसने कहा, "यह आप क्या कर रहे हैं?"

"मेरा दिल बाग-बाग है, तुम दुलखो मत।"

"मगर हुजूर…"

"मैं हुक्म देता हूँ, मत बोलो।"

राजेश्वरी का सिर नीचे को झुक गया। उसने खड़ी होकर झुककर राजा साहब को सलाम किया और रोती हुई चली गई। राजा साहब चित अपने पलंग पर पत्थर की मूर्ति की भाँति निश्चल-निर्वाक् पड़े रहे।

"यह क्या तमाशा है, रामधन! महाराज मिट्टी की गुड़गुड़ी में तंबाकू पी रहे हैं। गुड़गुड़ी खास क्या हुई?" नवाब ने कमरे में आते ही हैरान होकर पूछा।

रामधन चुप खड़ा रहा। उसे बाहर जाने का इशारा करते हुए राजा साहब ने मुसकराकर कहा, "यहाँ आओ नवाब, मैं बताता हूँ।"

नवाब ननकू एकदम पलंग के पास जा खड़े हुए। राजा साहब ने हँसकर कहा, "बैठो।"

"मगर मैं पूछता हूँ, गुड़गुड़ी खास क्या हुई?"

"बैठो तो कहूँ।"

नवाब ने बैठकर कहा, "कहिए।"

राजा साहब ने रजाई से हाथ बाहर निकालकर नवाब का हाथ पकड़ लिया। कहा, "नाराज न हो नवाब, राजेश्वरी को दे दी।"

"क्या उसने माँगी थी?"

"नहीं, मगर उसे खाली हाथ कैसे जाने देता! तुम देखते ही हो, खानदान की वही एक चीज मेरे पास बची थी।"

नवाब कुछ देर होंठ चबाते रहे, फिर बोले, "मगर आप मिट्टी की गुड़गुड़ी में तंबाकू नहीं पीएँगे। मैं गुड़गुड़ी लाता हूँ।"

"कहाँ से?"

"घर से?"

"कहाँ पाई?"

"अम्मीजान की है, बड़े महाराज ने बख्श दी थी। मेरे पास यह अब तक पाक धरोहर थी। अब आज काम आएगी।"

राजा साहब ने कहा, "बड़े महाराज ने जो चीज बख़्श दी, वह मैं वापस कैसे ले सकता हूँ!"

"तो अब हुजूर, नवाब को जीने न देंगे।"

राजा साहब हँस दिए। फिर मीठे स्वर में बोले, "खैर, इस अम्र पर पीछे गौर कर लिया जाएगा। पर मिट्टी की गुड़गुड़ी में तंबाकू बहुत मीठा लगता है, नवाब! हाँ, यह कहो, रात सामान कैसे जुटाया था? मैं जानता हूँ तुम्हारे पास छदाम न था।"

"जुट गया यों ही। नवाब हूँ, कोई अदना आदमी नहीं।"

"मगर सच-सच कहो।"

"झूठ से क्या फायदा। चालीस रुपए बाबू साहब से लिये थे।"

"बड़ी तकलीफ दी उन्हें। अब ये रुपए दिए कैसे जाएँ?"

"जल्दी नहीं है सरकार, रहन पर लाया हूँ, यों ही नहीं। जब हाथ खुला होगा, दे देंगे।"

"रहन क्या रखा?"

"एक अदद था।"

"क्या अदद, बताओ?"

"आप तो धाँधली करते हैं, आपको मतलब?"

"तुम्हें मेरी कसम, नवाब।"

"ओफ!"

"कहो, कहो।"

"अम्मी का लहँगा था।"

राजा साहब निश्चल पड़ गए। उनकी आँखों की दोनों कोरों से आँसू बह रहे थे और उनका काँपता हुआ हाथ नवाब के दोनों हाथों में था।

□

बड़ी बेगम

यह हमारे दिल्ली शहर, जिसे शाहजहानाबाद के नाम से बसाया गया था, में घटी एक साधारण ऐतिहासिक घटना का सजीव चित्रण है। मुगल शहजादियों से यदि किसी की शादी कर दी जाए तो ऐसे युवक को शहजादे का पद देना पड़ता था। इसी कारण मुगल शहजादियों की शादी न करने की कष्टप्रद परंपरा चल पड़ी थी। बड़ी बेगम के नाम से मशहूर, शाहजहाँ की बड़ी बेटी राजकाज बखूबी चला रही है, सर्व-शक्तिसंपन्न है, पर विवाह के सौभाग्य से वंचित है। किंतु मानव शरीर की अपनी जरूरतें तो होती ही हैं। और जरूरतें पूरी न होने पर जो परिस्थितियाँ बनती हैं, उसका बड़ा स्वाभाविक वर्णन इस कहानी में किया गया है।

मानवीय स्वाभाविक ईर्ष्या, घुटन और वंचित रह जाने पर क्षोभ, निराशा के साथ-साथ एक राजपूत की गरिमा एवं चारित्रिक दृढ़ता के भी दर्शन हमें यहाँ होते हैं। ऐतिहासिक परिदृश्य होने के कारण दिल्ली की तत्कालीन भौगोलिक स्थिति का भी बड़ा सजीव चित्रण इस कथा में है।

दिन ढल गया था और ढलते हुए सूरज की सुनहरी किरणें दिल्ली के बाजार में एक नई रौनक पैदा कर रही थीं। अभी दिल्ली नई बस रही थी। आगरे की गरमी से घबराकर बादशाह शाहजहाँ ने जमुना के किनारे अर्धचंद्राकार यह नया नगर बसाया था। लाल किला और जामा मसजिद बन चुकी थी और उनकी भव्य

छवि दर्शकों के मन पर स्थायी प्रभाव डालती थी। फैज बाजार में सभी अमीर-उमरावों की हवेलियाँ खड़ी हो गई थीं। इस नए शहर का नाम शाहजहानाबाद रखा गया था, परंतु पठानों की पुरानी दिल्ली की बस्ती अभी तक बिल्कुल उजड़ नहीं चुकी थी बल्कि कहना चाहिए कि इस शाहजहानाबाद के लिए बहुत सा मलबा और सामान पुरानी दिल्ली के महलात के खँडहरों से लिया गया था, जो पुराने किले से हौजखास और कुतुबमीनार तक फैले हुए थे।

नदी की दिशा को छोड़कर बाकी तीनों ओर सुरक्षा के लिए पक्की पत्थर की शहरपनाह बन चुकी थी, जिसमें बारह द्वार और सौ-सौ कदमों पर बुर्ज बने हुए थे। शहरपनाह के बाहर 5-6 फुट ऊँचा कच्चा पुरवा था। सलीमगढ़ का किला बीच जमुना में था, जो एक विशाल टापू प्रतीत होता था और जिसे बारह खंभोंवाला पुख्ता पुल लाल किले से जोड़ता था। अभी इस नगर को बने तीस ही बरस हुए थे, फिर भी यह मुगल साम्राज्य की राजधानी के अनुरूप शोभायमान नगरी की सुषमा धारण करता था।

शहरपनाह, नगर और किले दोनों को घेरे थी। यदि शहर की उन बाहरी बस्तियों को जो दूर तक लाहौरी दरवाजे तक चली गई थीं और उस पुरानी दिल्ली की बस्तियों को, जो चारों ओर दक्षिण-पश्चिम भाग में फैली थीं—मिला लिया जाए तो जो रेखा शहर के बीचोबीच खींची जाती, वह साढ़े चार-पाँच मील लंबी होती। बागात का विवरण पृथक् है, जो सब शहजादों, अमीरों और शहजादियों ने पृथक्-पृथक् लगाए थे।

शाही महलसरा और मकान किले में थे। किला भी लगभग अर्धचंद्राकार था, इसकी तली में जमुना नदी बह रही थी। परंतु किले की दीवार और जमुना नदी के बीच बड़ा रेतीला मैदान था, जिसमें हाथियों की लड़ाई दिखाई जाती। यहीं खड़े होकर सरदार, अमीर और हिंदू राजाओं की फौजें झरोखे में खड़े बादशाह के दर्शन किया करते थे। किले की चहारदीवारी भी पुराने ढंग के गोल बुर्जों की वैसी ही थी, जैसी शहरपनाह की दीवार थी। यह ईंटों और लाल पत्थर की बनी हुई थी, इस कारण शहरपनाह की अपेक्षा इसकी शोभा अधिक थी। शहरपनाह की अपेक्षा यह ऊँची और मजबूत भी थी; उसपर छोटी-छोटी तोपें चढ़ी हुई थीं, जिनका मुँह शहर की ओर था। नदी की ओर छोड़कर किले के सब ओर गहरी खाई थी, जो जमुना

के पानी से भरी हुई थी। इसके बाँध खूब मजबूत थे और पत्थर के बने थे। खाई के जल में मछलियाँ बहुत थीं।

खाई के पास ही एक भारी बाग था, जिसमें भाँति-भाँति के फूल लगे थे। किले की सुंदर इमारत के आगे सुशोभित यह बाग अपूर्व शोभा-विस्तार करता था। इसके सामने एक शाही चौक था, जिसके एक ओर किले का दरवाजा था, दूसरी ओर शहर के दो बड़े-बड़े बाजार आकर समाप्त होते थे।

किले पर जो राजा, रजवाड़े और अमीर पहरा-चौकी देते थे, उनके डेरे-तंबू-खेमे इसी मैदान में लगे हुए थे। इनका पहरा केवल किले के बाहर ही था। किले के भीतर उमरा और मनसबदारों का पहरा होता था। इसके सामने ही शाही अस्तबल था, जिसके अनेक अरबी घोड़े मैदान में फिराए जा रहे थे। इसी मैदान के सामने ही तनिक हटकर 'गूजरी' लगती थी, जिसमें अनेक हिंदू और ज्योतिषी नजूमी अपनी-अपनी किताबें खोले और धूप में अपनी मैली शतरंजी बिछाए बैठे थे। ग्रहों के चित्र और रमल फेंकने के पासे उनके सामने पड़े रहते थे। बहुत सी मूर्ख स्त्रियाँ सिर से पैर तब बुरका ओढ़े या चादर में शरीर को लपेटे, उनके निकट खड़ी थीं और वे उनके हाथ-मुँह को भली भाँति देख नहीं पाते थे, पर लकीरें खींचते तथा उँगलियों की पोर पर गिनते उनका भविष्य बताकर पैसे ठग रहे थे। इन्हीं ठगों में एक दोगला पोर्चुगीज बड़ी ही शांत मुद्रा में कालीन बिछाए बैठा था; इसके पास स्त्री-पुरुषों की भारी भीड़ लगी थी, पर वास्तव में यह गोरा धूर्त बिल्कुल अनपढ़ था। उसके पास एक पुराना जहाजी दिग्दर्शक यंत्र था और एक रोमन कैथोलिक की सचित्र प्रार्थना-पुस्तक थी। वह बड़े ही इत्मीनान से कह रहा था, "यूरोप में ऐसे ही ग्रहों के चित्र होते हैं!"

पीछे जिन दो बाजारों की यहाँ चर्चा हुई है, जो किले के सामने मैदान में आकर मिले थे, वहीं एक सीधा और प्रशस्त बाजार 'चाँदनी चौक' था, जो किले से लगभग पच्चीस-तीस कदम के अंतर से आरंभ होकर पश्चिम दिशा में लाहौरी दरवाजे तक चला जाता था। बाजार के दोनों ओर मेहराबदार दुकानें थीं, जो ईंटों की बनी थीं तथा एकमंजिला ही थीं। इन दुकानों के बरामदे अलग-अलग थे और इनके बीच में दीवारें थीं। यहीं बैठकर व्यापारी अपने-अपने ग्राहकों को पटाते थे और माल-असबाब दिखाते थे। बरामदों के पीछे दुकान के भीतरी भाग में माल-

असबाब रखा रहता था तथा रात को बरामदे का सामान भी उठाकर वहीं रख दिया जाता था। इनके ऊपर व्यापारियों के रहने के घर थे, जो सुंदर प्रतीत होते थे।

नगर के गली-कूचे में मनसबदारों, हकीमों और धनी व्यापारियों की हवेलियाँ थीं, जो बड़े-बड़े मोहल्लों में बँटी हुई थीं। बहुत सी हवेलियों में चौक और बागीचे थे। बड़े-बड़े मकानों के आसपास बहुत मकान घास-फूस के थे, जिनमें खिदमतगार, नानबाई आदि रहते थे।

बड़े-बड़े अमीरों के मकान नदी के किनारे शहर के बाहर थे, जो खूब कुशादा, ठंडे, हवादार और आरामदेह थे। उनमें बाग, पेड़, हौज और दालान थे तथा छोटे-छोटे फव्वारे और तहखाने भी थे, जिनमें बड़े-बड़े पंखे लगे हुए थे और खस की टट्टियाँ लगी थीं। उन पर गुलाम-नौकर पानी छिड़क रहते थे।

बाजार की दुकानों में जिंसें भरी थीं; पशमीना, कमखाब, जरीदार मंडीले और रेशमी कपड़े भरे थे। एक बाजार तो सिर्फ मेवों ही का था, जिसमें ईरान, समरकंद, बलख, बुखारा के मेवे-बादाम, पिस्ता, किशमिश, बेर, शफतालू और भाँति-भाँति के सूखे फल तथा रुई की तहों में लिपटे बढ़िया नाशपाती, सेब और सर्दे भरे पड़े थे। नानबाई, हलवाई, कसाइयों की दुकानें गली-गली थीं। चिड़िया बाजार में भाँति-भाँति की चिड़ियाँ-मुरगी, कबूतर, तीता, मुरगाबियाँ बहुतायत से बिक रही थीं। मछली बाजार में मछलियों की भरमार थी। अमीरों के गुलाम-ख्वाजासरा व्यस्त भाव से अपने-अपने मालिकों के लिए सौदे खरीदे रहे थे। बाजार में ऊँट, घोड़े, बहली, रथ, तामझाम, पालकी और मियानों पर अमीर लोग आ-जा रहे थे। चित्रकार, नक्काश, जड़िए, मीनाकार, रँगरेज और मनिहार अपने-अपने कामों में लगे थे। इस वक्त चाँदनी चौक में एक खास चहल-पहल नजर आ रही थी। इस समय बहुत से बरकंदाज, प्यादे, भिश्ती और झाड़ूबरदार फुरती से अपने काम में लगे हुए थे। बरकंदाज और सवार लोगों की भीड़ को हटाकर रास्ता साफ कर रहे थे। झाड़ूबरदार सड़कों का कूड़ा-करकट हटा रहे थे। दुकानदार चौकन्ने होकर अपनी-अपनी दुकानों को आकर्षक रीति पर सजाए उत्सुक बैठे थे। इसका कारण यह था कि आज बड़ी बेगम की सवारी किले से इसी राह आ रही थी।

बादशाह की बड़ी लड़की जहाँआरा, शाही हल्कों में 'बड़ी बेगम' के नाम से प्रसिद्ध थी। वह विदुषी, बुद्धिमती और रूपसी स्त्री थी। वह बड़े प्रेमी स्वभाव

की थी, साथ ही दयालु और उदार थी। बादशाह ने उसके जेबखर्च के लिए तीस लाख रुपए साल नियत किए थे तथा उसके पानदान के खर्चे के लिए सूरत का इलाका दे रखा था, जिसकी आमदनी भी तीस लाख रुपए सालाना थी। इसके सिवा उसके पिता और बड़े भाई अपनी गर्ज के लिए उसे बहुमूल्य प्रेम-भेंट देते रहते थे। उसके पास धन-रत्न बहुत एकत्रित हो गया था और वह खूब सज-धजकर ठाठ से रहती थी। वह आरी शराब की बहुत शौकीन थी, जो काबुल, फारस और कश्मीर से मँगाई जाती थी। वह अपनी निगरानी में भी बढ़िया शराब बनवाती, जो अंगूरों में गुलाब और मेवाणात डालकर बनाई जाती थी। रात को वह कभी-कभी नशे में इतनी डूब जाती थी कि उसका खड़ा होना भी संभव न रहता और उसे उठाकर शैया पर डाला जाता था। शाहजहाँ के शासनकाल में वही तमाम साम्राज्य पर शासन करती थी, इससे उसका नाम 'बड़ी बेगम' प्रसिद्ध हो गया था। शाही मुहर इसी के ताबे रहती थी।

बड़ी बेगम पालकी पर सवार थी, जिसपर एक कीमती जरवफ्त का परदा पड़ा था, जिसमें जगह-जगह जवाहरात टँके थे। पालकी के चारों ओर खाजासरा मोरछल और चँवर डुलाते, पालकी का घेरा डाले चल रहे थे। वे जिसे सामने पाते, उसी को धकेलकर एक ओर कर देते थे। बहुत से जर्गर्जेयाना गुलाम सुनहरे-रुपहले डंडे हाथों में लिये जोर-जोर से 'हटो बचो, हटो बचो' चिल्लाते जा रहे थे। उनके आगे भिश्ती तेजी से दौड़ते हुए सड़क पर पानी का छिड़काव करते जाते थे। मोरछलों और चँवरों की मूठ सोने-चाँदी की जड़ाऊ थी। पालकी के साथ सैकड़ों बाँदियाँ सुनहरी पात्रों में जलती हुई सुगंध लिये चल रही थीं। सबसे आगे दो सौ तातारी बाँदियाँ नंगी तलवारें हाथ में लिये, तीर-कमान कंधे पर कसे, सीना उभारे, सफ बाँधे चल रही थीं और सबके पीछे एक मनसबदार घुड़सवार रिसाले के साथ बढ़ रहा था। यह मनसबदार एक अति सुंदर युवक था। उसका रंग अत्यंत गोरा, आँख काली और चमकदार तथा बाल घुँघराले थे। वह बहुमूल्य रत्नजड़ित पोशाक पहने था और इतराता हुआ-सा अपने रिसाले के आगे-आगे चल रहा था। उसका घोड़ा भी अत्यंत चंचल और बहुमूल्य था। यह तेजस्वी सुंदर मनसबदार नजावत खाँ था, जो शाहे-बलख का भतीजा और बुखारे का शहजादा मशहूर था तथा बादशाह शाहजहाँ का कृपापात्र मनसबदार था।

इस समय बहुत से अमीर-उमरा चाँदनी चौक की सैर को निकले थे। इन अमीरों के ठाठ भी निराले थे। किन्हीं के साथ दस-बीस, किन्हीं के साथ इससे भी अधिक नौकर-चाकर-गुलाम पैदल दौड़ रहे थे। अमीर घोड़े पर सवार ठुमकते, धीरे-धीरे पान कचरते हुए अकड़कर चल रहे थे। कुछ चलते-चलते ही पेचवान पर अंबरी तंबाकू का कश खींच रहे थे। साथ-साथ खवास गंगा-जमनी काम की फर्शी हाथोहाथ लिये दौड़ रहे थे। गुलामों में किसी के पास पानदान, किसी के पास उगालदान, किसी के पास इत्रदान। कोई सरदार की जड़ाऊ तलवार लिये चल रहा था और इस प्रकार अमीर का बोझ हलका कर रहा था। परंतु ये अमीर चाहे जिस शान से जा रहे हों, ज्यों ही बेगम की पालकी उनकी नजर में पड़ती, उनकी सब शान हवा हो जाती। जो जहाँ होता, तुरंत घोड़े से उतरकर सड़क के एक कोने में अपने आदमियों सहित हाथ जोड़कर अदब से खड़ा हो जाता और पालकी की ओर मुँह करके तीन बार कोर्निश करता, जिसकी सूचना तुरंत बेगम को पालकी के भीतर दे दी जाती।

इस प्रकार सूचना देने के लिए जो तरुण सरदार पालकी के साथ चल रहा था, वह एक प्रकार से किशोर वय का था। अभी पूरा तारुण्य उसके मुख पर प्रकट नहीं हुआ था। वह एक सुकुमार-सुंदर और सजीला किशोर था। वास्तव में यह शहजादी की उस्तानी का बेटा था, जिसका बचपन शहजादी के साथ महल-सरा में बीता था और जिसे प्यार से शाही हरम में 'दूल्हा भाई' कहते थे। यद्यपि इसकी हैसियत एक सेवक ही की थी, पर शहजादी की कृपादृष्टि से यह ढीठ हो गया था और अपने को किसी शहजादे से कम न समझता था। उसके सब ठाठ-बाट भी शहजादों ही के समान थे।

धीरे-धीरे सवारी आगे बढ़ती जा रही थी। इसी समय सामने से एक हिंदू सरदार की सवारी आ गई। यह हिंदू सरदार बूँदी का हाड़ा राजा राव छत्रसाल था। इसकी अवस्था छब्बीस से अधिक न होगी। उसका उज्ज्वल श्यामल मुख, मूँछों की पतली ऐंठी हुई रेखा, बड़ी-बड़ी काली आँखें, गठीला शरीर, बाँकी छटा देखते ही बनती थी। वह कमर में दो तलवारें बाँधे था और उसके साथ पचासों सवार, पैदल सिपाही और नौकर-चाकर-सेवक और मुसाहिब चल रहे थे। दिल्ली में रहनेवाले दरबारी उमरावों से इसकी छटा ही निराली थी। ज्यों ही बेगम की सवारी उसकी दृष्टि में पड़ी, वह रास्ते से एक ओर हटकर घोड़े से उतरकर सड़क के

एक कोने में दो सौ कदम के अंतर से खड़ा हो गया और ज्यों ही बेगम की सवारी उसके निकट आई, उसने जमीन तक झुककर तीन बार कोशिश की। नकीब ने पुकार लगाई और दूल्हा भाई ने बेगम को इसकी सूचना दी। शहजादी ने तुरंत अपनी सवारी आगे बढ़ना रोक दिया और एक रत्नजड़ित कमखाब की थैली में रखकर पान का बीड़ा उसके पास भेजकर कहलाया कि वह भी सवारी के साथ रहकर उसे रौनक बख्शे। राव छत्रसाल ने फिर पालकी की ओर रुख करके सलाम किया, पान का बीड़ा आदरपूर्वक लिया और दो कदम पीछे हटकर खड़ा हो गया।

सवारी आगे बढ़ी और यह हिंदू सरदार भी पालकी के पीछे-पीछे अपने सवारों के साथ चला। दूल्हा भाई ने बेगम को इस बात की इत्तला दे दी। जो मनसबदार पालकी के साथ-साथ चल रहा था, उसकी आँखों में इस हिंदू सरदार को देखते ही खून उतर आया। परंतु इस तरुण राजा ने उसकी तनिक भी परवाह नहीं की। अपने घोड़े को एड़ देकर और चार कदम आगे बढ़ वह पालकी के पीछे चलने लगा।

किला और शहर के बीच आज जहाँ दिल्ली का रेलवे स्टेशन और कंपनी बाग है, वहाँ इस बेगम ने एक सराय बनवाई थी। यह सराय उस समय भारतवर्ष भर में श्रेष्ठ इमारत थी। इसकी सारी इमारतें दुमंजिली थीं और ऊपर बड़े-बड़े आलीशान सुसज्जित कमरे बने थे, जिनमें देश-देश के लोग ठहरते और तफरीह करते थे। सराय में नहाने के लिए पक्के हौज, नल और बड़े-बड़े बावरचीखाने बने थे। इस सराय के इंतजाम के लिए बेगम ने योग्य कर्मचारी नियुक्त किए थे। इस समय तक भी सराय समूची बनकर तैयार नहीं हो पाई थी और हजारों कारीगर-मिस्त्री उसमें चित्र-विचित्र काम कर रहे थे।

इस वक्त बेगम की सवारी इसी सराय की ओर जा रही थी। इसकी सूचना सराय के दारोगा को भी मिल चुकी थी और वहाँ बेगम की अगुआई की धूमधाम मची थी। सब राह-बाट साफ करके छिड़काव किया गया था। बहुत से खोजे, दास-दासी अपने-अपने काम में लगे थे। इस समय सराय का वह भाग, जहाँ बेगम तशरीफ रखनेवाली थीं और जहाँ एक खूबसूरत छोटा सा बगीचा था, भलीभाँति सजाया गया था। बगीचे के बीच संगमरमर की बारहदरी थी, वहीं बेगम की सवारी उतरी।

शाम की भीनी सुगंध हवा में भर रही थी। बाग के माली ने सारी बारहदरी को

फूलों से सजाया था। हुजूर शहजादी आज रात इसी बारहदरी में आराम और तफरीह करना चाहती थीं। ख्वाजासरा और बाँदियों ने मसनद, चाँदनी और गावतकिए लगा दिए। बेगम मसनद पर लुढ़क गईं। कुछ देर आराम करने पर बेगम ने दूल्हा भाई को हुक्म दिया, "वह हिंदू राजा, जो सवारी के साथ है, उसे हुक्म दो कि हमारे यहाँ मुकीम रहने तक अपने पहरे-चौकी रखे और अमीर नजावत खाँ सराय के बाहरी हिस्से में अपने सिपाहियों सहित चला जाए!"

शहजादी का हुक्म दोनों उमरावों को पहुँचा दिया गया। दोनों ने भेदभरी निगाहों से एक-दूसरे को देखा। तलवार की मूठ पर दोनों का हाथ गया और क्षण भर दोनों एक-दूसरे को खूनी नजरों से देखने लगे।

नजावत खाँ ने बालिश्त भर तलवार म्यान से खींच ली और गुस्से भरी आवाज में शेर की तरह गुर्राकर कहा, "खुदा की कसम, मैं यह हरगिज बरदाश्त नहीं कर सकता कि एक काफिर को मुसलमान के बराबर रुतबा दिया जाए। मैं चाहता हूँ कि इसी वक्त तेरे दो टुकड़े करके तेरा गोश्त कुत्तों को खिला दूँ।"

"चाहता तो मैं भी यही हूँ कि इसी वक्त तुम्हारा सर भुट्टे-सा उड़ा दूँ। मगर बेहतर यही है कि अभी आप जनाब शहजादा नजावत अली खाँ बहादुर, चुपचाप अपनी नौकरी ठंडे-ठंडे बजा लाएँ, जैसा कि हुजूर शहजादी का हुक्म हुआ है और सुबह तक भी आपके यही इरादे और दमखम रहे, तो फिर हम दोनों को अपने-अपने इरादे पूरे करने की बहुत गुंजाइश है!"

नजावत खाँ ने इसका कोई जवाब नहीं दिया। वह गुस्से से होंठ चबाता हुआ चला गया। राव छत्रसाल तनिक हटकर अपने घोड़े पर बैठ गया।

□

चाँदनी रात थी और बारहदरी के बाहरी चमन में शहजादी अपनी खास लौंडियों के बीच मसनद पर पड़ी अपनी प्रिय अंगूरी शराब पी रही थीं। यों तो उसके लिए फारस, कश्मीर और काबुल से कीमती शीराजी और इसांबोल मँगाई जाती थी, परंतु उसकी अपने शौक की प्रिय वस्तु वह थी, जो खास उसी की नजरों के सामने अंगूर में गुलाब और बहुत से मेवे डालकर बनाई जाती थी। यह अति सुगंधित और स्वादिष्ट होती थी और बेगम जब खुश होती, इस शराब के जाम-पर-जाम चढ़ाती थी।

आज वह खुश तो न थी; बहुत सी चिंताएँ उसके मस्तिष्क को परेशान कर रही थीं, इतनी बड़ी मुगल सल्तनत की राजनीति में वह सक्रिय भाग लेती थी, उसी का सरदर्द थोड़ा न था, परंतु इस समय तो उसे अपनी ही चिंता ने आ घेरा था। इसी से मुक्त होने के लिए वह किले के भारी वातावरण को छोड़ यहाँ चली आई थी।

अकबर बादशाह के समय ही से यह दस्तूर चला आ रहा था कि मुगल बादशाहों के खानदान की शहजादियाँ शादी नहीं कर पाती थीं; इससे इनके गुप्त प्रेम होते रहते और मुगल हरम का वातावरण हमेशा दूषित रहता था।

परंतु दारा शहजादी का विवाह नजावत खाँ से करने की इच्छा प्रकट कर चुका था। वह शहजादी को प्रेम करता था। बहुत दिन से बत्स-बुखारा और मुगल खानदान में चख-चख चल रही थी। वह चाहता था कि यदि दोनों खानदानों में रिश्ता हो जाए तो यह पुरानी शत्रुता भी जाती रहे। परंतु इस शादी में बहुत बाधाएँ थीं। प्रथम तो बादशाह ही यह शादी करने को राजी नहीं होते थे। उन्हें उनके साले शाइश्ता खाँ ने समझा दिया था कि यदि यह शादी कर दी गई तो अवश्य ही नजावत खाँ को शहजादों का रुतबा देना पड़ेगा, जबकि इस समय वे चाकर से अधिक दर्जा नहीं रखते हैं। फिर शाहे-बलख के लड़ने के मंसूबे भी अभी थे और इसके राजनीतिक कारण बने ही हुए थे।

दूसरी बड़ी बाधा यह थी कि शहजादी हिंदू राजा बूँदी के छत्रसाल को चाहती थी। उन दिनों राजपूतों से मुगल खानदान में रिश्ते होते थे। अभी तक अनेक राजाओं की बेटियाँ मुगल हरम में आई थीं, परंतु कोई मुगल शहजादी किसी राजपूत के घर नहीं गई थी। अब तक किसी राजपूत सरदार का खुल्लम-खुल्ला शादी करके रनिवास में एक शहजादी को ले जाना बहुत ही कठिन और अव्यवहार्य था, फिर मुगल अदब-कायदे तो ऐसे थे कि बड़े-से-बड़े हिंदू राजा को मुगल शहजादियों के सामने भी उसी तरह झुकना पड़ता था, जैसे बादशाह के सामने। ऐसी हालत में इन शादियों से मुगल रुआब में भी कमी आने को थी। परंतु प्रीति की कटारी का घाव जब खा लिया जाता है तो फिर इन सब बातों पर विचार नहीं किया जाता। शहजादी इस राजपूत के प्रेम में दीवानी थी और यह बात नजावत खाँ और छत्रसाल दोनों ही जानते थे, इसी से वे एक-दूसरे को खूनी आँखों से देखते थे।

इसी मामले में एक तीसरा शिगूफा भी था—दूल्हा भाई, जो शायद अभी बेगम

से उम्र में कुछ ही कम था, परंतु बेगम की मुहब्बत का दम भरता था। वह इतना मूर्ख था कि शहजादी के विनोद और कृपाओं को प्यार की नजर से देखता था। वह सोचा करता था कि बेगम से शादी कर लेने पर संभव है, वही बादशाह बन जाए। कभी-कभी वह डींगें भी हाँकता और उसकी हँसी भी बहुत होती थी।

एक बार शहजादी ने उसे 'खानजादा' का खिताब दिया और उसकी जिद से उसे इलम और शाही मरातिब रखने का अधिकार भी दिया तथा उसे शाही सिपहसालारों की भाँति पदवी देकर सवारों का सरदार बना दिया था। एक दिन वह बेगम के महल को जा रहा था कि सामने से महावत खाँ सिपहसालार आते मिल गए। जब वे दोनों पास-पास से गुजरे, तो जुलूस के सैनिकों में झगड़ा हो गया। उधर महावत खाँ ने उसके झंडे को देखा तो अपना इलम तह कर लिया और बिना झंडे के शाही हुजूर में जा पहुँचा। जब बादशाह को इसकी सूचना मिली, तो उसने इसका कारण पूछा। महावत खाँ ने कहा, "हुजूर जहाँपनाह, हमारा समय तो बीत चुका। अब तो मरतब इलम उड़ाते हैं।" जब बादशाह को सब बातें मालूम हुईं, तो क्रोध में आकर उन्होंने खानजादा साहब का इलम तुड़वा दिया। खानजादा ने शहजादी के सामने बहुत रोना रोया, पर उसका कोई फल न निकला। फिर भी वह शहजादी का प्रिय पार्षद बना हुआ था और शहजादी उस सुंदर मूर्ख को अपनी इच्छाओं की पूर्ति का माध्यम बनाए हुए थी। वह शहजादी के खानगी मामलों का दारोगा अफसर था।

दैवयोग ही कहिए कि इस समय शहजादी के ये तीनों चाहनेवाले एक ही स्थान पर हाजिर थे। तीनों ही इस समय शहजादी की विशेष कृपा के इच्छुक थे।

बारहदरी समूची संगमरमर की बनी थी। उसका फर्श काले और सफेद पत्थर का बना था। दावासे पर रंग-बिरंगे पत्थरों की सुंदर पच्चीकारी की गई थी। थोड़ी ऊँचाई पर कदे-आदम आईने लगे थे। फर्श पर नर्म ईरानी कालीन बिछे थे। उनपर हाथी दाँत के काम का छपरखट था, जिसके ऊपर जस्वफ्त का चँदोवा तना था, जिसमें मोतियों की झालर टँगी थी। पलंग पर मखमली गुद्दा, तोशक और मसनदें लगी थीं, जिनपर निहायत नफीस जरदोजी का काम हो रहा था। सामने करीने से चौकियों पर ढेर-के-ढेर फूल, इत्र और अनेक प्रकार की सुगंध तथा श्रृंगार की वस्तुएँ रखी हुई थीं।

मसनद पर अलसाई देह लिये शहजादी अकेली बैठी थी। बाहर नंगी तलवार लिये तातारी बाँदियों का पहरा था। इसी समय हँसते हुए दूल्हा भाई ने आकर सोने के प्याले में शीराजी पेश की।

बेगम ने आँखें तरेरकर कहा, "यह क्या? यह हमारी पसंद की चीज अंगूरी शराब नहीं है?"

"हजरत, एक प्याला इस शीराजी का भी तो पहले नोश फरमाकर ईरान के बादशाह को ममनून कीजिए जिसने यह कीमती शराब बड़े शौक से काबुल के अमलदार के मार्फत हुजूर की खिदमत में भेजी है।"

"यह क्या हमारी उस नियामत से बढ़कर है, जिसे खास हमारे हकीम और मैं गुलाब डालकर और मुकब्बी अदबियात मिलाकर तैयार करते हैं? तुम तो उस नियामत को चख चुके हो, दूल्हे मियाँ!"

"हुजूर के तुफैल से वह नायाब शराब मैंने पी है। बेशक उसका मुकाबलों तो आबेहयात भी नहीं कर सकता, मगर हुजूर शहजादी, जरा उस कमबख्त शाहे-ईरान का भी तो दिल रखिए। बड़ी-बड़ी उम्मीदें बाँधकर उस मरदूद ने यह कीमती तोहफा भेजा है।"

शहजादी ने हँसकर कहा, "शाहे-अब्बास ऐसा बादशाह नहीं है, जिसे मरदूद कहा जाए। बस हमें उसकी खातिर बसरोचश्म मंजूर है! इसके अलावा हम तुम्हें भी ममनून किया चाहती हैं। इसी से बखुशी यह प्याला मंजूर करती हैं!"

"शुक्र है खुदा का कि शहजादी को इस गुलाम का भी इस कदर खयाल है, मैं तो एकदम नाउम्मीद हो गया था!"

"किस अम्र में?"

"जाँबख्शी पाऊँ, तो अर्ज करूँ कि हुजूर शहजादी की नजरे-इनायत इस कमनसीब पर अब पहले जैसी नहीं हैं।"

"तो दूल्हे मियाँ, अब तुम बड़े भी हो गए, बच्चे नहीं हो! फिर हम तो तुमसे खुश हैं!"

शहजादी ने प्याला खाली किया और दूल्हे मियाँ ने उसे दुबारा भरकर शहजादी के आगे बढ़ाते हुए कहा, "बेअदबी माफ हो बेगम, गुलाम बड़ा हो तो यह खुदा की कारस्तानी है, कुछ गुलाम की तकसीर नहीं! और अब तो गुलाम को

यह समझ भी आ गई है कि हुजूर जो इस नाचीज पर खुश होने की इनायत करती हैं, वह बहुत नाकाफी है! जाँनिसार ज्यादा की उम्मीद रखता है।"

शहजादी खिलखिलाकर हँस पड़ी। उसने कहा, "तो बेहतर है···तुम अपने दिल का इजहार खुलकर करो, हम उस पर गौर करेंगी।"

"तो अर्ज करता हूँ हुजूर शहजादी, कि उस तुर्क मरदूद नजावत खाँ की आँखें मुझे कतई पसंद नहीं हैं और न वह काफिर हिंदू राजा मुझे पसंद है, जिसे आज सवारी के वक्त बीड़ाशाही इनायत करके और सवारी के साथ रहने का हक देकर सरफराज किया है। उसने तीसरा प्याला शहजादी की ओर बढ़ाया। शहजादी ने हँसती हुई आँखों से उसकी ओर देखकर कहा, "वल्लाह, तो तुम इन दोनों नापसंद आदमियों के साथ किस तरह पेश आना चाहते हो?"

"मैं दोनों से दो-दो हाथ करना चाहता हूँ। इश्क के मैदान में एक-दो-तीन नहीं रह सकते, शहजादी!"

"बेहतर! तुम्हारी तजवीज हम पसंद करती हैं और इस उम्र में उन दोनों बदबख्तों को जरूरी हुक्म देना चाहती हैं। बस, तुम अमीर नजावत खाँ को इसी वक्त हमारे हुजूर में भेज दो और खुद बइत्मीनान आराम करो!"

शहजादी ने मुसकराकर दूल्हे मियाँ की ओर देखा। दूल्हा मियाँ, जो शहजादी की विनोद-वस्तु था और अपने को शहजादी के प्रेमियों में समझता था, इस बात से नाखुश नहीं हुआ। उसने धीरे से कहा, "क्या हुजूर शहजादी को एक प्याला अंगूरी शराब का पेश करूँ, जिसकी कि हुजूर हद दर्जे शौकीन हैं?"

"यकीनन वह प्याला दूल्हे मियाँ तुम्हारे हाथ से हम नोश फरमाएँगे।" दूल्हा खुश हो गया! उसने प्याला शहजादी को पेश किया और शहजादी ने प्याला हाथ में लेकर इशारे ही से उसे कह दिया कि हुक्म की तामील हो।

विवश दूल्हे मियाँ उस आनंददायक सोहबत को छोड़कर उठे और जाकर अमीर नजावत खाँ को बेगम का हुक्म सुना दिया। बेगम ने धीरे-धीरे प्याला खाली किया और मसनद पर लुढ़क गई। इस वक्त वह मौज में थी और अच्छे-अच्छे विचार उसके हृदय को आनंदित कर रहे थे। वह सोच रही थी, नंबर एक रुखसत हुए और नंबर दो की आमद है।

इसी समय नजावत खाँ ने आकर शहजादी को कोर्निश की और दोजानू होकर

शहजादी के सामने बैठ गया। यद्यपि यह मुगल दस्तूर और अदब के विपरीत था, लेकिन प्यार-मुहब्बत के मामलों में अदब का लिहाज चलता नहीं है।

शहजादी ने अमीर को पान देकर कहा, "अमीर खुशवख्त, इत्मीनान से बैठिए।"

नजावत खाँ उसी तरह दोजानू बैठा रहा। उसने पान लेकर शहजादी को सलाम किया और कहा, "शहजादी, अब कब तक मैं जलता रहूँ?"

"तुम्हें तकलीफ क्या है दिलवर?"

"अब वादा पूरा होना चाहिए और शरअ की रू से इस नाचीज को शहजादी को प्यार करने का हक मिलना चाहिए।"

"ओह, तुम्हारा मकसद निकाह से है?" शहजादी ने एक फूल के गुच्छे से खेलते हुए कहा।

"बेशक, हुजूर शहजादी और वालिदे-अहद ने मुझसे वादे किए हैं।"

"लेकिन ये सब तो पुरानी बातें हैं जानेमन! मुगल शहजादियों की शादी नहीं होती है।"

"क्यों नहीं होती है?"

"क्या आपने नहीं सुना कि मामू शाइस्ता खाँ ने जहाँपनाह को इसकी वजह बताते हुए कहा था कि अगर ऐसा हुआ तो जिस अमीर से शादी की जाएगी, उसे शहजादों की बराबरी का रुतबा देना पड़ेगा?"

"लेकिन खुदा के फजल से मैं भी बल्ख का शहजादा हूँ।"

"तो शहजादा साहेब, हमें इससे कब इनकार है? हमारी नजरे-इनायत पर आप शाकी न हों।"

" शाकी नहीं।"

"मगर जो बात हो ही नहीं सकती, उसके लिए हम बादशाह सलामत से अर्ज भी कैसे कर सकती हैं।"

"लेकिन शहजादी, आप तो सल्तनत की मालिक हैं; जहाँपनाह क्या आपकी बात टाल सकते हैं?"

"फिर भी एक मनसबदार से हिंदुस्तान के बादशाह की लड़की की शादी गैर-मुमकिन है।"

"तो फिर गुनाह से फायदा?"

"क्या तमाम हिंदुस्तान के बादशाह की शहजादी भी गुनाह कर सकती है?"

"शहजादी, हिंदुस्तान के बादशाह के ऊपर एक दीनो-दुनिया का बादशाह है।"

"वह आम लोगों के लिए है—क्या यह भी कभी मुमकिन है कि मुगल शहजादी एक अदना मनसबदार की ताउम्र लौंडी बनकर रहे?"

"लेकिन शहजादी..."

"बस खामोश, हम ऐसी बात सुनने के आदी नहीं। बस, हम अपनी खुशी से जिस कदर इनायत तुम पर करें, उतने ही में आद्या रहो।"

"मगर मेरी भी कुछ ख्वाहिशात हैं।"

"होंगी, हम फिलहाल इस अम्र पर गौर नहीं कर सकतीं। तुम्हारी इल्तजा से हमने आज यहाँ बारहदरी में मुकाम किया और तुमसे मुलाकात की। हम चाहती हैं कि आइंदा अपने इरादों को काबू में रखो।"

"तो हुजूर, मेरी एक अर्ज है।"

"अर्ज करो।"

"मुझे भी अमीर मीरजुमला के साथ दकन भेज दीजिए, ताकि अपनी आँखों से मैं वह सब न देख सकूँ, जिसे देखने का मैं आदी नहीं हूँ।"

"तुम्हारा मकसद क्या है?"

"शहजादी, वह काफिर हिंदू राजा, जिसमें हुजूर खास दिलचस्पी ले रही हैं, मैं उसे कत्ल करूँगा और दकन चला जाऊँगा, फिर आपको मुँह दिखाऊँगा।" नजावत खाँ तेजी से उठकर चल दिया।

बाहर आकर उसने देखा, खानजादा साहेब सामने हाजिर हैं। खानजादा ने आगे बढ़कर कहा, "आदाब अर्ज है मनसबदार साहेब, कहिए, शहजादी से शादी तय हो गई?"

नजावत खाँ ने घृणा और क्रोध में भरकर कहा, "मरदूद, नामाकूल, तेरा सर धड़ से अलहदा करूँगा।"

"बखुशी, मनसबदार साहेब, मगर शादी का जुलूस देख लेने के बाद।" वह हँसता हुआ एक ओर चला गया और नजावत खाँ ताव-पेंच खाता दूसरी ओर।

शहजादी कुछ देर फूलों के एक गुलदस्ते को उछालती रही। कुछ देर बाद उसने दस्तक दी।

चाँदनी खूब चटख रही थी और बेगम अंगूरी शराब के नशे में मस्त थी। उसका शरीर मसनद पर अस्त-व्यस्त पड़ा था। आँखें नशे में झूम रही थीं। उसकी प्यारी विश्वासिनी बाँदी हुलबानू और खास ख्वाजासरा रुस्तम उसकी खिदमत में हाजिर थे। इस समय आधी रात बीत रही थी और ठंडी सुगंधित हवा चल रही थी। उसने एक बार घूर्णित नेत्रों से इधर-उधर देखा और रुस्तम की ओर रुख कर कहा—

"वह हिंदू राजा चौकी पर मुस्तैद है न?"

"जी हाँ खुदावंद !"

"तो उसे हमारे रूबरू हाजिर कर। अपनी मेहरबानियों से हम उसे सरफराज करना चाहती हैं।"

रुस्तम सिर झुकाकर चला गया। बेगम ने गरदन झुकाकर हुलबानू की ओर तिरछी नजर से देखा और कहा, "क्या तू उस हिंदू राजा के बाबत कुछ जानती है?"

"सिर्फ इतना ही कि वह एक दयानतदार और नेक रईस है।"

"बस?"

"खूबसूरत और बाँका भी एक ही है।"

"हरामजादी, क्या तेरी तबीयत उसपर मायल है?" बेगम ने उत्तेजित होकर हाथ का गुलदस्ता बाँदी पर दे मारा।

बाँदी ने जमीन तक झुककर बेगम को सलाम किया और कहा, "एक प्याला शीराजी दूँ सरकार?"

"दे। गुलाब और इसांबोल भी मिला।"

बाँदी ने स्वादिष्ट शराब का प्याला तैयार कर बेगम के हाथ में दिया। शराब पीकर बेगम ने कहा, "तू किसी ऐसे मुसब्बिर को जानती है, जिसने इस तेरे बाँके हिंदू छैला की तसवीर बनाई हो?"

"जानती हूँ खुदावंद।"

"तो सुबह गुला के बाद उसे मय तसवीर के हाजिर करना, जा भाग।" बेगम

ने प्याला फिर उसपर फेंका और मसनद पर उठंग गई। इसी समय रुस्तम ने राव छत्रसाल के साथ आकर सलाम किया। छत्रसाल ने आगे बढ़कर बेगम को कोर्निश की।

बेगम ने तिरछी नजर से ख्वाजासरा की ओर देखा। ख्वाजासरा चुपचाप सलाम करके वहाँ से खिसक गया। अब एकदम एकांत पाकर बेगम ने कहा, "खुदा का शुक्र है, बैठ जाइए।" उसने मसनद की ओर इशारा किया। पर यह तरुण राजपूत एक कदम आगे बढ़कर ठिठककर खड़ा रह गया। उसने कहा, "शहजादी, बेहतर हो, मुझे अपनी नौकरी बजाने का हुक्म हो जाए।"

"मेरे प्यारे राजा, यह तुम क्या कह रहे हो! तुम्हारी ऐसी ही बातों से मेरा दिल टुकड़े-टुकड़े हो जाता है।" शहजादी ने अपनी बड़ी-बड़ी आँखें उठाकर राजा की ओर देखा और मीठे स्वर में कहा, "आज हम बहुत खुश हैं और उम्मीद है, उस चमेली-सी चटखती चाँदनी का लुत्फ उठाने में राव छत्रसाल देर न करेंगे।" तरुण राजा अपनी जगह पर ही खड़ा रहा। शहजादी की शराब से लाल आँखें और भी लाल हो गईं, परंतु उसने मन के गुस्से को रोककर कहा, "जानेमन, हमारे पास यहाँ मसनद पर बैठकर हमें सेहत बख्शो।"

"मुझे अफसोस है शहजादी, मैं ऐसा नहीं कर सकता।"

"क्यों नहीं कर सकते दिलवर?"

"यह मेरे दीनो-ईमान के खिलाफ है।"

"लेकिन हमारी खुशी है, हम तुम्हें दिल से चाहती हैं।"

"मैं नाचीज राजपूत हुजूर शहजादी की इस इनायत का हकदार नहीं हूँ।"

"तो तुम हमारी हुक्मउदूली की जुर्रत करते हो?"

"हुक्म दीजिए कि मैं चला जाऊँ।"

"इस चाँदनी रात में, इस फूलों से महकती फिजा में प्यारे राजा, क्या तुम नहीं जानते कि हम दिल से तुम्हें चाहती हैं, तुमसे दिली मुहब्बत रखती हैं? तुम्हें गुरेज़ किस बात का है, जानेमन? कहो, हम वही करें, जिसमें तुम्हें खुशी हो।"

"शहजादी, मुझे चले जाने की इजाजत दीजिए और फिर कभी ऐसा कल्मा जबान पर न लाइए, मैं यही चाहता हूँ।"

"और हमारी मोहब्बत?"

"उसपर शायद मनसबदार नजावत खाँ का हक है।"

"ओह, समझ गईं। तुम्हें रश्क हो सकता है दिलवर, लेकिन हम तुम्हें चाहती हैं, सिर्फ तुम्हें। तुम मेरे दिलवर हो। जिस दिन मैंने पहली बार झरोखे से तुम्हें घोड़े पर सवार आते देखा, जिसकी टाप जमीन पर नहीं पड़ती थी और तुम उसपर पत्थर की मूर्ति की तरह अचल बैठे थे, तभी से तुम्हारी वह मूर्ति हमारे मन में बस गई है दिलवर! उस दिन तुम्हें देख हम अपने को भूल गईं। तभी से हमारा दिल बेचैन है। हम तुम्हें अपने आगोश में बैठाकर खुशहाल होना चाहती हैं। हरचंद हमने तुम्हें बुलाया और तुमने इनकार कर दिया मेरे खतूत और तोहफे तुमने लौटा दिए। आज हमने तुम्हें पाया है। अब हमारे पास आकर बैठो। हम अपने हाथ से तुम्हें इत्र लगाएँ, तुम्हें प्यार करें और अपने दिल की आग को बुझाएँ।"

"हजरत बेगम साहिबा, इस वक्त आपकी तबीयत नासाज है, मैं जाता हूँ।" बेगम शेरनी की तरह गरज उठी, "तुम्हारी यह हिमाकत, हमारी आरजू और मोहब्बत को ठुकराओ! क्या तुम नहीं जानते कि हमारे गुस्से में पड़कर बड़ी-से-बड़ी ताकत को दोजख की आग में जलना पड़ता है!"

लेकिन राजा पर इस बात का भी कोई असर नहीं हुआ। उसने बेगम की किसी बात का जवाब नहीं दिया। उसने मस्तक झुकाकर बेगम का अभिवादन किया और तेजी से चल दिया, बेगम पैर से कुचली हुई नागिन की भाँति फुफकारती हुई मसनद पर छटपटाने लगी।

राजा के बाहर आते ही दूल्हा ने सलाम करके हँसते हुए कहा, "मुबारक राजा साहेब, मुबारक, शहजादी का प्रेम मुबारक।" राजा का हाथ तलवार की मूठ पर गया और दूल्हा भाई हँसता हुआ भाग गया।

□

आचार्य चाणक्य

आचार्य विष्णु गुप्त चाणक्य, भारतीय राजनीति और अर्थतंत्र के बेजोड़ आचार्य माने जाते हैं। आचार्यजी की यह कथा एक 'टाइम मशीन' की तरह हमें दो हजार साल से भी पीछे के कालखंड में ले जाती है, जब पाटलिपुत्र पर शूद्र राजा का राज था। इस कहानी में राजा के पुत्र के जन्मोत्सव का वर्णन है। किंतु लेखक का मुख्य उद्देश्य पाटलिपुत्र का वैभव या पुत्र-जन्मोत्सव का वर्णन करना नहीं है, उसका उद्देश्य तो भारत के कौटिल्य की एक आरंभिक झलक दिखलाना है, जिसमें वह पूर्णतः सफल हुआ है। चाणक्य की चारित्रिक दृढ़ता, न्यायप्रियता और अत्याचार का विरोध करने, सहन न करने की चारित्रिक विशेषता का आरंभिक परिचय देना था।

आचार्य चाणक्य के प्रसंगों का भंडार बहुत है, किंतु लेखक का उद्देश्य उनके जीवन की किसी बड़ी या महत्त्वपूर्ण घटना का वृत्तांत न सुनाकर उनकी उस प्रकृति को उजागर करना था, जो आगे चलकर राजनीति-शासन-अर्थतंत्र का एक शक्तिशाली आधार बन गई।

अब से कोई दो हजार वर्ष से भी अधिक पुरानी बात हम कर रहे हैं। उस समय पाटलिपुत्र में शूद्र राजा महाधननंद सिंहासन पर विराजमान था। यह महानृपति एकराट, एकच्छत्र था। इसके पिता महापद्मनंद ने अपने काल के सब क्षत्रिय राजाओं का संहार करके, पुत्र के लिए एकच्छत्र राज्य निष्कंटक किया था।

धननंद का प्रताप प्रचंड था। उसके पास दो हजार युद्ध रथ, बीस हजार अश्वारोही, चार हजार रणोन्मत्त हाथी तथा दो लाख पदाति थे। महाविचक्षण,

कूटराजनीति-विशारद वररुचि कात्यायन और सुबुद्धि शर्मा उपनाम राक्षस उसके मंत्री थे। महापद्मनंद से पहले उस काल में उत्तर भारत में सोलह महाजनपद थे। इनमें से पौरव, ऐक्ष्याकु, पांचाल, हैहय, कलिंग, अश्मक, कौरव, मिथिला, शूरसेन और वीतिहोत्र महाजनपदों को महापद्मनंद ने ध्वस्त किया था। इस प्रकार उसका महाराज्य रावी नदी के पूर्वी तट को छू गया था। उन दिनों वाराणसी, पाटलिपुत्र और तक्षशिला में प्रसिद्ध विश्वविद्यालय थे, जिनमें तक्षशिला विश्वविश्रुत था। यहाँ 103 छत्रधारी राजाओं के उत्तराधिकारी राजपुत्र पढ़ते थे तथा दिग्दिगंत के महामेधावी छात्र आते रहते थे।

चैत्र के शुक्ल पक्ष की त्रयोदशी थी। पाटलिपुत्र में उस दिन बड़ी धूमधाम थी। राजप्रासाद में महोत्सव हो रहा था और सब नगर-नागर राजाज्ञा से आनंद मना रहे थे। ठौर-ठौर दुंदुभी-भेरी बज रहे थे। लोग दीन-दु:खियों को अन्न-वस्त्र बाँट रहे थे। हाट-बाजार, घर, बाहर सभी जगह लोग आनंदोत्सव में मग्न थे। गुर-वधुएँ मंगलगान और मंगलोपचार कर रही थीं। नगर-नागरों ने अपने-अपने घर के द्वार पर मंगल-कलश, तोरण आदि सजाए थे। वे मंगलसूचक शंखध्वनि कर रहे थे। राज-प्रासाद में बड़ा उल्लास था। जिधर देखिए उधर नृत्य-गान-पान-गोष्ठी हो रही थी। आज सभी के लिए राज-प्रासाद का प्रांगण खुला था। सब कोई वहाँ जा-आ सकते थे—याचकों को यथेच्छ दान मिल रहा था। ठौर-ठौर बंदीगण और कुशलवी प्रशस्ति-गान कर रहे थे। ब्राह्मण स्वस्लयन पाठ कर रहे थे। यज्ञ-हवन-दान-पूजन-बलि-स्तवन, जहाँ देखिए, वहीं कुछ-न-कुछ हो रहा था। मृदंग-मंजीर-तूणीर के निनाद से दिशाएँ पूरित हो रही थीं। आज परमानंद का दिन था। महाराज धननंद की नई रानी ने एकमात्र महाराज्य के एकमात्र उत्तराधिकारी पुत्र को जन्म दिया था। महाराज की आज्ञा से राज्यभर के बौद्ध विहारों, चैत्यों तथा देव-स्थानों में शिशु सम्राट् के दीर्घ जीवन की प्रार्थना हो रही थी। राज-प्रासाद में एक बृहत् राजसभा के बीच नवजात शिशु को भारत का भावी सम्राट् उद्घोषित और अभिषिक्त किया गया था। इस समय महाराज धननंद का प्रबल प्रताप तप रहा था। नवजात शिशु सम्राट् की अभ्यर्थना के लिए सब सामंत, करद राज्यों के राजे, भूस्वामी तथा वणिक-सार्थवाह बहुमूल्य उपानय लेकर आए थे। उनके लाए स्वर्णरत्न, मुद्रा, कौशेय-पाटंबर, हाथी-घोड़ा-रथ-यान-पालकियों की राज-प्रासाद में इतनी रेलपेल हो रही थी कि उपानय वस्तुओं को

यथास्थान रखने और मनुष्यों को खड़े होने का स्थान ही नहीं मिल रहा था।

उपानय भेंट अर्पण करने को राजा लोग पंक्तिबद्ध चले आ रहे थे। उनके साथ दास-दासी उपानय सामग्री लिये बोझ से दबे दिनभर खड़े रहकर थक गए थे; पर अभी उनकी बारी ही नहीं आई थी। दंडधर-द्वारपाल-कंचुकी उन्हें दम-दिलासा दे रहे थे—ठहरो, अभी ठहरो! आपका उपानय भी स्वीकार होगा। और जिसका उपानय राज-प्रासाद में पहुँच जाता था, वह कृतकृत्य हो प्रासाद के रास-रंग में आनंदमग्न हो जाता था।

दासियाँ, गणिकाएँ सब आगंतुकों को गंध-माल्य-पान से सत्कृत कर रही थीं। अतिथि उन सुंदरियों के सान्निध्य में उनके दिए हुए चंदन का अंगों पर लेप किए हँस-हँसकर माध्वी-मैरेय-गौड़ीये आसव पान कर उल्लास में सराबोर हास्य-विनोद-आलिंगन का आनंद ले रहे थे। सुवासित मदिराओं की वहाँ जैसे नदी बह रही थी। भाँति-भाँति के मांस-मिष्टान्न-पकवान पक रहे थे और अतिथि तृप्त होकर खा-पी रहे थे। राज-पार्षद नगर में घूम-फिरकर बछड़े, मेढ़े, भैंसे, हरिण आदि पशु और आखेटक तीतर, बटेर, लावक, हरित, हंस, चक्रवाक आदि पक्षी मार-मारकर रसोई में पहुँचा रहे थे। आहार-द्रव्यों का पहाड़-सा लगा था, जो खत्म होता ही न था; और भी आता जाता था।

धीरे-धीरे संध्या हो चली। नगर असंख्य दीप-मालिकाओं से जगमगा उठा। राजपथ पर अब भी हाथी, रथ, शकट, शिविकाओं की भरमार थी। परंतु राज-महालय के पृष्ठ भाग की सँकरी गली में अँधेरा था। वहाँ एक स्त्री शरीर को आवेष्टन से लपेटे जल्दी-जल्दी महालय के गुप्त द्वार की ओर जा रही थी। इसी समय महालय के गुप्त द्वार की ओर से एक पुरुष निकला। पुरुष तरुण था, उसकी कमर में खड्ग बँधा था तथा बहुमूल्य कौशेय-परिधान पर वह असाधारण महार्ध रत्नाभरण धारण किए हुए था। मद्य के मद में उसके नेत्र लाल हो रहे थे—वाणी स्खलित हो रही थी और उसके पैर लड़खड़ा रहे थे। उसके साथ एक सेवक था, जो उसका धनुष और तूणीर लेकर पीछे-पीछे चल रहा था।

स्त्री को आते देख उसने स्खलित वाणी से कहा, "ठहर जा, ठहर जा!" इसके बाद उसने चर से कहा, "चरण, देख तो, यह कोई सामान्या प्रतीत होती है। सुंदरी भी है, या यों ही टेसू है?"

चर ने आगे बढ़कर स्त्री का आवरण खींचकर उतार दिया। स्वर्ण की भाँति उसकी अंगदीप्ति से गली का अंधकार उज्ज्वल हो उठा।

"अहा, सुंदरी है महाराज!"

"युवती भी है या ढड्डो है?"

"नवीन वय है, यौवन का उभार खूब है!"

"तो देख, अच्छी तरह देख!"

चर ने निश्शंक अंग-प्रत्यंग टटोलने आरंभ कर दिए, सूँघकर श्वासगंध ली। स्त्री लाज से सिकुड़ गई और भय से थर-थर काँपने लगी।

चर ने कहा, "रमण योग्य है महाराज, गुदगुदा-संपुष्ट यौवन है!"

जिसे महाराज कहकर पुकारा गया था—वह व्यक्ति आगे बढ़ा। उसने घूरकर स्त्री को देखा, स्त्री ने फूलों का श्रृंगार किया था, मुख पर लोध्र-रेणु मला था, चरणों में अलक्तक, होंठों पर लाक्षा-रस, कंठ में मणिहार और कानों में हीरक-कुंडल, वक्ष पर नीलमणि जड़ित कंचुकी। अवस्था कोई बीस बरस। जूड़े में शेफालिका के फूल।

पुरुष ने भली-भाँति ऊपर से नीचे तक निहारकर कहा, "अच्छा श्रृंगार किया है सुंदरी! चल, आज का श्रृंगार मुझे दे! मेरे साथ विहार कर।"

स्त्री ने भयभीत होकर कहा, "नहीं-नहीं, मेरे आज के श्रृंगार को खंडित मत कीजिए! आज का श्रृंगार मैंने महाराजाधिराज के लिए किया है।"

"मैं भी एक प्रकार से महाराजाधिराज ही हूँ! उनका भाई हूँ। क्यों रे चरण, क्या कहता है?"

"आप महाराजाधिराज हैं, महाराज!"

"बस तो ला, आज का श्रृंगार तू मुझे दे!" उस महाराज नामक व्यक्ति ने स्त्री का हाथ पकड़ लिया।

"नहीं-नहीं, मुझे छोड़ दीजिए, छोड़ दीजिए महाराज!"

"अरे चरण, इस मूर्खा को समझा! यह अपने सौभाग्य को ठुकरा रही है।"

"हतभाग्या है री तू! नहीं जानती महाराज प्रसाद में रत्नाभरण देते हैं !" परंतु स्त्री ने जोर लगाकर अपना हाथ छुड़ा लिया और उस तरुण को पीछे धकेल दिया। तरुण मद्य के नशे में लड़खड़ा रहा था। धक्का खाकर भूमि पर गिर गया। गिरे-ही-गिरे उसने कहा, "पकड़ रे चरण, उसे पकड़! देख भाग न जाए।"

चरण ने आगे बढ़कर कहा, "क्या कोड़े खाएगी?"

"कोड़े नहीं रे चरण, तू अभी इसका सिर खड्ग से काट डाल, दुर्भाग्या ने इतना अच्छा माध्यी का मद मिट्टी कर दिया। काट ले इसका सिर!"

चरण ने आगे बढ़कर उसका हाथ जोर से पकड़ लिया। इसी बीच उठकर, तरुण ने दो-तीन लात उसके मारी। स्त्री जोर-जोर से रोने लगी। गली में दस-पाँच आदमियों की भीड़ जुट गई। भीड़ में एक ब्राह्मण भी था। ब्राह्मण बड़ा ही कुरूप, काला और दरिद्र था। उसकी कमर में एक मैली शाटिका थी, कंधे पर मैला जनेऊ। उसके दो बड़े-बड़े दाँत होंठ से बाहर निकले हुए थे। उसकी टाँगें टेढ़ी थीं और वह कुछ लड़खड़ाता-सा चलता था। जो लोग स्त्री के आर्तनाद को सुनकर एकत्र हो गए थे, उन्होंने देखा—महाराजाधिराज महाप्रतापी धननंद के छोटे भाई उग्रसेन से किसी स्त्री का वाद-विवाद है, तो वे सब आतंकित हो, खड़े-के-खड़े रह गए। किसी ने भी स्त्री के पक्ष में कुछ कहने का साहस नहीं किया। परंतु ब्राह्मण ने आगे बढ़कर कहा, "कैसा विवाद है? स्त्री पर कौन अत्याचार कर रहा है?"

ब्राह्मण की धृष्ट वाणी सुनकर चरण ने कहा, "अरे ब्राह्मण, क्या तू हमारे प्रबल प्रतापी महाराज उग्रसेन को नहीं जानता, जिनके चरण-नख सब जनपद-नरपतियों के मुकुट मणियों की दीप्ति से प्रतिबिंबित हैं? तू राजकाज में व्याघात करनेवाला कौन है? भाग यहाँ से!"

परंतु ब्राह्मण इस बात से आतंकित नहीं हुआ, उसने कहा, "राह चलती स्त्री पर अत्याचार करना क्या राजकाज है?"

"तो अत्याचार कौन करता है ब्राह्मण, हमारे रसिक महाराज तो उससे केवल आज रात का श्रृंगार माँगते हैं। वे उन सब सामान्याओं को शुल्क में रत्नमणि देते हैं, जो उन्हें एक रात रति देती हैं।"

"भंते ब्राह्मण, मैं सामान्या नहीं हूँ, राज-महालय की दासी हूँ! महाराजाधिराज की अंतेवासिनी हूँ!"

"तो महाराज उग्रसेन, आप इसपर बलात्कार क्यों करते हैं?"

"भंते ब्राह्मण, इन्होंने मुझे लात मारी है, मेरा श्रृंगार खंडित किया है।"

"अरी तो क्या हुआ, महाराज ने एक लात मार ही दी तो क्या हुआ? महाराज के चरण-स्पर्श से तो तू सत्कृत हो गई। चल-चल, आज रात हमारे महाराज की

अंकशायिनी हो।" चरण ने उसे हाथ पकड़कर घसीटते हुए कहा।

उग्रसेन ने कच्छ से मुक्ता-माला उतारकर उसके ऊपर फेंकते हुए कहा, "ले अप्सरे, लात का मूल्य और चल मेरे साथ!"

"नहीं, मैं नहीं जाऊँगी!"

"तो चरण, काट ले इसका सिर!"

चरण ने कोष से खड्ग खींच लिया। ब्राह्मण आगे बढ़कर स्त्री और सेवक के बीच में खड़ा हो गया। उसने कहा, "वह सामान्या नहीं है! तुम उसे बलात् नहीं ले जा सकते, उसपर अत्याचार भी नहीं कर सकते!"

उग्रसेन नशे में धुत्त हो रहा था। उसने लड़खड़ाते कदम उठाकर, आगे बढ़ते हुए क्रुद्ध स्वर में कहा, "क्यों नहीं ले जा सकते? हम पृथ्वी के स्वामी हैं! पृथ्वी की सब वस्तुओं के स्वामी हैं! क्यों रे चरण?"

"हाँ महाराज, आप पृथ्वी के स्वामी हैं!" चरण ने कहा।

पर ब्राह्मण पत्थर की अचल दीवार की भाँति उसके आगे खड़ा था। उसने कहा, "अरे ब्राह्मण, हट जा! तूने राजाज्ञा नहीं सुनी, मुझे इस स्त्री का सिर काट लेने दे।"

"तू मेरे रहते ऐसा नहीं कर पाएगा, रे अधर्मी शूद्र।"

"अरे हमीं को शूद्र कहता है?"

"और तेरा यह महाराज भी शूद्र है! परंतु शूद्र यह जन्म ही से है, कर्म से तो चांडाल है !''

यह सुनकर उग्रसेन आपे से बाहर हो गया। उसने कहा, "चरण, पहले इस ब्राह्मण ही का शिरच्छेद कर!"

परंतु ब्राह्मण ने तेजी से लपककर जोर का एक मुक्का चरण की मुष्टि पर मारा। खड्ग चरण के हाथों से छूटकर भूमि पर गिर गया। उसे फुरती से उठाकर ब्राह्मण ने चरण के कंठ पर रखकर कहा, "अरे धृष्ट शूद्र, आ, आज तुझे देवता की बलि दूँगा!" चरण ब्राह्मण के चरणों में लोटकर गिड़गिड़ाकर प्राण-भिक्षा माँगने लगा। तब ब्राह्मण ने कहा, "अच्छा, तुझे छोड़ता हूँ! इस कुलांगार राजपुत्र की बलि दूँगा!"

वह नग्न खड्ग लेकर उग्रसेन की ओर बढ़ा। उग्रसेन ने भयभीत होकर कहा, "सारा नशा खराब कर दिया।"

इसी समय महामात्य वररुचि कात्यायन तीन-चार सशस्त्र प्रतिहारों के साथ वहाँ आ निकले। उन्हें देखते ही उग्रसेन ने चिल्लाकर कहा, "आर्य, महामात्य, यह ब्राह्मण मेरा शिरच्छेद करना चाहता है; इसे पकड़कर सूली पर चढ़ा दो!"

महामात्य वररुचि कात्यायन महावैयाकरणी और त्रिकालदर्शी ज्योतिष में पारंगत वृद्ध पुरुष थे। उनका विशाल डीलडौल, बड़े-बड़े नेत्र थे और उज्ज्वल प्रतिभा थी। वे शुभ्र परिधान धारण किए थे। उन्होंने ब्राह्मण के निकट जाकर, उसे पहचानकर कहा, "तुम हो, विष्णुगुप्त?"

"मैं ही हूँ आर्य कात्यायन!"

"विवाद का कारण क्या है?"

"यह इस शूद्र राजकुमार से पूछो!"

"आर्य, मैं निवेदन करती हूँ! मैं राज-दासी हूँ, महाराज के लिए मैंने शृंगार किया था। इन्होंने मेरा शृंगार खंडित कर दिया और बलात्कार से रति-याचना करते हैं। स्वीकार न करने पर शिरच्छेद करने को उद्यत हैं।" स्त्री ने वररुचि के चरणों पर गिरकर कहा।

"तो हम भी तो महाराज ही हैं। यह स्त्री आज का शृंगार हमें दे, हम शुल्क देंगे।"

"कुमार, तुम्हारा व्यवहार गर्हित है, तुम इस समय सुरा-पान से मत्त हो। जाओ, राजप्रासाद में जाओ!" कात्यायन ने कहा।

"अरे, हमारा सेवक होकर हमीं को आँखें दिखाता है! राज-कोप का भी तुझे भय नहीं है? अमात्य शकटार जैसे सपरिवार अंधकूप में पड़ा है, वैसे ही तुझे भी अंधकूप में डाल दूँगा!"

"राजकुमार, मैं तुम्हारे कुल का सेवक अवश्य हूँ! परंतु मैं महान् नंद साम्राज्य का महामात्य हूँ। प्रजा का न्याय-शासन करना मेरा कर्तव्य है। राजकुल के पुरुष होने के कारण मैं तुम्हारे ऊपर शासन नहीं कर सकता; परंतु तुम्हारा प्रजा पर, प्रकट राजपथ में इस प्रकार नीति-विरुद्ध कार्य करना अन्यायपूर्ण है। जाओ, प्रासाद में जाओ!"

"इस सामान्या को मैं ले जाऊँगा। ओहो, आधा प्रहर रात्रि तो इस झगड़े ही में व्यतीत हो गई! खैर, साढ़े तीन प्रहर ही सही! चल मेरे साथ।" उसने फिर उस स्त्री का हाथ पकड़ लिया।

स्त्री ने रोते-रोते कहा, "आर्य महामात्य, आप राज्य के रक्षक हैं। इस आततायी से एक असहाय अबला की रक्षा नहीं कर सकते?"

वररुचि ने कहा, "कुमार, छोड़ दो उसे!"

"यह कोई कुलस्त्री नहीं है!"

"न सही, स्त्री तो है!"

"तो स्त्रियाँ तो सब ही पुरुषों के लिए भोग्य हैं!"

अब तक ब्राह्मण विष्णुगुप्त खड्ग लिये चुपचाप खड़ा था। अब उसने आगे बढ़कर कहा, "तुम्हें धिक्कार है कात्यायन! तुम इस कलकी कुल के सेवक हो, इसलिए इस राजकुमार के अत्याचार से स्त्री की रक्षा नहीं कर सकते। परंतु मैं सेवक नहीं हूँ। मेरे रहते यह मद्यप इस स्त्री को छू भी नहीं सकता!"

"अरे ब्राह्मण, हट जा, मेरी जो इच्छा होगी, करूँगा!"

कात्यायन अब खड्गहस्त होकर आगे बड़े। उन्होंने कहा, "तुमने ठीक धिक्कारा, विष्णुगुप्त! ब्राह्मण होकर शूद्र की दासता धिक्कार योग्य ही है! पर प्रजा पर शासन तुम्हारा नहीं, मेरा काम है; आवश्यकता होगी तो इस राजकुमार का शिरच्छेद मैं ही करूँगा!"

"सब नशा खराब कर दिया। इस अमात्य को सवेरे शकटार के पास, अंधकूप में कैद करूँगा। चल चरण, लौट चल! ऐसा अच्छा नशा खराब हो गया!" यह कहता हुआ उग्रसेन लड़खड़ाते पैर रखते हुए वहाँ से चला गया।

विष्णुगुप्त ने पुकारकर कहा, "अपना यह खड्ग तो लेते जाओ, राजकुमार!" और उसने वह खड्ग हवा में उछाल दिया। फिर स्त्री से कहा, "चलो, मैं तुम्हें राज-द्वार तक पहुँचा दूँ!"

"नहीं विष्णुगुप्त, कष्ट न करो। मैं इसे अपने साथ महालय ले जाता हूँ। चल शुभे, तुझे अंतःपुर में सुरक्षित पहुँचा दूँ।" यह कहकर महामात्य कात्यायन उस स्त्री को साथ लेकर राज-महालय की ओर चले गए। विष्णुगुप्त भी एक ओर चल दिया। भीड़ के लोग उस कुरूप ब्राह्मण के साहस की चर्चा करते हुए तितर-बितर हो गए।

□

हल्दी घाटी में

राजपूताने/राजपूत वीरों का प्रसंग हो और उसमें राणा प्रताप और उनके विलक्षण अश्व—चेतक का जिक्र न हो, यह असंभव है। और इससे जुड़ा है हल्दी घाटी का प्रसिद्ध युद्ध, जिसमें पराजय के बावजूद इतिहास राणा प्रताप को ही विजयी मानता है।

महाराणा प्रताप और सलीम की यवन सेना के बीच हल्दी घाटी में हुए भीषण युद्ध के प्रसंग को एक चलचित्र की भाँति लेखक ने पाठकों के सम्मुख सफलतापूर्वक प्रस्तुत किया है। राजपूतों की देशभक्ति, स्वामिभक्ति, बलिदान, अद्‍भुत शौर्य का सजीव चित्रण किया गया है। राजपूत सरदार सलूंबरा का वीरतापूर्ण हृदयस्पर्शी बलिदान पाठकों के मर्म को छू जाता है। राजपूताना के स्वर्णिम अमर इतिहास का यह अभिन्न प्रसंग है।

वर्षा ऋतु थी, लेकिन पानी नहीं बरसता था। हवा बंद थी। बहुत गरमी और उमस थी। एक पहर दिन चढ़ चुका था। कभी-कभी धूप चमक जाती थी। आकाश में बादल छाए हुए थे। अरावली की पहाड़ियों में, हल्दी घाटी की दाहिनी ओर एक ऊँची चोटी पर, दो आदमी जल्दी-जल्दी अपने शरीर पर हथियार सजा रहे थे। एक आदमी बलिष्ठ शरीर, लंबे कद, चौड़ी छातीवाला था। उसकी घनी और काली मूँछें ऊपर को चढ़ी हुई थीं और आँखें सुर्ख अंगारे की तरह दहक रही थीं। वह सिर से पैर तक फौलादी जिरह-बख्तर से सजा हुआ था। इस आदमी की उम्र कोई चालीस वर्ष की होगी। उसका बदन ताँबे की भाँति दमक रहा था।

दूसरा आदमी भी लंबे कद का था, किंतु वह पहले आदमी की अपेक्षा दुबला-पतला था। वह अपनी दाढ़ी को बीच में से चीरकर कानों में लपेटे हुए था। उसके सिर पर कुसुम रंग की पगड़ी बँधी हुई थी। उसके शरीर पर भी लोहे के जिरह-बख्तर थे। एक बहुत बड़ी ढाल उसकी पीठ पर थी और दो सिरोहियाँ उसकी कमर में बँधी हुई थीं। पहला व्यक्ति अपने सिर पर फौलादी टोप पहने हुए था, परंतु वह ठीक जँचता नहीं था। दूसरे व्यक्ति ने आगे बढ़कर कहा, "घणीखम्मा अन्नदाता! आज का दिन हमारे जीवन के लिए बहुत महत्त्व का है। यदि आज नहीं, तो फिर कभी नहीं!" उसने आगे बढ़कर पहले आदमी के झिलमिले टोप को ठीक तरह से कस दिया और फिर एक विशालकाय भाला उठाकर उस व्यक्ति के हाथ में दे दिया।

पहले व्यक्ति ने मर्मभेदिनी दृष्टि से अपने साथी को देखा। उसने मजबूती से अपनी मुट्ठी में भाले को पकड़ा और मेघगर्जना की भाँति गंभीर स्वर में कहा, "ठाकराँ, तुमने ठीक कहा, आज नहीं तो फिर कभी नहीं!"

वह पहला व्यक्ति मेवाड़ का राणा, हिंदूपति प्रताप था और दूसरा सरदार ग्वालियर का रामसिंह तँवर था। सरदार ने अपनी कमर में दूध की भाँति सफेद पटका बाँधते हुए कहा, "अन्नदाता! आज हमारी तलवार अपनी बहुत दिनों की अभिलाषा पूरी करेगी। आज हम अपनी स्वाधीनता के युद्ध में अपने जीवन को सफल करेंगे, जीतकर या हारकर!"

प्रताप ने कहा, "बिल्कुल ठीक, यही होगा! मैं आज उस भाग्यहीन राजपूत कुल-कलंक को, जिसने अपने वंश की आन को ही नहीं, राजपूत-मात्र के वंश को कलंकित किया है, इस अपराध के लिए दंड दूँगा!" वह एक बार फिर अपनी पूरी ऊँचाई तक तनकर खड़ा हो गया और उसने एक बार अपने उस विशालकाय भाले को अपने विशाल भुजदंड पर तौला।

सरदार ने अचानक चौंककर कहा, "अन्नदाता! आपकी यह मणि तो यहीं पर रह गई।" यह कहकर उसने पत्थर की चट्टान पर पड़ी हुई एक देदीप्यमान मणि उठाकर प्रताप के दाहिने भुजदंड पर बाँध दी। वह सूर्य के समान चमकती हुई मणि थी। उसे देख प्रताप ने हँसकर कहा, "वाह, इस अमूल्य मणि को तो मैं भूल ही गया था! परंतु ठाकराँ, सच बात तो यह है कि अब भूलने के लिए मेरे पास बहुत कम चीजें रह गई हैं।"

सरदार ने हाथ जोड़कर विनीत स्वर में कहा, "स्वामी, आपका जीवन और आपका यह भाला जब तक सुरक्षित है, तब तक आपको संसार की किसी बहुमूल्य वस्तु की चिंता करने की जरूरत नहीं। हमारे जीवन की सबसे बहुमूल्य वस्तु तो हमारी स्वतंत्रता है! अगर हम उसकी रक्षा कर सकें, तो हमें ऐसी छोटी-मोटी मणियों की कोई आवश्यकता नहीं रहेगी।"

राणा ने मुसकराकर सरदार की ओर देखा। सरदार बड़े मनोयोग से वह मणि राणा के दाहिने भुजदंड पर बाँध रहा था। प्रताप ने मुसकराकर कहा, "किंतु ठाकराँ, क्या सचमुच आपको इस किंवदंती में विश्वास है कि जो कोई इस चमत्कारी मणि को पास में रखेगा, वह युद्ध में अजेय और सुरक्षित रहेगा!"

सरदार ने गंभीरता से कहा, "अन्नदाता, बूढ़े लोगों से यही सुनते आए हैं!"

प्रताप ने एक बार फिर अपने भाले को हिलाया, "तब ठीक है, आज इस बात की परीक्षा हो जाएगी! परंतु ठाकराँ, इस बात का फैसला कैसे होगा कि इस मणि का प्रभाव सबसे अधिक है या मेरे इस मित्र का?" उसने गर्वपूर्ण दृष्टि से अपने भाले की तरफ देखा, उसे एक बार फिर हिलाया। सूर्य के उस धुँधले प्रकाश में उसकी बिजली के समान चमक उसकी आँखों में कौंध मार गई। उसने अपने होंठों को संपुट में कस लिया और एक बार फिर भाले को अपनी मुट्ठी में कसकर पकड़ा और कहा, "मेरे प्यारे सरदार, जब तक यह वज्रमणि मेरे हाथ में है, मुझे किसी दूसरी मणि की परवाह नहीं!"

पर्वत की उपत्यका से सहस्रों कंठ-स्वरों का जयघोष सुनाई पड़ा। राणा ने कहा, "सेना तैयार दीखती है। अब हम लोगों को भी चलना चाहिए।" वह आगे बढ़ा और बुड्ढा सरदार राणा के पीछे-पीछे।

बीस हजार राजपूत योद्धा उपत्यका के समतल मैदान में व्यूहबद्ध खड़े थे। घोड़े हिनहिना रहे थे और योद्धाओं की तलवारें झनझना रही थीं। उस समय धूप कुछ तेज हो गई थी, बादल फट गए थे, सुनहरी धूप में योद्धाओं के जिरह-बख्तर और उनके भालों की नोकें बिजली की तरह चमक रही थीं। वे सब लौह-पुरुष थे, युद्ध के सच्चे व्यवसायी, जो मृत्यु के साथ खेलते थे और जिन्होंने जीवन को विजित कर लिया था। वे देश और जाति के पिता थे। वे वीरों के वंशधर थे और स्वयं भी वीर थे। वे अपनी लोहे की छाती की दीवारें बनाए निश्चल खड़े हुए थे।

चारण और बंदीगण कड़खे की ताल पर विरुद गा रहे थे। धौंसे बज रहे थे। घोड़े और सिपाही, सभी उतावले हो रहे थे।

सेना के अग्रभाग में एक छोटा सा हरियाली का मैदान था। उसमें 17 योद्धा सिर से पैर तक शस्त्रों से सजे हुए खड़े थे। उनके घोड़े उन्हीं के पास थे और वे सब भी जिरह-बख्तर से सुसज्जित थे। सेवक उनकी बागडोर पकड़े हुए थे। वे मेवाड़ के चुने हुए सरदार थे, जो अपने राणा की प्रतीक्षा में खड़े हुए थे।

सिंह की भाँति राणा ने उनके बीच पदार्पण किया। सहस्रों सरदार पृथ्वी पर झुक गए। उनकी तलवारें खनखना उठीं और पीठ पर बँधी हुई बड़ी ढालें टन पड़ीं। सेना ने महाराणा को देखते ही वज्रध्वनि से जयघोष किया। प्रताप ने एक ऊँचे टीले पर खड़े होकर अपने सरदारों और सेना को संबोधित करके कहा, "मेरे प्यारे वीरों के वंशधरो! आज हम वह कार्य करने जा रहे हैं, जिसे हमारे पूर्वजों ने हमेशा किया है। हम आज मरेंगे अथवा विजय प्राप्त करेंगे। हमारा इस युद्ध में कोई स्वार्थ नहीं है। हम केवल इसलिए युद्ध कर रहे हैं कि हमारी स्वतंत्रता में हस्तक्षेप हो रहा है। क्या यहाँ पर कोई ऐसा राजपूत है, जो पराया गुलाम बना रहना पसंद करे? उसे मेरी तरफ से छुट्टी है, वह अपने प्राण लेकर यहाँ से अलग हो जाए। परंतु जिसने क्षत्राणी का दूध पिया है, उसके लिए आज जीवन का सबसे बड़ा दिन है! आज उसे अपने जीवन की सबके बड़ी साध पूरी करनी चाहिए।"

इसके बाद प्रताप ने एक तलवार उठाई और उच्च स्वर से पुकारकर कहा, "वीरो! क्या तुम्हारे पास तलवारें हैं?" राणा ने फिर उसी तेजस्वी स्वर में कहा, "और तुम्हारी कलाइयों में उन्हें मजबूती से पकड़े रखने के लिए बल है?"

सेना ने जयनाद किया। हजारों कंठ चिल्लाकर बोले, "हम जीते-जी और मर जाने पर भी अपनी तलवारों को नहीं छोड़ेंगे, हममें यथेष्ट बल है!"

राणा ने सतेज स्वर में कहा, "तब चलो! हम अपनी स्वाधीनता के युद्ध में अपने जीवन और अपने पुरखों के नाम को सार्थक करें।"

इस गगनभेदी वाणी से सारा वातावरण उत्साह से भर गया। प्रताप उछलकर घोड़े पर सवार हो गए और सरदारों ने तुरंत उन्हें चारों ओर से घेर लिया। पहाड़ी नदी के तीव्र प्रवाह की भाँति वह लौहपुरुषों का दल अग्रसर हुआ। धौंसा बज रहा था और कड़खे के ताल पर चारण और बंदीगण सिपाहियों की प्रत्येक टुकड़ी के

आगे उनके पूर्वजों की विरुदावलियाँ ओज भरे शब्दों में गाते हुए चल रहे थे।

मुगल सैनिक एक लाख से अधिक थे, जिसमें 60 हजार चुने हुए घुड़सवार थे। उसमें तुर्क, तातार, यवन, ईरानी और पठान, सभी योद्धा थे। सवारों के पीछे हाथियों का दल था और उनपर धनुर्धारी योद्धा सवार थे। दाहिनी तरफ मानसिंह तीस हजार कछवाहों को लिये हुए खड़े थे, बाईं तरफ सेनापति मुजफ्फर खाँ 30 हजार मुगलों के साथ था। हरावल में दस हजार चुने हुए पठानों की फौज थी। बीच में एक ऊँचे हाथी पर शहजादा सलीम अपने छह हजार शरीर-रक्षकों के साथ युद्ध की गतिविधि देख रहा था। दोनों सेनाएँ सामना होते ही भिड़ पड़ीं। प्रताप अपनी सेना के मध्य भाग में चल रहे थे। उनके दाहिने भाग में सलूंबरा सरदार थे और बाईं ओर विक्रमसिंह सोलंकी। प्रताप ने सोलंकी को शत्रु के बाएँ पक्ष पर जमकर आक्रमण करने की आज्ञा दी। इसके बाद तुरंत ही उन्होंने सलूंबरा सरदार को मुगल-पक्ष में दाहिनी ओर से घुस जाने का आदेश दिया और फिर वह स्वयं तीर की भाँति अपने चुने हुए वीरों के साथ मुगल-सैन्य के हरावल पर टूट पड़े।

प्रताप का दुर्द्धर्ष वेग मुगल सैन्य न सह सका। हरावल टूट गया और सेना के प्रबंध में तुरंत गड़बड़ी पैदा हो गई। सलीम ने अपनी सेना को भागते हुए देखकर अपने हाथी के पैरों में जंजीर डाल दी। शहजादे को दृढ़ता से खड़ा देखकर मुगल सेना फिर से लौट आई। अब युद्ध का कोई बंधन न रहा। तेगे से तेगा बज रहा था। दुधारें खड़क रही थीं, खून के फव्वारे बह निकले थे। घायलों और मरते हुओं की चीत्कार सुनकर कलेजा काँपता था। वीर योद्धा लोग दर्प से उन्मत्त होकर घायलों और अधमरों को अपने पैरों से रौंदते हुए आगे बढ़ रहे थे। प्रताप अप्रतिम तेजस्वी और देदीप्यमान थे और वे दुर्द्धर्ष शौर्य से मुगल सैन्य में घुसते जा रहे थे। सरदारों ने उनको रोकने के बहुत प्रयत्न किए, परंतु उनका क्रोध निस्सीम था, वे बढ़ते ही चले गए। सरदारों ने उनके अनुगमन की चेष्टा की, परंतु प्रताप उनसे दूर होते चले गए।

युद्ध का बहुत कठिन समय आ गया था। प्रताप के चारों तरफ लोथों के ढेर थे, परंतु शत्रु उनकी तरफ उमड़े चले आ रहे थे। उनका चेतक हवा में उड़ रहा था। वे सलीम के हाथी के पास जा पहुँचे। उन्होंने चेतक को एड़ दी और उछलकर भाले का एक भरपूर हाथ हौदे में मारा। पीलवान मरकर हाथी की गरदन पर झूल

पड़ा। सलीम ने हौदे में छिपकर जान बचाई। फौलाद के मजबूत हौदे में टक्कर खाकर प्रताप का भाला भन्नाकर टूट पड़ा। प्रताप ने खींचकर दुधारा निकाल लिया। हजारों मुगल उनके चारों तरफ थे। हजारों चोटें उनपर पड़ रही थीं। प्रताप और उनका चेतक बराबर आगे बढ़ते चले जा रहे थे। प्रताप ने आँख उठाकर देखा तो वे अपनी सेना से बहुत दूर चले आए थे। उन्होंने जीवन की आशा छोड़ दी और दोनों हाथों से तलवारें चलाने लगे। लाशों का अंबार लग गया। चीख-चिल्लाहट के मारे आकाश रो उठा। प्रताप का सुनहरे काम का झिलमिला टोप धूप में सूर्य की भाँति चमक रहा था और उनके भुजदंड में बँधा हुआ वह अमूल्य रत्न आँखों में चकाचौंध कर रहा था। इन्हीं चिह्नों से उन्हें पहचानकर मुगल योद्धा उनपर टूट पड़े थे। प्रताप के शरीर में बहुत घाव हो गए थे। वे शिथिल होते जा रहे थे। उनके शरीर का बहुत सारा रक्त निकल चुका था। उन्होंने थकित दृष्टि से अनंत तक फैले हुए मुगल सैन्य की ओर देखा, एक ठंडी साँस ली और अपने हृदय में एक वेदना की टीस का अनुभव किया। अब वे मृत्यु से आँख-मिचौली खेल रहे थे।

सलूंबरा सरदार ने दूर से देखा। वे शत्रुओं के दाहिने पक्ष का लगभग बिल्कुल विध्वंस कर चुके थे। कछवाहों से उन्होंने खूब लोहा लिया था। उन्होंने दूर से देखा, प्रताप का अकेला झिलमिला टोप और वह अमूल्य मणि मुगलों के अनंत सैन्य-समुद्र में डूबती हुई नौका के समान एक क्षणिक झलक दिखा रहे हैं। उनके हृदय में हाहाकार मचने लगा। उन्होंने कहा, "अरे! मेवाड़ का सूर्य तो यहीं अस्त हो रहा है!"

बुड्ढे बाघ ने अपने घोड़े को एड़ दी, उसकी बाग मोड़ी और अपने योद्धाओं को ललकारकर कहा, "हिंदूपति महाराणा की जय हो! वह देखो, महाराणा ने शहजादे के हाथी को घेर लिया है। आओ चलो, आज हम प्राण देकर महाराणा का अनुगमन करें!" वीरों ने हुंकार भरी। बिजली की तरह तलवारें चमकने लगीं और तलवार के जादू से मुगल सैन्य वन में रास्ता बनने लगा। अमर वीरों की वह छोटी सी टुकड़ी शत्रु सेना को चीरती हुई क्षण-क्षण में महाराणा के निकट होने लगी। महाराणा का एक हाथ बिल्कुल निकम्मा हो गया था। अब उनमें वार करने की ताकत नहीं थी, वह केवल अपना बचाव करते रहे थे। उनकी गरदन कंधे पर लटकने लगी। उन्हें मुमूर्षु अवस्था में देखकर यवन सैन्य ने घनगरज ध्वनि

से—'अल्लाहो अकबर' का नारा लगाया और दूसरे ही क्षण वह नाद—'जय एकलिंग' की वीर गर्जना में विलीन हो गया। एक बार फिर तलवारों के उस समुद्र में ज्वार आया। महाराणा ने सचेत होकर पीछे की ओर देखा, रंगीन पगड़ियाँ उनकी तरफ को लहराती हुई चली आ रही हैं। उन्होंने एक बार चेतक को ललकारा। दूसरे ही क्षण किसी ने उनके सिर से वह झिलमिला टोप उतार लिया और एक दूसरी पगड़ी उनके सिर पर रख दी। वह अमूल्य मणि भी उनके भुजदंड से खोल ली गई। महाराणा ने मुरझाई हुई दृष्टि से देखा, सलूंबरा सरदार अपने घोड़े की बाग को दाँतों से पकड़े हुए उनका झिलमिला टोप अपने सिर पर रखे हुए हैं और उनकी वह मणि भी सरदार के दाहिने भुजदंड पर बँधी हुई है; और वह अपनी ओर उमड़ते हुए मुगलों को ढकेलते हुए आगे बढ़ रहे हैं।

प्रताप ने कहा, "ठाकराँ! यह क्या?"

सरदार ने दोनों हाथों से तलवार चलाते हुए कहा, "अन्नदाता! आज यह सेवक अपने नमक का हक अदा करेगा! आप हिंदू कुल के सूर्य हैं, पीछे को हटते जाइए। असमय में ही सूर्य का अस्त न होना चाहिए, जाइए स्वामी!"

सरदार ने अपने हाथ से चेतक की बाग मोड़ दी और वे उनको बीच में करके पीछे हटने लगे। लोहे की बेजोड़ मार चारों तरफ से पड़ रही थी, अपने-पराए की किसी को सुध नहीं रही थी। सलूंबरा सरदार बुड्ढे बाघ की भाँति भयानक वेग से हाथ चला रहे थे। प्रताप ने थोड़ी देर विश्राम पाकर चैतन्य-लाभ किया। उन्होंने कंपित स्वर में कहा, "ठाकराँ, आपके वंशजों को इस राज-सेवा का पुरस्कार मिलेगा!" प्रताप ने चेतक को एड़ दी और देखते-देखते वह युद्धक्षेत्र से बाहर हो गए।

झिलमिला टोप और मणि सलूंबरा सरदार के मस्तक और भुजदंड पर मुगल सैन्य के बीच उसी प्रकार देदीप्यमान हो रहे थे और उसी प्रकार एक अजेय भुजदंड हजारों मुगलों के सिर काट रहा था। सारा यवन-दल 'अल्लाहो अकबर' का जयनाद करता हुआ उसी झिलमिले टोप और देदीप्यमान मणि को लक्ष्य करके धावा कर रहा था। असंख्य शस्त्र उनपर टूट रहे थे। धीरे-धीरे जैसे सूर्य समुद्र में अस्त होता है, उसी तरह लहू से भरे हुए उस रण-समुद्र में वह देदीप्यमान मणि से पुरस्कृत वीर भुजदंड और उस प्रतापी झिलमिले टोप से सुरक्षित वह उन्नत मस्तक

झुकता ही चला गया और अंत में दृष्टि से ओझल हो गया। युद्ध-क्षेत्र कई कोस पीछे रह गया था। एक नाले के किनारे प्रताप थकित भाव से एक पत्थर का सहारा लिये हुए पेड़ के पास पड़े थे और उनका चेतक वहीं पर पड़ा हुआ अंतिम साँस ले रहा था। प्रताप ने अंजलि में जल लेकर मुमूर्षु चेतक के मुँह में डाला। उसने जल को कंठ से उतारकर एक बार अपने स्वामी की ओर देखा और दम तोड़ दिया। वीरों का वंशधर वह प्रतापी राणा अपने प्रिय घोड़े से लिपटकर विलाप करने लगा। उसके घावों से रक्त बह रहा था और उसके अंग-अंग घावों से भरे हुए थे।

किसी ने पुकारा, "महाराज! आप जैसे वीर को इस असमय में कातर होने का अवसर नहीं है।"

प्रताप ने आँखें उठाकर देखा, उसके चिरशत्रु भाई शक्तिसिंह थे।

प्रताप ने ज्वालामय नेत्रों से शक्तिसिंह की ओर देखा और कहा, "ऐ शक्तिसिंह, क्या तुम आज इस समय 11 वर्ष बाद अपने उस अपमान का बदला लेने आए हो? मैंने तुम्हें मुगलों के सैन्य में बहुत ढूँढ़ा। मेरे अपराधी तुम और मानसिंह थे, सलीम नहीं! तुम लोग राजपूत पिता के पुत्र होकर और राजपूतनी का दूध पीकर विधर्मी मुगलों के दास बने। मैं आज तुम दोनों राजपूत कुल-कलंकियों को मारकर अपनी जाति के कलंक को नष्ट करना चाहता था। लेकिन अब तुम देखते हो, इस समय तो मैं खड़ा भी नहीं हो सकता! मेरा प्यारा सहचर भाला उस युद्ध में टूट गया, मेरी तलवार भी टूट गई, अब मेरे पास कोई भी शस्त्र नहीं है! परंतु तुम्हारे जैसे गुलाम गीदड़ सिंह को घायल समझकर उसपर आक्रमण करें, यह संभव नहीं! आओ, मैं मरने से पहले एक कलंकित राजपूत से पृथ्वी माता का उद्धार करूँ!"

प्रताप ने एक बार बल लगाकर उठने की चेष्टा की, पर वह उठ न सके। शक्तिसिंह ने तलवार फेंक दी। उन्होंने एक दूब का टुकड़ा वहीं से उठा लिया और उसको दाँतों में दबाकर दोनों हाथ जोड़कर वह आगे बढ़े। उन्होंने अपनी पगड़ी प्रताप के चरणों में रख दी और कहा, "हिंदूपति राणा! यह विश्वासघाती, कुल-कलंकी कभी अपने को आपका भाई कहने का साहस नहीं कर सकता! तलवार मेरे पास है, उसकी धार अभी तीखी है। लीजिए महाराणा और अपने अपराधी को दंड दीजिए!"

उसने तलवार महाराणा के आगे रख दी और सिर झुकाकर उनके चरणों में पड़ गया। राणा की आँखों में आँसू उमड़ आए। उन्होंने गद्‌गद कंठ से कहा, "भाई शक्तिसिंह! मुझे माफ करो, मैंने तुम्हें समझा नहीं। परंतु यदि युद्ध से पहले तुम मेरे सामने आकर ये शब्द कहते और आज मैं तुमको सच्चे सिसोदिया की तरह तलवार चलाकर मरते देखता, तो मुझे बहुत आनंद होता!"

शक्तिसिंह ने कहा, "युद्ध के समय तक मेरा मन द्वेष के मैल से परिपूर्ण था और मैं मुगलों का एक सेनापति था। किंतु जब मैंने आपको घायल और निःशस्त्र युद्ध से लौटते हुए देखा और देखा कि दो मुगल शत्रु आपका पीछा कर रहे हैं, तब मुझसे न रहा गया। माता का वह दूध जो हमने–आपने एक साथ पिया था, सजीव होकर उमड़ आया। मैंने सेना को त्यागकर उन मुगलों का पीछा किया और उन दोनों को मार गिराया। वह देखिए, नाले के पास दोनों मरे पड़े हैं! अब हिंदूपति महाराणा, आपकी जय हो! यह तलवार कमर से बाँधिए और मेरा यह घोड़ा लीजिए; सामने की उस घाटी में चले जाइए। वहाँ मेरे विश्वस्त अनुचर हैं; आपके घावों का तुरंत बंदोबस्त हो जाएगा।"

प्रताप ने आश्चर्यचकित होकर कहा, "और तुम शक्तिसिंह?"

"महाराणा, मैं शहजादे सलीम के पास जाकर अपना अपराध स्वीकार करूँगा और उनसे कहूँगा कि वह मुझे अपने हाथी के पैरों से कुचलवाकर मार डालें; क्योंकि मैंने उनका सैनिक होकर उनके शत्रु की रक्षा की है!" शक्तिसिंह रुका नहीं, चल पड़ा।

प्रताप ने कहा, "भाई सुनो!"

शक्तिसिंह ने कहा, "महाराणा, मेरा अपराध बहुत भारी है! मैं कभी इस बात पर विश्वास नहीं कर सकता कि आप मुझे दंड दे सकते हैं। मैं यवन सेनापति से ही दंड चाहता हूँ।"

शक्तिसिंह चले गए। प्रताप ने अपने वीर भाई को पहचाना। बड़ी देर तक उनकी ओर देखते रहे। फिर भाई की दी हुई तलवार कमर में बाँधी और घोड़े पर चढ़कर चल दिए।

प्रातःकाल का समय था। महाराणा प्रताप पर्वत की एक गुफा में शिला पर बैठे हुए थे। पाँच सरदार उनके इर्द–गिर्द थे। उनके घाव अब अच्छे हो चले थे।

वे शक्तिसिंह की बारंबार प्रशंसा कर रहे थे। एक लंबी मनुष्य-मूर्ति उस गुफा के द्वार पर आकर खड़ी हो गई। वे शक्तिसिंह थे। प्रताप भुजा भरकर उनसे मिले। शक्तिसिंह ने वह मणि अपने वस्त्र में से निकालकर प्रताप के सामने रखी और कहा, "महाराज! यह मणि सलूंबरा सरदार ने मरते समय मुझे दी थी और वसीयत की थी कि मैं यह आपके हाथ में दूँ!" इसके बाद उन्होंने सलूंबरा सरदार की वीरतापूर्ण मृत्यु का करुण वर्णन किया और वर्णन करते-करते रो पड़े। उन्होंने महाराज से कहा, "मैं अनुताप की आग में जला जाता हूँ। आपके पास से लौटकर मैंने सलूंबरा सरदार को देखा, उस समय भी उनके शरीर में प्राण थे। जब उन्होंने सुना कि स्वामी की प्राण-रक्षा हो गई तो उनके मुख पर मुसकराहट आई और उनके प्राण निकल गए। धन्य हैं वे वीर क्षत्रिय सरदार, जो इस तरह स्वामी के लिए प्राण देते हैं!

"मैंने सलीम से अपना अपराध कह दिया था। परंतु सलीम ने कोई दंड न देकर आपके पास जाने को कह दिया, अब महाराज, आप मुझे दंड दीजिए।" प्रताप ने अपने भाई का हाथ पकड़कर प्रेम से अपने निकट बैठाया और उस समय फरमान जारी किया कि भविष्य में सलूंबरा सरदार के वंशधर, मेवाड़ की सेना के हरावल में रहेंगे और शक्ति सिंह के वंशज युद्धक्षेत्र में दाहिने पक्ष पर रहेंगे।

□

सिंहवाहिनी

नारी को पुरुष की प्रेरणा, संबल, उत्प्रेरक, मार्गदर्शक माना गया है। नारी प्रसुप्त शौर्य, आत्मसम्मान और पौरुष को जगा सकती है, प्रसुप्त ज्वालामुखी को जगा सकती है। प्रस्तुत कहानी में लेखक ने नारी के कोमल और कठोर, दोनों ही रूपों को चित्रित किया है।

स्त्री किसी पुरुष के त्याग और वीरत्व को ही पूजती है। उसके कर्तव्यच्युत हो जाने पर उसे त्याग नहीं देती, अपितु उसको सही मार्ग दिखाकर उसे अदम्य साहसी, वीर तथा कर्तव्यनिष्ठ बना देती है। नारी अपने शब्दों से ही नहीं, अपितु अपने मौन और कार्यों से भी चमत्कार कर सकती है, यह बात इस कहानी में देखी जा सकती है।

संध्या का समय था। एक वृक्ष के झुरमुट में दो व्यक्ति धीरे-धीरे बातें कर रहे थे। एक युवक था। दूसरी युवती।

युवक ने कहा—

"ओह! जीवन का मूल्य कितना है, चलो भाग चलें, मैं इस खद्दर को भस्म किए देता हूँ।"

"और देश-प्रेम?"

"भाड़ में जाए।"

"वह वीर-भाव?"

"नष्ट हो।"

"वे बड़े-बड़े व्याख्यान?"

"बकवास थे।"

"तुम्हीं तो वे थे?"

"जब था तब था।"

"अब?"

"अब मैं और तुम। चलो, भाग चलें।"

"आज की सभा में?"

"मैं नहीं जाऊँगा।"

"क्यों?"

"मुझे सूचना मिल चुकी है कि आज मेरी गिरफ्तारी होगी।"

"तब वे हजारों भोले-भाले मनुष्य?"

"सब जहन्नुम में जाएँ।"

युवती चुप हुई। युवक ने कहा—

"क्या सोचती हो?"

"कुछ नहीं। कब चलोगे? कहाँ चलोगे?"

"यह फिर सोचेंगे। आज रात की गाड़ी से पश्चिम को कहीं का भी टिकट लेकर चल दो, फिर शांति से सोचेंगे।"

"अच्छी बात है, मुझसे क्या कहते हो?"

"रात को 9 बजे तैयार रहना।"

"और कुछ?"

"कुछ नहीं।"

"तब जाओ।"

युवती, युवक की प्रतीक्षा किए बिना चली गई।

: 2 :

भीड़ का पार न था। रामनाथजी का व्याख्यान होगा। साढ़े आठ का समय था, पर नौ बज रहे हैं। कहाँ है वह सबल वाग्धारा का वीर देशभक्त? हजारों हृदय उसके लिए उत्सुक हैं। अनेक लाल पगड़ियाँ और पुलिस सुपरिंटेंडेंट सुनहरी झब्बे में लौह भूषण छिपाए उसकी प्रतीक्षा में थे।

सभापति ने ऊबकर कहा, "महाशय, खेद है कि आज के वक्ता श्री रामनाथजी का अभी तक पता नहीं है, अतएव आज की यह सभा विसर्जित की जाती है।"

इसी समय एक ओजस्वी स्त्री-कंठ ने कहा, "नहीं।"

आकाश चीरकर यह 'नहीं' जनरव पर छा गया। भीड़ में से एक युवती धीरे-धीरे सभा-मंच की ओर अग्रसर हुई। मंच पर आकर उसने कहा, "भाइयो, रामनाथजी किसी विशेष कार्य में व्यस्त हैं, उसके स्थानापन्न मैं अपने प्राण और शरीर को लिये आई हूँ। मुझे दु:ख है कि मैं उनकी तरह व्याख्यान नहीं दे सकती, मगर मैं अभी इसी क्षण मजिस्ट्रेट की आज्ञा का विरोध करती हूँ। मैं अभी निर्दिष्ट स्थान पर जाती हूँ, आपमें से जिसे चलना हो, मेरे साथ चलें। किंतु जो केवल व्याख्यान सुनने के शौकीन हैं, वे कहीं से किराए पर कोई व्याख्याता बुला लें।"

लोग स्तब्ध थे। स्त्री ने क्षण भर जनसमुदाय को देखा, साड़ी का काछा कसा और चल दी। सारा ही जनसमुदाय उसके पीछे चल खड़ा हुआ। दो घंटे बाद वह वीर बाला जेल की अँधेरी कोठरी में बंद थी।

"तुमने यह क्या किया?"

"जो कुछ तुम्हें करना चाहिए था।"

"मुझसे कहा क्यों नहीं?"

"तुम इस योग्य न थे।"

"अब?"

"तुम जाओ, मैं यहीं तुम्हारे स्थान पर हूँ।"

"मैं जाऊँ?"

"तब क्या करोगे?"

"मैं कहूँ?"

"अवश्य।"

"और तुमसे?"

"मुझसे।"

युवती जोर से हँसी, इस हँसी में अवज्ञा थी। उसने कहा, "तुम्हारे त्याग और वीरता के रूप को ही मैंने प्यार किया था; पर उसके भीतर तुम्हारा वह कायर रूप है, इसकी आशा न थी। जाओ, चले जाओ, हिंदू स्त्री एक ही पुरुष को जीवन

में प्यार करती है। मैंने जो भूल की है, उसका प्रातिशोध मैं करूँगी। जाओ प्यारे, जीवन का बहुत मूल्य है।"

इतना कहकर युवती कोठरी में पीछे को लौट गई। वार्डर ने युवक को बाहर कर दिया।

चार मास बाद युवती ने जेल से लौटकर सुना कि रामनाथ का यश दिग्दिगंत में व्याप्त है। वह इस समय जेल में है। इन चार मासों में उसने वीरता की हद कर दी है। वह किसी तरह न रुक सकी। जेल में मिलने गई। रामनाथ जेल के अस्पताल में विषम ज्वर में भुन रहा था।

"कैसे हो?"

"ओह, तुम आ गईं, देखो, कैसा अच्छा हूँ।"

"मुझे क्षमा करो, मैंने तुम्हारा अपमान किया था!"

"तुमने मेरे मान की रक्षा किस तरह की है, यह कहने की बात नहीं!"

"अब?"

"मैं मरूँगा नहीं, आकर फिर कर्तव्य-पालन करूँगा! तब प्रिये, तुम मेरे स्थान पर!"

"पर मैं व्याख्यान नहीं दे सकती।"

"उसकी जरूरत नहीं। तुम्हारे मौन भाषण में वह बल है कि बड़े-बड़े वाग्मियों की मर्यादा की रक्षा हो सकती है।"

"जी कैसा है?"

"अब और कैसा होगा?"

"मैं आशा करती हूँ, शीघ्र अच्छे हो जाओगे!"

"और बाहर आकर, अपनी सिंहवाहिनी को युद्ध करते अपनी आँखों से देखूँगा!"

"मुझे क्या आज्ञा है?"

"यही कि जब-जब मैं कायर बनूँ, अपना प्यार और हृदय देकर मुझे वीर बनाए रखना!"

□

ककड़ी की कीमत

आपने लोगों का अमीर-गरीब होना सुना होगा। बड़े-बुजुर्गों से 'रईस' शब्द भी सुना होगा, किंतु उसे ठीक से समझा या अनुभव नहीं किया होगा। इस कहानी में आपकी रईस से मुलाकात भी होगी और उसकी रईसी की एक झलक भी आपको देखने को मिलेगी। और पुरानी दिल्ली का जिक्र हो और फेरीवाले का जिक्र न हो, यह भी संभव नहीं। आपके बुजुर्गों ने फेरीवालों की सुरीली मधुर तानें जरूर सुनी होंगी। ककड़ियों के लिए 'लैला की उँगलियाँ ले लो, मजनूँ की पसलियाँ ले लो', 'जलजीरे की आ गई बहार, हमारा जल आला है' आदि उनको जरूर याद होगा।

पुरानी दिल्ली के रंग-ढंग व विभाजन के बाद की नई बसती हुई दिल्ली के रंग-ढंग की तुलना की गई है। ककड़ी बेचनेवाले का सांगोपांग वर्णन, ककड़ी खरीदने की हिरस में किस प्रकार दो ककड़ियाँ 100 रुपयों में बिक गईं, किसी रईस की नाक ऊँची हो गई तो किसी की प्रतिष्ठा धूल में मिल गई, आप बखूबी अनुभव कर सकते हैं।

यह दिल्ली के बीते हुए दिनों के एक रईस की इल्लत की हृदयग्राही कहानी है।

आज तो दिल्ली का सब रंग-ढंग ही बिगड़ गया है। बाजार में, मकानों में, चाल-ढाल में, सड़कों में, सबमें विलायतीपन आ गया है। जब से दिल्ली भारत

की राजधानी बनी है और नई दिल्ली की चकाचौंध को मात करनेवाली विचित्र नगरी बसी है, तब से दिल्ली यद्यपि पंजाब से पृथक् अलग सूबा बन गया है, फिर भी उसमें बुरी तरह से पंजाबीपन भर गया है। नई दिल्ली जब बस रही थी, तब ढेर-के-ढेर पंजाबी सिक्ख और सभी उत्साही लोग, जिन्होंने पंजाब के गेहूँ और उर्द एवं चने खाकर अपने शरीरबल की खूब वृद्धि दी है, नई दिल्ली पर चढ़ दौड़े। ठेकेदार से लेकर साधारण मजदूर तक साहसी पुरुष भर गए। उन्होंने नई दिल्ली में प्रारंभ में कौड़ियों के मोल जमीन ली और बस गए। अब नई दिल्ली में वे सरदारजी होकर मोटर में दौड़ते हैं; वीरभोग्या वसुंधरा। दिल्ली के महीन आदमी न जाने कहीं खो गए। अब जगह-जगह होटल खुल गए हैं। लाइन-की-लाइन खालसा होटलों की दुकानें आप दिल्ली के बाजारों में देख सकते हैं, जहाँ झटका पकने का साइनबोर्ड लगा होगा। और वहाँ अनगिनत सरदारगण बड़े-बड़े साफे बाँधे, लंबी दाढ़ी फटकारे, कोट-पैंट-बूट डाटे, खाट या टेबल पर बैठे रोटियाँ खाते दीख पड़ते हैं। छुआछूत को तो इन्होंने डंडे मारकर दिल्ली से नजाकत के साथ दूर ही कर दिया है। शाम को आप जरा चाँदनी चौक में एक चक्कर लगाइए। पंजाबी युवतियाँ और प्रौढ़ाएँ बारीक दुपट्टा माथे पर डाले, सलवार डाले, मुँह खोले बेफिक्री से कचालू वाले के इर्द-गिर्द बैठकर कचालू-आलू खाती नजर आएँगी।

कभी-कभी ब्याह-शादी के जुलूसों में जौहरियों की वह देहलवी नुक्केदार पगड़ियाँ कुछ पुराने सिरों पर नजर आ जाती थीं, परंतु नीमास्तीन अँगरखे, वसली के जूते, दुपल्ली दो माशे की टोपी, बगल में महीन शर्बती का दुपट्टा तो बिल्कुल हवा हो गए हैं। सरदे के दामन और सफेद शर्बती की चादरें लपेटे अब दिल्ली की ललनाएँ नहीं दीख पड़तीं। न अब वे जड़ाऊ जेवर ही उनके बदन पर दीख पड़ते हैं, जिनकी बदौलत दो हजार जड़िए और पाँच हजार सुनार दिल्ली से अपनी रोजी चलाते थे। अब तो बारीक क्रैप की फैशनेबल साड़ियाँ, उन पर नफासत से कढ़ी हुई बेलें, बिना आस्तीन के जंपर, जिनमें से आधी छाती और समूची मृणाल-भुजाएँ खुला खेल खेलती हैं, साथ में ऊँची एड़ी के रंग-बिरंगे सैंडिल, जूते चाँदनी चौक में देखते-देखते आँखें थक जाती हैं। देश की इन पर्दाफाश बहनों में सुशिक्षिताएँ तो बहुत ही कम हैं। ज्यादातर मोर का पंख खोंसकर मोर बननेवाले कौए जैसी हैं। इसका पता उनके चेहरे पर पुते हुए फूहड़ ढंग के पाउडर से, होंठों में खूब गहरे लगे

गुलाबी रंग से, तीव्र सेंट से तराबोर चटकीले रूमाल से, बालों में चमचमाते नकली जड़ाऊ पिनों से अनायास ही लग जाता है। कभी-कभी तो इन अधकचरी मेम साहिबा की कोमल कलाइयों में दिल्ली फैशन के सोने के दस्तबंदों और अनगिनत चूड़ियों के बीच फँसी रिस्टवाच तथा पैरों के जेवरों पर एड़ी का सैंडिल, शू मन में अजब हास्य उत्पन्न करता है, खासकर उस हालत में, जबकि उनके पालतू पति महाशय पतलून पर लापरवाही से स्वेटर और कोट डाले उनके पीछे-पीछे उनकी खरीदी चीजों का बंडल लिये बड़े उल्लास से चलते-फिरते और मुसाहिबी करते नजर आते हैं।

38 वर्ष हुए। उस समय दिल्ली के चाँदनी चौक में अब जहाँ अगल-बगल चलनेवालों के लिए पटरियाँ बनी हैं, वहाँ सड़कें थीं। सड़कें कंकड़ की थीं। उनमें बहली, मझोलियाँ, इक्के सरपट दौड़ा करते थे। दोनों समय उन सड़कों पर छिड़काव हुआ करता था। बीचोबीच अब जहाँ चमचमाती सीमेंट की पुख्ता सड़क है, वहाँ नहर पर पटरी बनी थी। उसके दोनों ओर खूब घने वृक्षों की छाया थी। ज्येष्ठ-वैशाख की दोपहरी में भी वहाँ शीतल वायु के झोंके आया करते थे। उस पटरी पर बड़ी-बड़ी भीमकाय बेंतों की छतरियाँ लगाए खोंचेवाले अपनी-अपनी छोटी-छोटी दुकानें लिये बैठे रहते थे। उनमें बिसाती टोपीवाले, टुकड़ीवाले, घी के सौदेवाले, दही-बड़ेवाले, चने की चाटवाले, कचालूवाले, मेवाफरोश तथा फलवाले सभी होते थे। उनसे भी छोटे दुकानदार अपनी छोटी सी दुकान को किसी टोकरी में सजाए, गले में लटकाए घूम-फिरकर सौदा बेचा करते थे। सैकड़ों आदमी उन वृक्षों की घनी छाया में पड़े हुए थकान उतारा करते थे। घंटाघर के सामने कमेटी की संगीन इमारत के आगे अब जहाँ महारानी विक्टोरिया की मूर्ति रखी हुई, वहाँ काले पत्थर का एक विशालकाय हाथी खड़ा था, जिसे जयमल-फत्ते का हाथी कहकर बूढ़े आदमी उस पटरी पर वृक्षों की ठंडी छाया में लेटे उनींदी आँखों में खमीरी तमाखू का मद भरे, भाँति-भाँति के किस्से-कहानी कहा करते थे। दिल्ली के निवासियों की बोली में एक अजीब लोच था। खोंचेवालों की आवाजें भी एक-से-एक बढ़कर होती थीं। सब्जी-तरकारियों में जो पहले चलती, वही दिल्ली के रईस खाते थे। भिंडी और करेले जब तक रुपए सेर बिकते थे, कच्ची आम की कैरियाँ जब तक बारह आने सेर बिकती थीं, तभी तक वे दिल्लीवालों के खाने की चीज समझी जाती थीं। सस्ती होने पर उन्हें कोई नहीं पूछता था। बेर के मौसम में लोग बेरों को चाकू से छीलकर उन पर चाँदी का वर्क

लपेटकर खाते थे। लाफत और नजाकत हर-एक बात में थी। जैसे वे महीन आदमी थे, वैसे ही उनका रहन-सहन भी था।

फागुन लग गया था। वसंत पुज चुका था। सर्दी कम हो गई थी। वासंती हवा मन को हरा कर रही थी। बाजार में नरम-नरम पतली ककड़ियों के कूजे बिकने आने लगे थे। पर उनके दाम काफी महँगे थे, इसलिए यह रईसों का ककड़ी खाने का मौसम था। एक जवान कुंजड़ा सिर पर नारंगी साफा बेपरवाही से बाँधे, बदन पर तंजेब का ढीला कुरता पहने, गले में सोने का छोटा सा ताबीज काले डोरे में लटकाए, आँखों में सुरमा और मुँह में पानों की गिलोरियाँ दबाए कमर में चोखाने का तहमत और पैर में फूलदार सलेमशाही आधी छटाँक का जूता पहने ककड़ियाँ बेचता पटरी पर मस्तानी अदा से घूम रहा था। उसके हाथ में झाऊँ की एक सूफियानी चौड़ी टोकरी थी। उस पर केले के हरे पत्तों पर गुलाब के फूलों के बीच ककड़ी के दो रवे रखे थे। टोकरी उसके दाहिने हाथ में अधर धरी थी। वह अपनी मस्त आँखों से इधर-उधर घूरता झूमती-झूमती ललकती भाषा में आवाज लगाता था, "नाजुक ये ककड़ियाँ ले लो···लैला की उँगलियाँ ले लो···मजनूँ की पसलियाँ ले लो। नाजुक ये ककड़ियाँ ले लो।"

पीछे से आवाज आई, "ककड़ीवाले, जरा वरे को आना।"

उसी भाँति मस्तानी अदा से पुकारता हुआ ककड़ीवाला पीछे को फिरा। पुकारनेवाला कहार था। वह एक बुड्ढा आदमी था। उसकी सफेद-सफेद बड़ी मूँछें, पक्का रंग, लट्ठे की मिर्जई, दुपल्ली टोपी और चोखाने का अँगोछा कंधे पर पड़ा हुआ था।

ककड़ियों को देखकर उसने कहा, "सिर्फ दो ही रवे हैं?"

"अभी ककड़ियाँ कहाँ? वह तो कहो, मैं चार रवे लाया था। दो बिक गए, दो ये हैं। लेना हो तो लो, मोलभाव का काम नहीं, चवन्नी लूँगा।"

बूढ़ा कहार अभी नहीं बोला था। एक युवक ने तीव्र आवाज मैं कहा, "अठन्नी ले लो जी, ककड़ियाँ हमें दो।"

पहलवान युवक भी कहार था। उसकी मसें अभी भीगी थीं। भुजदंडों में मछलियाँ उभर रही थीं। उसने हेरती हुई आँखों से बूढ़े कहार की ओर देखा और अठन्नी टन्न से झाबे में फेंक दी।

"सौदा हमसे हुआ है जी, ककड़ियाँ हम लेंगे। यह लो एक रुपया। ककड़ियाँ हमें दो।"

कुंजड़ा क्षण भर स्तंभित रहा। उसने प्रश्नवाचक दृष्टि से युवक की ओर देखा। युवक ने कहा, "कुछ परवाह नहीं, हम दो रुपए देंगे।"

"हम पाँच रुपए देते हैं।"

"हम दस देते हैं।"

"यह लो बीस रुपए। ककड़ी तो हम खरीद चुके।"

"पच्चीस हैं ये, ककड़ी हमने ले लीं।"

"हमने तीस दिए।"

युवक के माथे पर बल पड़ गए। उसने कहा, "हम पचास में खरीदते हैं। लाओ, ककड़ियाँ इधर दो।"

बूढ़ा कहार हँस दिया और अवज्ञा की दृष्टि से युवक की ओर देखकर जरा सीधा खड़ा होकर उसने तेज स्वर में कहा, "मैंने सौ रुपए में दोनों ककड़ियाँ खरीद लीं।"

युवक कहार क्षण भर घबराई दृष्टि से बूढ़े की ओर देखता रहा। बूढ़े ने विजयगर्वित दृष्टि से उसे घूरते हुए कहा, "दम हो तो बढ़ो आगे। ककड़ियाँ पाँच हजार तक मेरे यहाँ जाएँगी।"

सैकड़ों आदमी इकट्ठे हो गए थे। युवक लज्जा और क्रोध से भरकर चुपचाप चल दिया। सैकड़ों कंठों से नारा बुलंद हुआ—"वाह भई, महरा, क्यों न हो? आखिर तू है किस घराने का नौकर, जो इस समय दिल्ली की नाक है। शाबाश!"

बूढ़े ने कमर से रुपए खोलकर गिन दिए। ककड़ियाँ लीं और इस भाँति अपने मालिक के घर को चला, जैसे वह एक राज्य विजय कर लाया हो। बूढ़े ने अपने गालिक लाला जगतनारायणजी के सामने जाकर फूलों और केले के पत्तों में लिपटी हुई ककड़ियाँ रख दीं। शाम हो चली थी।

लालाजी ने पूछा, "क्या दो ही मिलीं?"

"जी हाँ, बाजार भर में दो ही ककड़ियाँ थीं, जिन्हें आपका सेवक सौ रुपए में खरीद लाया है।"

इसके बाद कहार ने जो घटना बाजार में घटी थी, सब कह सुनाई। लाला ने सब सुना। क्षण भर वे स्तंभित रहे। क्षण भर बाद उन्होंने अपने गले से सोने का

तोड़ा उतारकर बूढ़े के गले में डाल दिया और उसके बदन को दुशाले से लपेटकर स्वयं भी उससे लिपट गए। उनकी आँखों से आँसुओं की धारा बह निकली। उन्होंने गद्गद कंठ से कहा—

“शाबाश मेरे प्यारे रामदीन, तुमने बाजार में मेरी प्रतिष्ठा बचा ली।”

इसके बाद उन्होंने चाँदी की तश्तरी में ककड़ियों को उन्हीं गुलाब के फूलों में रखकर ऊपर कमख्वाब का रूमाल ढाँपकर कहा—“जाओ, लाला शिवप्रसादजी से मेरा जयगोपाल कहना और कहना कि आपके सेवक ने यह प्रेम की सौगात भेजी है और हाथ जोड़कर अर्ज किया है कि स्वीकार करके इज्जत अफजाई करें।”

युवक से सब घटना सुनकर शिवप्रसादजी चुपचाप मसनद पर लुढ़क गए। मुँह की गिलौरी उन्होंने थूक दी। नौकर-चाकर चिंतित हुए। पर कोई कुछ नहीं कर सकता था। थोड़ी ही देर में बूढ़े रामदीन ने आकर अदब से आगे बढ़कर तश्तरी लाला शिवप्रसादजी के सामने रख दी और हाथ जोड़कर अपने मालिक का संदेश भी निवेदन कर दिया। लाला शिवप्रसादजी चुपचाप एकटक तश्तरी में रखी दोनों ककड़ियों को देखते रहे। कुछ देर बाद उन्होंने ककड़ियाँ भीतर भिजवा दीं और तश्तरी अशर्फियों से भरकर कहा, “यह तुम्हारा इनाम है। लाला जगतनारायणजी से हमारा जयगोपाल कहना।”

बूढ़े रामदीन ने झुककर सलाम किया और चला आया।

दूसरे दिन सूर्योदय के साथ ही सारे शहर में खबर फैल गई कि नगर के प्रसिद्ध रईस लाला शिवप्रसादजी ने जहर खाकर जान दे दी। वे एक पुरजे पर यह लिखकर रख गए कि बाजार में मेरी इज्जत की किरकिरी हो गई। अब मैं दुनिया में मुँह नहीं दिखा सकता।

ऊपर जिन दो प्रतिष्ठित रईसों के नाम दिए गए हैं, वे काल्पनिक हैं। आज भी ये दोनों घराने दिल्ली में उसी भाँति प्रतिष्ठित हैं। हाँ, जिनका नाम जगतनारायण कल्पित दिया गया है, उनके घर से लक्ष्मी रूठ गई है। आज वह विशाल हवेली टूट-फूटकर खँडहर हो गई है। उसमें जो एकाध कमरा बचा है, उसमें अनेक उत्तराधिकारी बड़े कष्ट से कालयापन करते हैं। नीचे के खंड के खँडहरों में छोटे दर्जे के किराएदार रहते हैं, जिनकी आमदनी पर ही उनका निर्वाह निर्भर है।

□

कहानी खत्म हो गई

आत्मकथात्मक और किस्सागोई की मिश्रित शैली में कही गई यह कहानी, ग्रामीण जीवन के यथार्थ और आदर्श का अद्भुत संगम है। गाँव के रिश्ते क्या होते हैं, कैसे होते हैं और कैसे निभाए जाते हैं, सामाजिक बंधन और विवशताएँ क्या होती हैं, सीधे-सच्चे लोग उन्हें किस प्रकार निभा जाते हैं, यह हम सभ्य-शिक्षित लोगों को सीखना चाहिए।

एक विधवा के दुःखद अंत के साथ-साथ यह उसके ऊँचे चरित्र की भी कथा है। जमींदार को अपना सर्वस्व सौंपकर भी उसे निर्दोष बनाए रखकर स्वयं बलिवेदी पर चढ़ जानेवाली ग्रामीण बाला, ऊँचे चरित्रवाले ऊँचे लोगों से भी कहीं ऊँची होकर पाठकों के हृदयों में बस गई है।

एक असहाय विधवा के पतन की दर्दनाक कथा जिसे नीचे धकेलने में समाज ने चेष्टा की, परंतु पाप और अपराध की गठरी उसी के सिर बँधी।

चाय आने में देर हो रही थी और मेरा मिजाज गरम होता जा रहा था। आप तो जानते ही हैं, मैं इंतजार का आदी नहीं। फिर चाय का इंतजार! मेजर वर्मा ने यह बात भाँप ली, उन्होंने एक हिंट दिया। बोले—"चौधरी, उस औरत का फिर क्या हुआ?"

क्षण भर के लिए चाय पर से मेरा ध्यान हट गया, एक सिहरन-सी सारे शरीर में दौड़ गई, जैसे बिजली का तार छू गया हो। मैंने चौंककर मेजर की ओर देखा।

पर जवाब देते न बना, बात मुँह से न फूटी। अजीब बेचैनी मैं महसूस करने लगा।

लेकिन मेजर वर्मा जैसे अपने प्रश्न का उत्तर लेने पर तुले हुए थे। वे एकटक मेरी ओर देख रहे थे। प्रश्न का मेरे ऊपर जो असर हुआ था, उसे मित्रमंडली ने भी भाँप लिया। वे लोग अपनी गपशप में लगे थे, पर विंग कमांडर भारद्वाज ने हँसकर कहा—

"कौन औरत भई, उसमें हमारा भी शेयर है।"

भारद्वाज की हँसी में न मैंने साथ दिया, न मेजर वर्मा ने। वर्मा की उत्सुकता उनकी आँखों से प्रकट हो रही थी। मैं उनकी आँखों से आँखें न मिला सका। आप ही मेरी आँखें नीचे को झुक गईं।

मैंने धीरे से कहा, "मर गई।"

मेजर को छाती में जैसे किसी ने घूँसा मारा। उन्होंने एकदम कुरसी से उछलकर कहा—"अरे, कब?"

"कल सुबह!" मैंने धीरे से कहा।

मित्रमंडली की गपशप एकदम बंद हो गई। वे सब मेरी ओर देखने लगे।

वातावरण एकदम गंभीर हो गया। मेरे चेहरे पर जो वेदना की रेखाएँ उभर आई थीं, उन्होंने सभी को अभिभूत कर दिया। सबसे अधिक फील किया मिसेज शुक्ला ने। उन्होंने मेरी ओर खिसककर अपने नंगे कंधे मेरे कंधों से छुआ दिए, फिर धीरे से पूछा, "कौन थी?"

"थी एक" एक गहरी साँस लेकर मैंने कहा।

"क्या बीमार थी?"

"बीमार कोई और थी, लेकिन मर गई वह।"

मेरा जवाब असाधारण था और मैं एकाएक उत्तेजित और असंयत हो उठा था। मेजर भी जैसे मेरे जवाब से जड़ बन गए थे। इसी से इस औरत के संबंध में सभी की जिज्ञासा जाग गई।

वेटर कब चाय रख गया, इसका ज्ञान भी हममें से किसी को नहीं हुआ। भारद्वाज ने कहा, "यह तो बहुत ही सीरियस केस मालूम पड़ता है।"

मेजर वर्मा ने बीच ही में बात पकड़ ली। उन्होंने कहा—"सीरियस होने में क्या शक है। लेकिन हुआ क्या?"

"क्या पूरा ही किस्सा सुना दूँ?" मैंने कुछ दर्द भरे स्वर में कहा।

मेरे कहने का ढंग शायद कुछ प्रभावशाली था। सभी मेरे मुँह की ओर देखने लगे। भारद्वाज ने कहा, "जरूर-जरूर। पूरा ही किस्सा सुनाइए।"

मिसेज शर्मा ने चाय का प्याला तैयार किया, मेरी ओर बढ़ाया, कहा—"लीजिए, एक सिप लीजिए।"

मैंने दो सिप लिये और प्याला एक ओर टेबल पर रख दिया। फिर मैंने कहा—"आप लोग समझते होंगे, ज्यादातर ट्रेजेडी शहरों में होती है, क्योंकि वहाँ संघर्ष है, दिमाग है, कानून है, रुपया है, शान है।"

सब चुपचाप सुनते रहे। मैं आगे क्या कहना चाहता हूँ, इसी पर सबका ध्यान केंद्रित था। मैंने कहा, "लेकिन हमारे देहातों में भी कभी ऐसी ट्रेजेडी हो जाती है, जो मनुष्यता और सभ्यता को एक करारा चैलेंज देती है। वहाँ रुपया नहीं है, दिमाग नहीं है, कानून नहीं है, शान नहीं है, केवल दिल है।"

कमांडर भारद्वाज उछल पड़े। जोर-जोर से बोले, "अरे यार, तो यह कोई दिलवाला मामला है। तब मैं जरूर सुनूँगा।"

उन्होंने सिगरेट का एक गहरा कश लिया। भारद्वाज का यह गुंडा जैसा टोन मुझे पसंद न आया। वास्तव में मेरा मूड कुछ दूसरा ही था—मैंने एक व्यंग्यबाण छोड़ा, कहा—"क्यों नहीं, आप दिलफेंक जो ठहरे। पर यह कहानी दिलवालों की है।"

भारद्वाज उतर गए। पर झेंप की हँसी हँसते हुए बोले—"सुनाओ यार, यहाँ दिलवाले भी बैठे हैं।"

और एक सिप चाय का लिया। फिर मेजर वर्मा की ओर मुखातिब होकर कहा—"आपने तो उसे पुलिस की हिरासत में ही देखा था न?"

मेजर ने कहा—"जी हाँ, ओह, उस दिल हिला देनेवाले वाकए को तो मैं जिंदगी भर भूल नहीं सकता। खासकर वह घटना जब पुलिस के अफसर ने तरबूज की मिसाल देकर वह झोला मेरे सामने उलट दिया था। तौबा-तौबा।"

मिसेज शर्मा एकदम बौखला उठीं, बोलीं—"अजी, पहेली न बुझाइए, किस्सा सुनाइए। हुआ क्या?"

मेजर की आँखें भय से फटी-फटी हो रही थीं। जैसे अभी भी वे इस झोले से बाहर हुई चीज को देख रहे थे। मैंने उन्हीं को लक्ष्य कर कहा, "उस वक्त तक भी

पूरा किस्सा मुझे मालूम न था, सारी बातें तो पीछे मुझे मालूम हुईं। पर तब तो वह मर ही चुकी थी। अपने पर शर्मिंदा होने और अफसोस करने के अलावा हम कर ही क्या सकते थे?"

बहुत देर तक मेरे मुँह से बात न फूटी। कितनी ही बातें—कल्पना और सत्य की मेरे मानस-नेत्रों में नाच उठीं, सच पूछिए, तो मैं अभी तक उस घटना से मर्माहत न था, अभी एक दिन पहले ही की घटना थी। घाव ताजा था। इस क्षण उसकी वे आँखें, आँखों की वह वेदना, निराशा और सारी ही मानव-सभ्यता को धिक्कार करने का संदेश, जो मृत्यु के समय उसके निस्पंद होंठ दे रहे थे, मेरे नेत्रों में आ खड़े हुए। मेरा कंठ रुक गया।

मिसेज शर्मा बहुत विचलित हो गईं। उन्होंने कहा—"जाने दीजिए, यदि आपको वह किस्सा सुनाने में तकलीफ हो रही है तो मत कहिए। आप चाय लीजिए।"

उन्होंने एक ताजा प्याला तैयार कर मेरे आगे बढ़ाया। उनकी उँगलियाँ काँप रही थीं और उद्वेग तथा भावावेश से उनका हृदय आंदोलित हो रहा था, यह स्पष्ट दीख पड़ता था।

प्याले की ओर मैंने आँख उठाकर भी न देखा और मैंने किस्सा कहना शुरू किया—

"वह हमारे ही गाँव की लड़की थी। उसका बाप हमारी जमींदारी में सर्वहारा था। बूढ़ा और भला आदमी था। हमारा ग्रामीण जीवन शहर के जीवन से सर्वथा भिन्न होता है। आप कदाचित् उसकी कल्पना भी नहीं कर सकते। गाँव में हम सब छोटे-बड़े, ऊँच-नीच एक पारिवारिक भावना से रहते हैं। न जाने कब से—संभवतः आदियुग की यह परिवार-भावना हमारे गाँवों में अब तक चली आ रही है। सुनते हैं कि प्राचीन काल में जब नगर नहीं थे, सभ्यता नहीं थी, जीवन अपने ही में केंद्रित था और मनुष्य जीवन-संघर्ष को सबसे बड़ा मानता था। आदर्शों की, सभ्यता की, धर्म-मर्यादा की तब तक उत्पत्ति भी न हुई थी, तभी से मनुष्य ने ग्राम-संस्था स्थापित की। सामाजिक जीवन का वह प्रथम अध्याय था। उसी से मनुष्य ने सामूहिक हितों का सर्जन करके समाज-संस्था की नींव डाली। 'ग्राम' का अर्थ था—समूह। कुछ लोग एकत्र होकर जहाँ बसते, वह ग्राम कहलाता था।

आवश्यक नहीं था कि यह ग्रामवास स्थायी हो। वह तो चलग्राम था। ग्राम का अर्थ स्थानसूचक न था; समूहसूचक था; अतः उस काल मनुष्यों के ग्राम जीवनयापन के संघर्ष से प्रताड़ित घूमा करते थे—यहाँ-से-वहाँ, वहाँ-से-यहाँ। परिस्थितियों ने उनमें सामूहिक हितों की सृष्टि कर दी। सुख-दुःख, लाभ-हानि सभी में उनके स्वार्थ एकत्र हो गए और एक ग्राम-समूह एक परिवार की भाँति रहने लगा। इस परिवार में जाति-भेद को स्थान न था। सब वृद्ध पितृतुल्य थे, सब वृद्धाएँ माता और सब युवक-युवतियाँ परस्पर भाई-बहन। उनका सबका एक ग्राम था, एक गोत्र था। गोत्र का अर्थ था चरागाह, जहाँ उनके पशु चरते थे। एक ग्राम का परिचय दूसरे ग्राम के मनुष्यों से इसी ग्राम-गोत्र के द्वारा होता था। उसी के नाम से वह ग्राम-गोत्र प्रसिद्ध होता था।

शताब्दियाँ बीतीं, सहस्राब्दियाँ बीतीं। नगर बसे, सभ्यता का विकास हुआ; जीवन के आदर्श बदले, क्रम बदला, समाज बदला, बदलता चला गया।

गाँवों में भी यह परिवर्तन पहुँचा। सहस्राब्दियों के प्रभाव से गाँव भला अछूत कैसे रह सकते थे। अब 'गाँव' स्थान के अर्थ में था—समूह के अर्थ में नहीं। अब लोगों की बस्ती को गाँव कहते थे। समाज में अनेक जातियाँ हो गई थीं। गंगो गाँव में भी अनेक जातियाँ बसती थीं; हिंदू थे, मुसलमान थे। हिंदुओं में भी ब्राह्मण थे, क्षत्रिय थे, जाट थे, अहीर थे, भंगी थे, चमार थे, धोबी थे, नाई थे। समाज की व्यवस्था के अनुसार वे अपना-अपना काम करते थे। गाँवों में किसानों की ही बस्ती अधिक होती है। जो लोग किसान और किसानों के उपजीवी नहीं होते, वे शहर में, कस्बे में बसते हैं, उनकी वहाँ संपत्ति भी है। जमींदार हैं, किसान हैं, उनके खेत हैं, घरबार हैं। किसी के कम, किसी के अधिक। कोई रईस है, कोई अमीर। इस प्रकार समाज के संगठन का, व्यवस्था का, राजसत्ता का, कानून का, धर्म का, सभी का युगवर्ती प्रभाव गाँवों पर पड़ा। उससे उनमें परिवर्तन भी आया है, पर एक प्राचीनतम बात अभी तक गाँवों में चली आ रही है। वह है परिवार भावना। गाँव की बूढ़ी कान को भी ब्राह्मण की पतोहू सास कहकर पाँव पड़ती है। गाँव की प्रत्येक लड़की गाँव के प्रत्येक लड़के की बहन और प्रत्येक प्रौढ़ की लड़की है। गाँव में सब छोटे-बड़ों का संबंध—चाचा, ताऊ, भाई, भतीजा, देवर, भाभी, काका, ताई आदि पारिवारिक संबंध हैं। यहाँ तक कि गाँव की लड़की जिस दूसरे गाँव में ब्याही

जाती है, उस गाँव का पानी भी न पीनेवाले वृद्ध पुरुष अब भी गाँवों में जीवित हैं। यह है हमारे गाँवों की परिवार-परंपरा शताब्दियों, सहस्राब्दियों से चली आती हुई।

हाँ, तो मैं उस लड़की की बात कह रहा था। वह हमारे गाँव की लड़की थी और हमारी जमींदारी के सर्वहारा की बेटी थी। हमारा घर जमींदार का घर था। गाँव के सारे ही स्त्री-पुरुष हमारी रैयत थे। वे हमारे घर आते-जाते रहते थे—स्त्रियाँ भी, पुरुष भी, काम से भी और बेकाम से भी। बाहर पिताजी का दीवानखाना और भीतर जनाने में माताजी का कमरा आने-जानेवाले स्त्री-पुरुष से भरा ही रहता था। हवेली हमारी बहुत भारी थी। सत्तावन के गदर में अंग्रेज सरकार ने हमारे दादा को इक्कीस गाँव इनाम दिए थे और तभी हमारे दादा ने अपनी हवेली के लिए इतनी जगह घेर ली थी कि उसमें आधा गाँव समा जाता था। सस्ते का जमाना था। राज, बढ़ई उन दिनों दो-ढाई आना रोज मजदूरी लेते, मजदूर एक आना। बड़े-बड़े महराब, मोटी-मोटी दीवारें, लंबे-लंबे दालान भी आज भला बन सकते हैं? अब तो हम उनकी मरम्मत भी नहीं कर सकते। हवेली वीरान होती जा रही है। अब तो न हाथी, न घोड़े, न रथ, न बहली। इनके सब थान वीरान पड़े हैं। अब तो सिर्फ यह मोटर है और हम हैं।"

मैं असल बात से दूर होकर बहकता जा रहा था। भीतर मेरे रक्त में एक गरमी सी आ रही थी। और जोश में ये सब बातें मैं कहे जा रहा था—एकाएक मुझे ध्यान आया। असल मुद्दे की बात तो पीछे ही रह गई।

परंतु सब सन्नाटा बाँधे सुन रहे थे। सब जैसे किसी अतीत उदारचित्त वातावरण में पहुँच चुके थे। मैंने जरा रुककर कहना शुरू किया—

"उन दिनों मैं कालेज में लॉ का फाइनल दे रहा था। दशहरे की छुट्टियों में जब मैं घर आया तो पहली बार उसे देखा, 'देखा' कहना ठीक न होगा। मुझे कहना चाहिए, पहली बार मेरा ध्यान उसकी ओर गया। इससे पहले बहुत बार देख चुका था—रूखे-बिखरे बाल, मैला मोटा ओढ़ना, पुराना घाघरा, नंगे धूलभरे पैर, पर रंग गोरा। लेकिन गाँव में ऐसी बहुत लड़कियाँ थीं—राह-वाह में, खेत में बहुधा मिल जाती थीं। मैं तो जमींदार का लड़का था। शहर में पढ़ता था।

"सूट-बूट पहनकर ठसक से गाँव में निकलता था। सो किसी लड़की-लड़के की क्या मजाल जो मुझसे बात करे। मुझे देखते ही वे सहमकर पीछे हट

जाते थे। जो समझदार होते थे, वे सलाम करते थे। सयानी लड़कियाँ ओट में छिप जाती थीं, छोटी कौतुक से मुझे देखती थीं। इसी से इस लड़की पर भी पहले कभी मेरा ध्यान नहीं गया।

"पर इस बार की बात जुदा थी। मैं घर कोई डेढ़ साल में आया था। पिछली गरमी की छुट्टियों में यूनिवर्सिटी की टीम कश्मीर चली गई थी। मैं भी उसमें चला गया था, अतः छुट्टियों में घर नहीं आया था। घर में दशहरे की सफाई-सजावट की धूमधाम थी। भाभियाँ घर सजाने में व्यस्त थीं और वह उनकी सहायता कर रही थी। अब उसके बाल बिखरे न थे। ठीक-ठीक बालों की माँग निकली थी, कपड़े सलीके के शहरी ढंग के बारीक और बढ़िया थे। स्वस्थ तारुण्य उसकी एड़ियों में झाँक रहा था। जीवन की ताजगी से वह लहलहा रही थी। जीवन में पहली बार किसी लड़की को मैंने रुचि से देखा था। उसका चेहरा गुलाब के समान रंगीन और आँखें तारों के समान चमकीली थीं। वह हँसती नहीं थी—फूल बिखेरती थी, चलती न थी—धरती को डगमग करती थी। मैं क्या कहूँ? मुझे एक ही क्षण में ऐसा प्रतीत हुआ कि जैसे दस-पाँच अँगीठियाँ मेरे अंग में धधक रही हैं और मैं तपकर लाल हो रहा हूँ। आग की लपटें मेरी आँखों से निकलने लगीं और मैं वहाँ से लड़खड़ाता हुआ ऊपर कमरे में आकर औंधे मुँह पलंग पर पड़ रहा। मैंने समझा, मुझे बुखार चढ़ गया है।"

इतना कहकर मैं जरा चुप हुआ। बीते हुए दिन एक-एक करके नेत्रों में आने लगे। लेकिन कमांडर भारद्वाज बेचैन हो रहे थे। उन्होंने इत्मीनान से कुरसी पर आसन जमाते हुए कहा—"कहे जाओ, कहे जाओ दोस्त; मामला ठंडा मत होने दो।" उन्होंने नई सिगरेट सुलगाई।

मैंने आगे कहना आरंभ किया—"वह मुझे देखकर लजाई थी, मुसकराई थी, भाभी की ओट में छिप गई थी, छिपकर उसने फिर मुझे देखा था। वह सब देखना, मुसकराना, छिपना, लजाना, अब सिनेमा की तसवीर की भाँति अनेक बार, सौ बार, हजार बार तेजी से मेरी आँखों में घूम रहा था। धरती-आसमान भी सब घूम रहे थे।

"बहुत देर तक मेरी यही हालत रही। पर फिर मुझे जरा सी नींद आ गई। जगने पर मेरा मन कुछ शांत था। मुझमें समझ आ गई थी। अभी हृदय मेरा कोरा

था, तारुण्य मेरा निर्दोष था। इस प्रथम विकार पर मुझे लज्जा आई। मुझे लगा, यह खराब बात है। गाँव की सभी बहू-बेटियाँ मेरी बहनें हैं। पिताजी ने कई बार यह कहा है, हम जमींदार हैं, इससे और भी हमारा गौरव बढ़ जाता है। मुझे ऐसा न सोचना चाहिए। यह मेरी प्रतिष्ठा-मर्यादा के सर्वथा विपरीत है। मैं मन-ही-मन अपने को धिक्कारने लगा। और एकबारगी ही उसे मन से निकाल फेंका।

"लेकिन कहाँ? पलंग से उठते ही मैं खिड़की में आ खड़ा हुआ और नीचे आँगन में चारों ओर देखने लगा। जैसे कुछ खो गया है। किसे भला? यह मैंने अपने मन से पूछा और जब मन ने कहा, 'उसी को' तो मैं अपने पर बहुत झुँझलाया। वैसे ही कमीज पहने मैं नीचे उतरा और सीधा बाग की तरफ चल दिया। देर तक बाग में और नहर की पटरी पर फिरता रहा। माली से बातें कीं। मुझे प्रसन्नता हुई कि वह तूफान खत्म हो गया। अब उसकी कभी याद न करूँगा। वाहियात बात, पर रात को बहुत देर तक नींद न आई। उसका वह मुसकराना, लजाकर भाभी की ओट में छिपकर देखना। वाहियात, वाहियात। ये सब खुराफात गंदी बातें हैं। भला इनसे मुझे क्या सरोकार।"

"लेकिन नींद नहीं आ रही थी। मैंने एक मोटी सी कानून की किताब उठा ली और एक कठिन कानूनी नुक्ते पर कुछ रूलिंग्स पढ़ने लगा। लेकिन वहाँ तो प्रत्येक अक्षर की ओट से वह झाँक रही थी। मुसकरा रही थी। धत्त।"

भारद्वाज जोर से हँस पड़े।

मैंने कहा, "ठीक है, आप हँस सकते हैं। मेरे दुश्चरित्र और दुराचार का यह प्रमाण जो आपको मिल गया।"

मैं चुप हो गया और मैंने आँखें बंद कर लीं। लेकिन वही तरबूज। एक प्रकार से मैं चीख उठा—

मेजर वर्मा ने कहा, "रहने दीजिए। बाकी कहानी फिर कभी सुन ली जाएगी। अभी आपकी तबीयत दुरुस्त नहीं है।"

लेकिन मैंने कहना आरंभ कर दिया—

"दूसरे दिन मैंने उसे नहीं देखा। यह नहीं कह सकता कि देखना नहीं चाहा। पर मैंने अपने मन को रोकने में कोई कोर-कसर नहीं रखी, पर बेकार। उसकी छिपी हुई नजरें झाँकती ही रहीं। उसके होंठ मुसकराते ही रहे। मैंने सुना, उसकी

सगाई हो गई है और इसी साहलग में उसका ब्याह होगा।

"दशहरे के दिन मेरा तिलक चढ़ा। बहुत धूमधाम हुई। गाजे-बाजे, जश्न, दावत, कहाँ तक कहूँ। पिता का सबसे छोटा बेटा था। वे सबसे अधिक मुझको प्यार करते थे। भीड़-भाड़ में एक-दो बार मैंने देखा, हर बार मुझे प्रतीत हुआ—वह मुझको देख रही है।

"छुट्टियाँ समाप्त होने पर मैं होस्टल में लौट आया। धीरे-धीरे वह उन्माद बीत गया। स्मृति अवश्य बनी रही, वह भी धुँधली होते-होते छिप गई। अगले वर्ष मेरी शादी हुई! सुषमा ने आकर मेरे जीवन को एक नया मोड़ दिया। सुषमा जैसी पत्नी पाकर मैं कृतार्थ हो गया। वह जैसी सुशिक्षिता है, वैसी ही शीलवती, परिश्रमी और हँसमुख स्वभाव की है। उसके प्रेम, सेवा और विनय से मैं उसमें लीन हो गया। उस लड़की की याद करके और अपनी हिमाकत का विचार करके कभी-कभी मुझे हँसी आ जाती थी—पर कभी मैंने किसी से अपने मन का यह कलुष कहा नहीं। परीक्षा पास करके मैं घर पर रहकर जमींदारी की देखभाल करने लगा। खेती और बागवानी का मुझे शौक था। उसमें मैंने मन लगाया। बड़े भाई डिप्टी-कलक्टर होकर बिहार चले गए थे। पिताजी का स्वर्गवास हो गया। मँझले भाई भी केंद्र के शिक्षा विभाग में अंडर सेक्रेटरी हो गए। घर पर केवल मैं अकेला रह गया। दिन बीतते चले गए। तीन बरस बीत गए और ईश्वर की कृपा से सुषमा की कोख भरी। मेरे आनंद का ठिकाना न रहा।

"एक दिन बूढ़े सर्वहारा रोते हुए मेरे पास आए। चौधारे आँसू बहाते हुए उन्होंने कहा—

'बरबाद हो गया, छोटे सरकार! लुट गया। लड़की मेरी विधवा हो गई, उसकी तकदीर फूट गई। मेरी इकलौती बेटी थी सरकार, उसे बेटा बनाकर पाला था। उस पर यह गाज गिरी।"

"बूढ़ा बहुत देर तक रोता रहा। यद्यपि वे सब बातें मैं भूल चुका था, पर स्मृति के चिह्न तो बाकी ही थे। सुनकर मुझे दुःख हुआ। बूढ़े को तसल्ली दी। और जब वह चला गया, एक बूँद आँसू मेरी आँख से भी टपक पड़ा। वाहियात बात थी। लेकिन मन का कच्चा तो सदा से हूँ। मेरा मन द्रवित हो गया। बूढ़े ने कहा था कि वह उसे यहाँ ले आया है, तब एक बार उसे देखने की भी लालसा

हो गई। पर वह सब बात मन की थी, मन में रही। महीनों बीत गए। कभी-कभी उसका ध्यान आता, दया आती, पर कुछ विशेष आकर्षण न था। सुषमा धीरे-धीरे कमजोर और पीली पड़ती जा रही थी। मुझे उसकी चिंता थी। ज्यों-ज्यों डिलीवरी का समय निकट आ रहा था, मेरी उद्विग्नता बढ़ती जाती थी, इन सब कारणों से मैं उस बेचारी विधवा को भूल ही गया। सुषमा के प्यार ने मुझे अभिभूत कर लिया था। सुषमा मेरे जीवन का आधार थी और अब मैं इस प्रकार के विचारों को भी मन में रखना पाप समझता था। मुझे पाकर सुषमा खुश थी। वह देवता की भाँति मेरी पूजा करती थी।"

मिसेज शर्मा एकदम द्रवित हो उठीं। उन्होंने कहा—"भई, बंद करो। आप सचमुच देवता हैं। आप जैसा पति पाने के कारण मैं तो सुषमा बहन से ईर्ष्या करती हूँ।"

मैं जैसे चीख पड़ा। मेरे गले की नसें तन गईं और मुट्ठियाँ भिंच गईं। मैंने कहा—

"श्रीमतीजी, जल्दी अपनी राय कायम न कीजिए, पूरी कहानी सुन लीजिए।"

मेरी वहशत और भावभंगी देख मिसेज शर्मा डर गईं। वे फटी-फटी आँखों से मेरी ओर टुकुर-टुकुर देखने लगीं। मैं इस योग्य न था कि इस समय उनसे अपने अशिष्ट व्यवहार के लिए क्षमा माँगता। मैंने कहानी आगे बढ़ाई—

"एक दिन देखता क्या हूँ कि वह सुषमा के पास बैठी है। इस समय वह यौवन से भरपूर थी। उस समय यदि वह खिलती कली थी तो आज पूर्ण विकसित पुष्प। परिधान उसका साधारण था। पर स्वच्छता और सलीका, जो बहुधा देहात में नहीं देखा जाता, उसकी हर अदा से प्रकट होता था। उसका रंग अब जरा और निखर गया था, अंग भर गए थे और रूप की दुपहरी उस पर चढ़ी थी। अथवा एक ही शब्द में कहूँ तो वह इस समय वसंत की फुलवारी हो रही थी। एकाएक मैंने उसे पहचाना नहीं, पर दूसरे ही क्षण जब उसने उठकर हाथ जोड़कर मुसकराकर मुझे प्रणाम किया, मैंने उसे पहचान लिया। हाय री तकदीर! वही मुसकराहट, वही चितवन है। क्षणभर को मेरे शरीर में रक्त की गति रुक गई और मेरे पैर काँपने लगे। साहस करके मैंने पूछा, 'अच्छी हो' तो उसने लाज से सिर झुकाकर सिर्फ 'जी' कह दिया।

"छी-छी! फिर वे भूली हुई बातें न जाने कहीं से जीवित हो उठीं। वही मुसकराना, छिपना और आँखें...मैं तेजी से भाग आया। सीधा ऊपर जा दरवाजा बंद कर अपने शयनागार में आ पड़ा। एक आहत हिरन की भाँति, जिसे अभी-अभी शिकारी ने तीर मारा हो।

उस दिन मैंने खाना नहीं खाया। सिरदर्द का बहाना करके पड़ा रहा। सुषमा की परेशानी ने मुझे और भी पागल बना दिया। कभी यूडीक्लोन सिर पर डालती, कभी नरम-नरम हथेलियों से सिर दबाती, कभी बाल सहलाती, कभी डाक्टर बुलाने का आग्रह करती। मुझ बेईमान, पाखंडी, मक्कार के लिए वह उस एक ही दिन में आधी रह गई।"

मैंने जलती हुई आँखों से मिसेज शर्मा की ओर देखा और कहा—"कहिए, कहिए, अब भी आपको सुषमा पर ईर्ष्या होती है, परंतु अभी जरा और ठहर जाइए।"

एकाएक मेरी आवाज मुरदे की जैसी मरी हुई हो गई। खूब जोर लगाकर मैं कहने लगा—

"दूसरे दिन सुबह होते ही मैं जमींदारी के जरूरी काम का बहाना करके इलाके पर चला गया। 6-7 दिन तक मैं घर नहीं लौटा। आप दाद दीजिए मेरे जानवरपन की, जबकि सुषमा की यह हालत थी, इस कदर नाजुक, कोई उसे देखनेवाला न था। पहली ही डिलीवरी थी, उसे और नफ्स का गुलाम कहाँ, किस हालत में फिर रहा था। मैं आपसे नहीं छिपाना चाहता कि मुझे न खाना भाता था, न नींद आती थी, न दिन चैन पड़ता था, न रात को कल पड़ती थी। वही शैतान आँखें, वही मुँह छिपाकर मुसकराना, वही गहरे गुलाबी गाल, कमबख्त न जाने कहीं से उभरे चले आते थे, मेरी बदनसीब नजरों में? जैसे मेरे रक्त की प्रत्येक बूँद में उन आँखों का खेत उग आया था। उस चितवन की, उस मुसकान की रिमझिम बरसात हो रही थी। जी हाँ, एक क्षण को भी मैं उसे न भूल सका, एक क्षण को भी मैंने सुषमा को याद नहीं किया, एक क्षण को भी मैंने उसकी असहायावस्था पर गौर न किया। अंत में मैंने अपने आप को धिक्कारा, मन में पक्का इरादा किया, उस शैतान को मैं गाँव से निकाल दूँगा, एक क्षण भी न रहने दूँगा। सातवें दिन मैं घर लौटा। अभी दहलीज पार करके मैं सुषमा के कमरे में जा ही रहा था कि देखता क्या

हूँ—सामने से वह आ रही है, मुझे देखकर वह ठिठक रही। निकट आने पर उसने मुसकराकर और हाथ जोड़कर मुझे नमस्कार किया। फिर वह मुसकराती हुई ही चली गई। अजी, मुसकराती हुई नहीं, मेरे मन में छिपी समूची वासना का सांगोपांग विवरण पढ़ती हुई। वह गहरे लाल रंग का लहँगा और उस पर चिलकेदार दुपट्टा पहने हुए थी।

"भाड़ में जाए यह। गुस्से से होंठ चबाता हुआ मैं सुषमा के कमरे में पहुँचा। कल ही से उसे ज्वर था। मुझे देख वह मुसकराई और मैं उसकी जलती हुई हथेलियों को मुट्ठी में दबाए देर तक चुपचाप बैठा रहा। कुछ बोलने की ताब ही न रही। सुषमा ही बोली। उसने कहा—

'गुमसुम क्यों हो?'

'कुछ नहीं। बहुत थक गया हूँ, बहुत दौड़-धूप करनी पड़ी।'

"सुषमा एकदम व्यस्त हो उठी। वह लेटी न रह सकी। उसने अधीर स्वर में कहा, 'मुँह कैसा सूख गया है। बिस्तर लगवाती हूँ, जरा सो जाओ। उसने आवाज दी, अरी···' और वह आ खड़ी हुई। मैंने उसकी ओर नहीं देखा। सुषमा ने कहा, 'जरा झटपट यहीं बिस्तर लगा दे। बाबू की तबीयत ठीक नहीं है।'

"मैंने बहुत ना-नूँ की। वहाँ सुषमा के सामने मैं अपनी दुर्बलता प्रकट नहीं करना चाहता था। मैंने कहा—'नहीं-नहीं, ऐसा ही है तो मैं ऊपर अपने कमरे में जा सोऊँगा। मगर तुम आराम करो। तुम्हें ज्वर है।'

"पर उस साध्वी पतिप्राणा को अपने ज्वर की क्या चिंता थी? क्या उसे उस पाखंडी के मन का भी हाल मालूम था? उसने कहा—'तो जा बहन, ऊपर ही जाकर बिस्तर लगा दे।'

"मेरा निषेध सुषमा ने माना नहीं। उसे भेज दिया। मैं जड़ बना वहीं बैठा रहा।

"वह लौटकर आई। उसी तरह मुसकराकर उसने कहा, 'भैयाजी का बिछौना बिछा है।'

'भैयाजी', यह शब्द जैसे वैद्य की गोली की भाँति मेरे मस्तिष्क में घुस गया। लेकिन मुझे तो गाँव की सभी लड़कियाँ भैयाजी ही कहती हैं। वही गाँव का प्राचीन पारिवारिक संबंध। परंतु इस समय तो यह शब्द मेरे मुँह पर एक तमाचा था। मैं वहाँ न ठहर सका। तेजी से उठकर ऊपर अपने कमरे में बिस्तर पर आ पड़ा।

कमरे की चटखनी भीतर से चढ़ा ली। क्यों ? मैं कह नहीं सकता। बहुत देर तक मैं सोता रहा। जब उठा तो शाम हो चुकी थी। उठकर मैं सीधा सुषमा के पास जा बैठा। क्षण भर बाद ही वह चाय लेकर आई। चाय टेबल पर रखकर चली गई। सुषमा जानती थी कि मैं इंतजार नहीं कर सकता, खासकर चाय का। पर यह बात क्या यह भी जानती है ?

"उसके जाने के बाद मैंने सुषमा से कहा—'क्या इसे तुमने नौकर रख लिया।'

"उसने हँसकर कहा—'नहीं, नहीं। बहुत अच्छी लड़की है। मुझे अकेली और बीमार देखा तो आप ही मेरे पास आ गई। तभी से घर के कामकाज में जुटी है। तुम्हारे जाने के बाद से रोज ही दिन भर यहीं रहती रही है। कितना सहारा मिला मुझे इससे। तुम्हारे ऊपर जाने के बाद ही मैंने इससे कह दिया था कि तुम चाय का इंतजार नहीं कर सकते। चाय तैयार कर देना। सब बातें मुझसे पूछकर यह न जाने कब से बैठी इंतजार कर रही थी।'

"सुषमा हँस दी। और मैंने मन का उद्वेग छिपाने को एक बिस्कुट समूचा ही मुँह में ठूँस लिया।

"अब मेरे जीवन का नया अध्याय आरंभ होने में देर न थी। मुझे सुषमा शीघ्र ही कुसुम-कोमल पुत्र देगी, जो हम दोनों के प्रेम का जीता-जागता प्रमाण होगा। अब मुझे इस शैतानी विचार को मन में नहीं लाना चाहिए। फिर मेरा अपना चरित्र है, प्रतिष्ठा है, उसका भी तो मुझे खयाल रखना चाहिए। जैसे मेरे भीतर एक नए बल का संचार हुआ, मेरे होंठों पर हँसी खेल गई, मैंने बड़े आनंद से चाय का एक प्याला अपने हाथ से बनाकर सुषमा को दिया। सुषमा आनंद से विभोर हो गई। कुछ तो अपनी अस्वस्थता के कारण और कुछ मुझे अस्त-व्यस्त देखकर वह बहुत परेशान हो गई थी। अब मेरे हाथ से प्याला लेकर वह खुश हो गई। उसने कहा, 'अब तो कुछ ही दिनों की बात है।'

"उसकी आँखें हँस रही थीं। और मैं आनंद-सागर में गोते लगा रहा था। अपनी मूर्खता पर मैं मन-ही-मन हँसने लगा। चुड़ैल कहीं की। धत! धत!

"सुषमा ने कहा—'जाओ, जरा घूम आओ, तबीयत ठीक हो जाएगी। खाओगे क्या, मिसरानी से कह दो।'

"मैंने कहा—'सुषमा, आज तो मैं तुम्हारे साथ ही खाऊँगा। जो चाहे बनवा लो। लेकिन उठना नहीं, तुम्हें ज्वर है। जरा शरीर का ध्यान रखो।'

"स्त्रियाँ कितनी भावुक और कोमल होती हैं। मेरी इतनी सी ही बात पर सुषमा गद्गद हो गई और मैं अपने को तीसमारखाँ समझने लगा था। अपनी समझ में तो मैंने मन का सारा ही मैल धो डाला था। अब तो दिल में कहीं किसी कोने में भी न वह हँसी थी, न चितवन। इसे कहते हैं, मार पर विजय। मदन-दहन शिव ने इसी भाँति किया था। बुद्ध ने भी मार पर इसी भाँति विजय पाई थी।

"मैं कपड़े बदलकर ज्यों ही सीढ़ियों से उतरा, देखता क्या हूँ, वह सुषमा के लिए एक कटोरा दूध लेकर उसके कमरे में जा रही है। मैंने मन में कहा, इसकी ओर देखना ही न चाहिए। मैं आँखें नीची किए दस कदम आगे बढ़ गया। वह भी उसी भाँति आँखें नीची किए आगे बढ़ गई। लेकिन न जाने क्यों मैंने ठिठककर मुँह फेरकर उसकी ओर देखा। छी-छी, वह भी मुँह फेरकर मेरी ओर देख रही थी। मुझे उचटकर देखते देख वह चल दी। गुस्से से मेरा शरीर काँपने लगा और मैं तीर की भाँति वहाँ से बाहर निकल गया।"

कमांडर भारद्वाज जब्त न कर सके। ठठाकर हँस पड़े। बोले—"यह गुस्सा किस पर था, उस पर या अपने पर?"

क्षण भर को सभी के चेहरों पर मुसकान दौड़ गई। पर मिसेज शर्मा बहुत गंभीर थीं। मेरे ऊपर घड़ों पानी गिर गया। मेरी वीणी रुक गई। बहुत देर तक कोई न बोला।

मेजर वर्मा एकाएक बहुत उत्तेजित हो उठे। वे कुरसी से उछलकर खड़े हो गए। हाथ की सिगरेट फेंक दी और तेज नजर से मेरी ओर ताकने लगे। मैं समझ गया, मेजर वर्मा कहानी के दूसरे छोर तक पहुँचे चुके हैं और अब उनके मस्तिष्क में वह तरबूज··

मेरे होंठ नीले पड़ गए और आँखें पथरा गईं। मैंने एक असहाय मूक पशु की भाँति, जिसकी गरदन पर धुरी चल गई हो, करुण-कातर दृष्टि से मेजर वर्मा की ओर देखा। मिसेज शर्मा घबरा गईं। उन्होंने कहा, "आपकी तबीयत तो एकदम बहुत खराब हो गई है, चौधरी साहब!"

"नहीं, मैं ठीक हूँ।" कुछ प्रकृतिस्थ होते हुए मैंने कहा।

मेजर वर्मा चुपचाप कुरसी पर बैठकर मेरी ओर ताकते रहे। मरे हुए स्वर में मैंने कहा—"मेजर, सारी बातें मैं न बता सकूँगा। आप और ये सब सज्जन मुझे क्षमा करें।

"डिलीवरी की खटपट में मैं फँस गया। सुषमा बहुत बीमार हो गई थी। उसे मसूरी ले जाना पड़ा। पुत्र-जन्म का उत्सव धूमधाम, शोर-गुल, बाजे-गाजे से हुआ, ये सब बातें क्या कहूँ। 4-5 महीने इन सब बातों को बीत गए। एक दिन शाम को जब मैं घूमकर लौट रहा था, गाँव की जनशून्य राह पर मैंने देखा, चादर में लिपटा हुआ कोई खड़ा है। वही थी और मेरी ही प्रतीक्षा में खड़ी थी। निकट पहुँचने पर उसने कहा—'बड़ी देर से खड़ी हूँ, जरा उधर चलिए, मुझे आपसे कुछ कहना है।'

"सच पूछिए तो मैं अब उससे सचमुच ही कतराने लगा था। वह नशा तो काफूर हो चुका था और इधर महीनों से उससे मुलाकात ही नहीं हुई थी। मेरी बिल्कुल इच्छा नहीं थी कि मुझे एकांत में उससे बात करते कोई देख ले। पर मैं उसका अनुरोध न टाल सका। मैंने कहा, 'क्या बहुत जरूरी बात है?'

"उसकी आँखें भर आईं। उसने धीरे से कहा—'जी हाँ।'

"और जब हम रास्ते से हटकर उस बड़े बरगद की छाँह में गए, तब चारों ओर अँधेरा फैल चुका था। उसने एक ही वाक्य में वह बात कह दी। सुनकर मैं ठंडा पड़ गया। मेरे मुँह से बात न निकली।

"बहुत देर तक वह मेरे उत्तर की प्रतीक्षा करती रही। फिर उसने धीरे से कहा, 'आपको मैं न किसी झंझट में डालना चाहती हूँ, न आप पर मैं कोई बोझ लादना चाहती हूँ। सब कुछ मैं स्वयं भुगत लूँगी। परंतु पिताजी का देहांत हो चुका है। मेरा अब पृथ्वी पर कोई नहीं है। आप गाँव के राजा हैं; रियाया के माई-बाप हैं। मैं और किसी अधिकार की बात नहीं कहती-किसी बदनामी के भय से आप डरें नहीं। मर जाऊँगी, पर आपका नाम न लूँगी। परंतु मैं औरत हूँ। मेरा कोई हमदर्द नहीं, आप ही अब मुझे राह बताइए।'

"मैं शर्म से गड़ा जा रहा था। समझ रहा था कि वह औरत मुझे कितना कायर समझ रही है। यह कुछ झूठ भी न था। मैंने अंत में कहा, 'मुझसे तुम क्या चाहती हो? मैं तुम्हारे लिए क्या कर सकता हूँ? आखिर मैं एक इज्जतदार आदमी हूँ। तुम्हें यह सोचना चाहिए।'

'सोचकर ही तो कह रही हूँ।'

'क्या तुम कुछ रुपया-पैसा चाहती हो?'

'नहीं।'

'तब क्या चाहती हो?'

'अपनी इज्जत बचाना। आप राजा-रईस हैं, मैं गरीब, अनाथ, विधवा, राँड़, स्त्री हूँ। जिस परिस्थिति में मैं फँस गई हूँ, उसके लिए मैं अकेले आपको जिम्मेवार नहीं ठहरा सकती। दुर्बलता मेरी भी थी। फिर मैं तुच्छ स्त्री हूँ। सभी भोग मैं ही भोग लूँगी, पर इज्जत-आबरू मेरी भी है। मेरे पिता आपके एक ईमानदार सेवक थे। मैं आपके गाँव की बेटी हूँ, मेरी बदनामी गाँव की बदनामी है। वह मैं न होने दूँगी, इसमें आप मेरी मदद कीजिए।'

'लेकिन कैसी मदद? रुपया-पैसा तो तुम चाहती ही नहीं।'

'जी नहीं?'

'तब मैं क्या करूँ?'

'गाँव के किसी इज्जतदार गरीब ठाकुर से मेरा ब्याह करा दीजिए।'

'इज्जतदार ठाकुर क्यों ब्याह करने को राजी होगा?'

'आप कहेंगे तो होगा। मेरा सहारा हो जाएगा? मेरा कलंक ढका रह जाएगा। और मैं अपनी सेवा से उसे प्रसन्न कर लूँगी।'

"अब आप मेरे दिल की बात सुन लीजिए। मेरी आँखों में अब मेरे पुत्र का निर्मल हास्य खेल रहा था। सुषमा प्रसव के बाद मसूरी से लौटने पर अधिक आकर्षक हो गई थी। मैं अपनी लंपट वृत्ति पर खीझ रहा था। और अब वह आग तो सर्वथा बुझ चुकी थी। पर उससे जलकर जो फफोला पड़ गया था, वह इतना भारी जंजाल हो उठेगा, यह मैंने कभी न सोचा था और अब मुझे इस औरत में कोई दिलचस्पी न थी। इससे सब भाँति पीछा छुड़ाने और भविष्य में अपने दांपत्य का पूरा आनंद लेने को मैं बेचैन था। कुछ रुपए-पैसे की बात होती तो मैं उसे दे देता। पर उसका ब्याह रचाना—यह तो एक नया सिरदर्द, डरें नहीं। मर जाऊँगी, पर आपका नाम न लूँगी।

"अब भला मैं किससे कहूँ? कैसे कहूँ? सुनकर कोई क्या समझेगा, क्या कहा? इन्हीं सब बातों पर मैं देर तक विचार करता रहा। कुछ देर बाद मैंने धीमे

स्वर में कहा, 'क्या तुमने किसी आदमी को पसंद किया है?'

'नहीं, पसंद-नापसंद की बात ही नहीं है, मुझे आप काना, अंधा, बहरा, कोढ़ी, अपाहिज, बूढा—किसी के पल्ले बाँध दीजिए। उज्र न होगा। बस मेरी लाज ढकी रह जाए। मेरे पिता का कुल न कलंकित हो।'

"उस समय मैं उस एकांत में उससे अधिक बात करने को सर्वथा अनिच्छुक था। मैंने केवल टालने की दृष्टि से कह दिया, 'अच्छा देखूँगा।'

"मैं चलने लगा। उसने कहा, 'जरा रुकिए। एक बात और है।'

'क्या?'

'वह कल गढ़ी में आकर सबके सामने कहूँगी। यहाँ कहना ठीक नहीं है।' 'अच्छा', कहकर मैं चल दिया।

दूसरे दिन पहर दिन चढ़े वह गढ़ी में आई। आकर सीधी कचहरी में जाकर दीवानजी के पास जा खड़ी हुई। उसने कहा—'छोटे सरकार से अर्ज करने आई हूँ।'

"दीवानजी उसे मेरे पास ले आए। धड़कते हृदय से मैं सोच रहा था, अब यह यहाँ किसलिए आई है। परंतु उसने एक साधारण रैयत की भाँति अधीनता दिखाकर कहा—'सरकार, मैं असहाय विधवा स्त्री हूँ, मेरे पिता ने मरते दम तक रियासत की ईमानदारी से सेवा की है, अब न मेरे माँ-बाप हैं, न कोई हिंतू-संबंधी। आप गाँव के राजा हैं, इसी से मैं आपकी शरण में आई हूँ।'

"मेरा दम घुट रहा था। पर मैंने मन पर काबू रखकर पूछा, 'क्या चाहिए तुम्हें?'

'सरकार, एक भैंस यदि मुझे खरीद दें तो उसका दूध-घी बेचकर अपना भी पेट पाल लूँगी, सरकार का भी कर्जा चुका दूँगी।'

"मैंने बिना किसी आपत्ति के उसे भैंस खरीदवा दी। वह कहती तो मैं उसे दो-चार हजार रुपए भी दे सकता था। मैं जानता था कि वह उसका अधिकार था। पर उसने तो मुझसे केवल वही माँगा था, जो एक साधारण रैयत जमींदार से माँगती है। अब यह कैसे कहूँ कि उसकी यह माँग मेरी प्रतिष्ठा के लिए ही थी या उसकी प्रतिष्ठा के लिए।

"उसके बाद वह और दो-चार बार मुझसे एकांत में मिली और ब्याह की

बात पर उसने जोर दिया। मैंने टाल-टूल की और अंत में साफ इनकार कर दिया।

"उस दिन अकस्मात् पुलिस दलबल सहित उसे लेकर गढ़ी में आ गई। मामला क्या है, इसे जानने के लिए उसके साथ बहुत लोगों की भीड़ थी। सब भाँति-भाँति की बातें कर रहे थे। पुलिसवालों ने उसे मारा-पीटा भी था। चोट के निशान उसके मुँह और शरीर पर थे। उसके वस्त्र जगह-जगह से फट गए थे। बाल उसके बिखरे थे और चेहरे पर मुर्दनी छाई थी। आँखें उसकी फटी-फटी सी हो रही थीं। शरीर में जगह-जगह खून लगा था। होंठों से भी खून बह रहा था।

"पुलिस का अफसर सुशिक्षित तरुण था। वह मुझे जानता था। कहना चाहिए, मेरा मित्र था। पुलिस ने एक औरत के साथ मारपीट की है मेरे गाँव में आकर? यह बात जानकर गुस्से से मैं पागल हो गया। मेजर वर्मा उस दिन वहीं थे। गुस्सा इन्हें भी बहुत हुआ। हम लोगों ने पुलिस को खूब खरी-खोटी सुनाई। मैंने कहा, 'उसने क्या जुर्म किया है, क्या नहीं? इसकी बात मैं नहीं कहता। पर आपको इसे मारने-पीटने का कोई अधिकार न था।'

"पुलिस अफसर ने शांतिपूर्वक हमारा, मेरा और मेजर साब का गुस्सा सहन किया। फिर उसने कहा—'चौधरी साहब, मुझे आपसे एकांत में कुछ कहना है। यदि गाँव आपका न होता तो मैं यहाँ आता भी नहीं। इसे थाने में ले जाता। पर आपका मुझे बहुत लिहाज था, इसी से।'

"मैंने कहा, 'आखिर मामला क्या है?'

'आप जरा दूसरे कमरे में चलिए।'

"मैं, मेजर वर्मा और वह पुलिस अफसर दूसरे कमरे में चले आए। अफसर के कहने से मैंने भीतर से चटखनी चढ़ा दी। किसी अज्ञात भय से मेरी अंतरात्मा काँप उठी। मैं एकटक पुलिस अफसर के मुँह की तरफ देखने लगा। और तब उसने तरबूज की मिसाल दी। और मैं अब बयान नहीं कर सकता। मेजर वर्मा कहेंगे, इन्होंने वह सब देखा है।"

"बेशक मैंने देखा था। ऐसा खौफनाक, दिल हिला देनेवाला वाकया जिंदगी भर मैंने नहीं देखा था," कुछ ठहरकर मेजर वर्मा बोले, 'अफसर ने मेरी तरफ देखकर, क्योंकि मैं ही ज्यादा गरम हो रहा था, व्यंग्यपूर्ण भाषा में कहा—जनाब, आप एक तरबूज लेकर उसे सिर से ऊपर उठाकर पटक दें तो कह सकते हैं कि

उसका क्या परिणाम होगा?'

'उस नौजवान पुलिस अफसर की यह दिल्लगी मुझे न भाई। मैंने जरा गरम लहजे में कहा, तरबूज फट जाएगा। लेकिन आपका मतलब क्या है? इस औरत ने क्या तरबूज की चोरी की है?'

'जी नहीं। क्या किया है देखिए।' उसने कांस्टेबल को संकेत किया। उसने हाथ में लटकते हुए झोले को जमीन पर उलट दिया। एक वजनी-सी चीज धमाके के साथ जमीन पर आ गिरी। वह एक ताजा बच्चे की लाश थी।"

मिसेज शर्मा के मुँह से चीख निकल गई। भारद्वाज हाथ की सिगरेट फेंककर खड़े हो गए, दूसरे लोग भी अवाक् रह गए। भारद्वाज ने कहा, "क्या? ताजा बच्चे की लाश? हॉरेबल—माई गॉड।"

लेकिन मेजर वर्मा ने आगे कहना जारी रखा, "बच्चे को शायद पत्थर या किसी सख्त चीज पर पटका गया था, जिससे उसका सिर उसी तरह फट गया था, जैसे ऊँचे से फेंक देने से तरबूज फट जाता है। और उसके भीतर से लाल-लाल लहू, तौबा-तौबा।"

मेजर वर्मा वाक्य पूरा किए बिना ही सिर पकड़कर बैठ गए।

फिर उन्होंने कहा, "पुलिस अफसर ने बताया कि यह औरत तस्लीम करती है कि पहले हमल गिराया गया, लेकिन बच्चा जिंदा पैदा हुआ। उसका गला घोंटकर मार डालने की चेष्टा की गई, पर बच्चा मरा नहीं। तब उसे चक्की के पत्थर पर सिर के बल पटक दिया गया। उससे उसका सिर फट गया। पुलिस ने बताया कि मार खाने पर ही इन सब बातों का पता इसने बताया है। पर बच्चा किसका है, यह किसी हालत में बताती नहीं है। इसी से हम निरुपाय इसे यहाँ ले आए हैं। उसने चौधरी साहब से आग्रह किया था कि वह इस औरत से उस आदमी का पता पूछें और कानून की मदद करें। चौधरी तब बहुत परेशान हो उठे थे, इसका कारण मैं तब नहीं समझा था। अब समझा कि…"

अब फिर मैं कहने लगा। कचहरी में, मैं पागल की भाँति चीख उठा कि उस बालक का पिता मैं था। जी हाँ, उस बालक का पिता मैं था। वह मेरा बच्चा था। वैसा ही जैसा सुषमा की गोद में हँस-खेल रहा है। लेकिन…

मिसेज शर्मा भी एकदम उठ खड़ी हुईं। उन्होंने कहा—"बस, बस, चौधरी,